스물둘, 처음 만난 남자와 떠난
105일의 아프리카

Thanks To

준영 오빠, 마키 상, 석 오빠, 사랑하는 어머니 아버지
그리고 아프리카

스물둘,
처음 만난 남자와 떠난
105일의
아프리카

황윤하 지음

예문
ye mun

　'결제하기' 버튼을 누르려다 다시 머뭇거렸다. 아무리 생각해도 난 안 되겠어.

　"엄마, 안 가면 안 돼? 나 무서워! 어떻게 나 혼자 이집트엘 가?"

　"어이구, 이 겁쟁이야. 늙은 엄마도 혼자 다녀왔는데 네가 무섭긴 뭐가 무서워! 대학생씩이나 돼서는."

　결국 엄마는 망설이는 나를 제치고 컴퓨터 앞에 앉아 항공권의 결제 버튼을 눌렀다. 난 꼼짝없이 2월 9일 비행기를 타고 이집트로 출발해야 했고, 3월 4일 귀국 비행기가 뜨기 전까지 3주를 혼자 버텨내야 했다. 덜컥 겁이 났다. 아무 탈 없이 잘 지내다가 3월 4일에 무사히 비행기를 탈 수 있을까?

　겁이 나고 외로웠기 때문은 아니지만 결과적으로 나는 예정된 비행기를 타지 못했다. 그보다 하루 앞선 3월 3일, 혹여나 잃어버릴까 애지중지 숨겨놨던 귀국항공권 발행확인서를 속 시원하게 구겨버리고 다른 비행기에 올라탔기 때문이다. 에티오피아행 비행기였다.

발단은 이집트에서 준영 오빠를 만난 것이었다. 카이로에서 처음 만난 오빠가 농담처럼 내게 던진 한 마디.

"윤하야, 오빠랑 같이 에티오피아 가자!"

농담은 진담이 되었고 나는 어느새 준영 오빠의 옆에서 같은 길을 걷고 있었다. 정신을 차렸을 때는 이미 남아프리카 공화국. 상상조차 해본 적 없는 105일간의 아프리카 종단이었다.

준영 오빠가 도대체 무슨 생각으로 나에게 아프리카 여행을 제안했던 건지, 다시금 돌이켜봐도 도통 알 수가 없다. 내가 가져 간 여행 가방은 도로 사정이 좋지 않은 곳에서는 바로 애물단지가 되어 버리는 캐리어였다(정확히 말하자면 끌낭이지만). 문제가 되는 것은 가방뿐이 아니었다. 오빠는 내가 아스완까지 가면서 60달러짜리 침대기차를 탔다는 것도, 나일강 크루즈를 타려고 예약했었다는 것도 알고 있었다. 심지어 주소를 보고 내가 강남 사는 새침데기 아가씨인 줄 알았다고 했다. 그렇게 곱게 자란(?) 아가씨를 어떻게 아프리카로 데려갈 생각을 했을까.

쉽게 예상할 수 있겠지만, 나는 아프리카를 여행하면서 수백 번도 더 준영 오빠를 원망했다. 하지만 또한 오빠와 함께 해서 아프리카의 수없이 아름답고 멋진 모습들을 보고 소중한 경험들을 할 수 있었다. 어디에서도 만날 수 없을 가슴 벅차는 천혜의 자연에 시시각각으로 놀라워했고, 너무 천연덕스러워서 코믹하기까지 한 사기꾼들과 함께 싸웠다가 웃었다. 역사의 슬픔을 가슴에 묻은 채 미소 짓는 사람들의 모습에 마음 아파했으며, 50억짜리 지폐가 거리에 뒹구는 처참한 경제현실에 경악하기도 했다. 동물떼가 노니는 초원이나 기아와 내전에 허덕이는 아프리카? 그것은 아프리카의 일면일지 몰라도 진정한 모습은 아니었다. 우리와 다를 바 없는 사람 사는 세계. '진짜' 사람 사는 세계가 어떤 것인지 매순간 깨닫게 해주는 순수하고 본능적인 태초의 땅. 그것이 내가 보고 느낀 아프리카였다.

그 아프리카 위에서 보낸 105일 동안의 여정은 그야말로 좌충우돌이었다. 우리는 흙먼지를 뒤집어쓰며 트럭을 히치하기도 하고, 먹을 것이 없어 하루 종일 굶거나, 싼 숙소를 찾기 위해 한밤중의 거리를 목숨 걸고 걷기도 했다. 1달러도 안 되는 돈 때문에 장사꾼들과 목에 핏대를 세우며 싸우거나 얼음장같이 찬물로 씻는 일은 다반사였다. 그리고 언뜻 사소해 보이는 그 모든 일들을 겪은 후, 나는 참 많은 면에서 변해 있었다.

아직도 종종 생각한다. 그때 오빠가 에티오피아에 함께 가자고 하지 않았다면, 내가 오빠의 제안을 거절했다면, 나는 지금쯤 얼마나 재미없게 살고 있을까. 내가 감당할 수 있는 세계는 일상과 그 변두리까지일 뿐이라고 생각하며 어떻게 하면 더 안락하게 살 수 있을까 고민했겠지. 세계가 이토록 넓다는 것도, 다양한 삶의 방식이 있다는 것도 결코 깨닫지 못한 채 우물 안 개구리조차도 못한 이끼 정도로 남아 있었을 거다.

그리고 나를 우물 안 이끼에서 개구리까지 끌어 올려준 아프리카. 그곳은 펄떡펄떡 살아 숨 쉬는 세계의 심장이라고 감히 말하겠다. 누구든지 그곳에 가면 삶의 박동을 느낄 수 있다. 그리고 어느새 메말라버린 자신의 심장도 다시 움직거리는 것을 느낄 수 있을 것이다. 내가 그랬던 것처럼.

2009년 2월 9일 이른 오후.
나는 앞으로 그런 대단한 세계를 만나리란 것을 전혀 예상하지 못한 채, 카이로행 비행기에 몸을 실었다.

차례

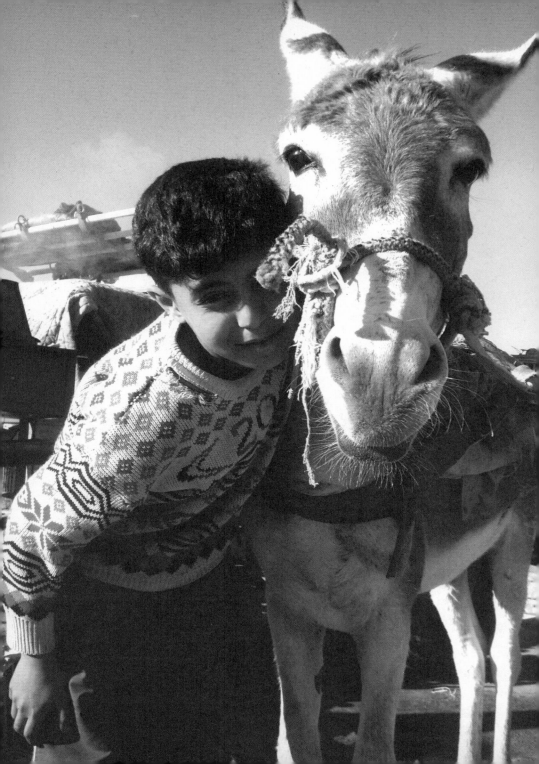

Part 1

—

거짓말처럼
시작된 여행

—

이집트 Egypt

캐리어를 끈 초보 여행자

이집트, 카이로 Egypt, Cairo

카이로 공항에 도착하자마자 든 생각은 초라하다는 것이었다. 뭐야, 이게 공항이야? 꼭 지하철역처럼 생겼는데. 서울의 지하철역을 걷는 듯한 그 익숙한 느낌에 여행을 왔다는 두근거림이나 기대감이 싹 사라져버렸다. 불안에 벌벌 떠는 것보다야 낫지만, 이건 좀 실망스러운 걸. 그래도 덕분에 여행을 오기 전 걱정 반, 두려움 반에 쪼그라들었던 가슴이 약간의 안도감과 함께 편안해지는 것을 느꼈다.

공항 밖으로 나오자 한국사람 몇 명이 보인다. 준영 오빠 일행이다. 준영 오빠는 이집트 여행 카페에 올려놓은 내 연락처를 보고 '카메라를 잃어버렸으니, 카이로 오는 길에 한국의 가족들에게 받아서 가져와 달라'고 부탁했었다. 한 번도 본 적 없는 사람이지만, 한국인은 그 사람들밖에 없어 쉽게 알아볼 수 있었다. 카메라를 전해주는 사이, 때마침 오빠가 탈 버스가 도착해서 우리는 제대로 인사를 나눌 새도 없이 헤어졌다.

"카메라 고마워요. 내일 저녁에 만나요, 제가 밥 살 게요!"

이것이 3개월 넘게 아프리카를 함께 여행하게 될 준영 오빠와의 스쳐지나가는 듯한 첫 만남이었다.

다른 쪽에서는 수연 언니를 마중 나온 사람들이 우리를 기다리고 있었다. 수연 언니 역시 이집트 여행카페에서 만난 사이로, 첫날 같은 숙소에서 묵기로 했으며 일정이 맞으면 그때그때 같이 다니기로 한 상태였다. 마중 나온 사람들은 이집트를 먼저 여행 중이던 수연 언니의 남자친구 로이와 그가 묵는 숙소의 주인인 이집션 에이먼. 그들이 픽업을 와준 덕분에 버스를 탄답시고 헤매는 대신 바로 차에 올라타 숙소로 향할 수 있었다(나 혼자였다면 분명히 허둥지둥거리다가 버스는 놓치고 기껏 잡아탄 택시에서는 잔뜩 바가지를 쓰고 말았을 것이다).

길거리 풍경 또한 인천공항에서 서울 들어가는 길과 별 다를 바 없었다. 반쯤은 안도하고 반쯤은 실망스러운 기분이 가시질 않았다. 배낭여행을 처음 와본 때문인지, 입국 첫날부터 뭔가 굉장히 이국적이고 신세계스러운 분위기를 기대했던 것이다. 지금 생각해보면 참 웃기는 일이다. 화성으로라도 여행을 떠나지 않는 한, 지구 어느 곳을 가든 다 사람 사는 동네일 텐데 첫눈에 보일 정도로 대단하게 다른 게 있을 리 없었다. 하지만 나는 아직 그런 사실들을 깨닫지 못하고 있었다. 지구상에는 다른 세계가 아니라 다른 문화가 있을 뿐이며, 그 문화는 눈에 보이는 것들만 가지고는 느낄 수 없다는 사실을 말이다.

여기가 서울인지 카이로인지. 심드렁한 표정으로 차창 밖을 쳐다보는 내게 에이먼이 말을 걸었다.

"숙소로 돌아가면 같이 '하시시'를 하지 않을래?"

"하시시가 뭔데?"

"음, 다른 말로는 마리화나라고도 하지."

마리화나라니, 그럼 대마초란 얘기 아냐?

나중에 이들이 여행자에게 대마초를 권하는 게 우리나라에서 담배를 권하는 것보다 약간 더 특이한 상황일 뿐이라는 걸 알게 됐지만, 이때는 정말 에이먼이 무슨 범죄자라도 되는 줄 알고 잔뜩 겁에 질렸다. 결국 숙소에 들어와서도 맥주나 한 잔 하자는 제의를 거절하며 얌전히 방으로 들어갔다.

4인용 도미토리의 가장 구석 침대를 차지하고 눕자 창밖의 시끄러운 소리들이 들려왔다. 사람들이 떠드는 소리, 호객행위하는 소리, 경적소리, 코란송…. 시장통 한가운데 온 듯한 기분이었다. 이 시끌벅적한 밤의 소음 역시 카이로의 일부겠지. 하루 빨리 이 소음에 익숙해지길 바라며, 나도 모르는 새 잠이 들었다.

인심 좋은 아저씨와 천연덕스러운 사기꾼

감긴 눈꺼풀 너머로 희미하게 햇빛이 느껴진다. 이불을 어깨까지 끌어올렸는데, 목덜미에 닿는 이불의 감촉이 평소와 다르게 까슬까슬하다. 부스스 눈을 떠보니 평소와 다른 주변 풍경이 들어온다. 네 개의 침대가 늘어선 방에는 이국적인 프린트의 커튼을 통과해 들어온 약간 어둑한 햇빛이 들어차 있다. 몇 번 눈을 껌뻑인 다음에야 상황을 파악

할 수 있었다. 맞다. 여긴 서울이 아니라 카이로지.

창문을 열자 환하게 밝은 카이로의 거리가 눈에 들어왔다. 사람도, 차도 거의 없는 거리는 한적하고 조용하다. 정신없이 시끄럽던 어젯밤과는 사뭇 다른 풍경이다. 여기저기 더럽게 널브러져 간혹 바람에 날리는 쓰레기만이 지난밤의 소란을 증명해주고 있다. 이국적으로 생긴 건물들 사이로 간간히 히잡을 두른 여인네들의 모습도 보였다. 필시 아침거리를 사러 나온 어머니들이리라. 신기하지만, 더없이 일상적인 모습들이다.

신비함과 상서로움이 공존하는 거리의 모습을 한참이나 지켜본 후 창가를 떠났다. 오늘 보기로 계획한 곳들을 차질 없이 다녀오기 위해서는 조금 서두를 필요가 있었다.

알아주는 길치인 나에게, 택시의 가장 좋은 점은 길을 잃고 헤매지 않아도 된다는 것이다. 반대로 말하자면, 택시를 타지 않으면 언제든 길을 잃을 위험에 처할 수 있다는 뜻이기도 하다.

오늘 보겠다고 목표했던 곳 중 두 군데는 아무 문제없이 갈 수 있었다. 숙소에서 시타델까지 오는 데는 택시를 이용했고 그 다음 목적지는 바로 옆에 있었으니까. 문제는 그 다음이었다. 또 다른 모스크로 가기 위해 사람들에게 길을 물어물어 가는데, 걸으면 걸을수록 의구심이 드는 것이 아닌가. 좁은 골목을 걷다 보면 큰 도로가 나올 줄 알았는데 길은 갈수록 좁아지고 있었다. 지도를 꺼내봤지만 심각한 방향치인 나에게 그런 것이 도움이 될 리 없었다.

결국 길 찾기는 포기하고 식당을 찾아보기로 했다. 아침도 제대로 먹지 못한 데다 계속 걸어 다녔기 때문에 너무나도 배가 고팠다. 여기가 어디든 간에 일단 먹고 나서 생각해야지, 더 이상은 걷지도 못하겠다…. 근처 식당에 가서 뭘 파냐고 물어보니, 이 사람들 영어를 할 줄 모른다. 손짓발짓을 하고 있자니 주인 남자가 어디선가 영어를 할 줄 아는 사람을 데리고 왔다. 그가 짧은 영어로 물었다.

"Do you like beans?"

콩을 좋아하냐고? 콩이면 어떻고 메주면 어떠랴, 지금 입에 들어갈 수 있는 거라면 뭐라도 상관없는데! 대충 그렇다고 대답하고 좁고 허름한 식당 안에 들어가 앉았다. 위생상태가 심히 걱정되긴 했지만 이미 그런 걸 따질 상황이 아니었다.

잠시 후 별로 깨끗해 보이지 않는 그릇에 샐러드와 콩소스를 끼워 넣은 빵이 나왔다. 이집트인들의 주식인 '아에시' 빵 사이에 들어 있는 콩소스는 가이드북에서 보던 '후르'라는 것으로 추정되었다. 무슨 맛이었는지는 기억나지 않는다. 맛 같은 걸 기억할 만한 정신이 아니었으니까. 어쨌든 배고프다고 막 먹은 걸 보면 아주 맛이 없지는 않았던 모양이다.

비상식량으로 아에시를 두어 장 더 사려고 하자 주인 남자는 사람 좋은 웃음을 지으며 그냥 가져가라는 듯 손사래를 친다. 어라, 이집트인들은 만날 사기치고 팁을 요구한다고 들었는데. 하지만 그들은 관광지를 벗어나 이런 거주구역까지 들어온 외국인이 신기하고 재밌는지 계속 웃기만 할 뿐이었다. 그들의 호의에 감사하며 기분 좋게 식당을 나왔다. 이집트 사람들, 생각보다 친절하구나.

식당을 나와서도 한참동안 길을 잘못 들어 이 골목 저 골목을 헤집고 다녀야 했다. 여러 친절한 사람들의 도움을 받아 겨우 겨우 목표했던 모스크 근처까지 다다랐을 때, 풍채 좋은 중년의 남성이 자신을 '알리' 라고 소개하며 말을 건네왔다.

"안녕. 여행자인가? 어디를 가? 아, 그 모스크? 거긴 공사 중이라 들어갈 수 없어. 대신 내가 다른 멋진 모스크를 소개해줄게. 어때?"

살갑게 말을 붙이는 그의 태도를 보니 이런 일이 한두 번이 아닌 모양이었다. 여행자를 안내해주고 팁을 요구하는 것이 일상인 사람이겠지. 내게도 팁을 요구할 게 뻔해보였지만 왠지 재밌을 것 같아서 그를 따라가 보기로 했다. 이런 것도 다 추억이고 경험 아니겠어?

알리는 좁은 골목 여기저기를 누비더니 어떤 모스크 안으로 날 데리고 들어갔다. 모스크라기보단 폐품 처리장이란 말이 더 어울릴 것 같아 보이는 곳이었다. 신성해야 할 모스크 안에는 사람들이 가져다 버린 것으로 보이는 못 쓰는 가구들이 잔뜩 널브러져 있었고 잡풀들이 무성하게 자라 있었다. 내가 좀 실망한 기색을 보이자 알리가 다른 걸 권한다.

"미너렛에 올라가보지 않겠어? 높은 미너렛에 올라가면 카이로의 전경이 파노라마처럼 펼쳐져 보인다고. 아주 아름다워. 분명히 좋아할 거야."

나는 그 말에 피식 웃을 수밖에 없었다. 파노라마라니! 이렇게 모래바람 부는 날씨에? 100m 앞까지만 보여도 다행이겠다. 날씨가 맑았다면 한번 올라가볼까 고민했을지도 모르지만 오늘 같은 날에 그렇게 높은 곳에 올라갔다간 사막체험이나 하게 될 것이 뻔했다. 제안을 거절하고 자리를 떠나려 하자, 알리가 은근슬쩍 말을 꺼낸다.

"저기, 여행자라 모를 수도 있겠지만, 이집트에서는 선행을 베푼 사람에게 박시시를 줘야 하거든."

역시, 팁을 달라고 하는구나. 예상하지 못한 일도 아니었기 때문에 담담하게 대답했다.

"미안하지만 지금 20파운드짜리밖에 없어요."

"괜찮아. 내가 거스름돈을 줄게."

계속 거절해봤지만 소용없는 일이었다. 어떻게 하나, 생각하다가 일단 20파운드짜리를 건네줬다. 그가 정말 거스름돈을 줄까? 알리는 재빠른 속도로 내 돈을 받아들더니 세상에 급할 것 하나 없다는 태도로 미적미적 거스름돈을 세서 내게 건넸다. 5파운드다. 겨우 이거 안 내해놓고 15파운드나 받겠다고? 웃음이 나왔다. 어이가 없다거나 화나서 그런 게 아니라, 이 사람의 행동이 왠지 웃겨서 정말로 웃음이 나왔다. 나는 결국 15파운드에 다 무너져가는 모스크를 구경하고 재

있는 추억을 하나 얻을 수 있었던 것이다.

숙소로 돌아가 수연 언니에게 오늘 있었던 일을 장황하게 늘어놨다. 나는 나름 재밌었다고 생각하고 말한 거였는데 언니는 고생담으로 들은 모양이다.

"그러게 아침에 에이먼이 안내해준다고 할 때 나랑 같이 가지 왜 혼자 가서 그렇게 고생했어?"

언니, 젊어 고생은 사서도 한다잖아요. 그리고 안내해주는 사람 따라서 편하게 여행 다닐 거면 패키지여행을 가지 왜 배낭여행을 왔겠어요?

범 상 치 않 은 이 남 자

그날 저녁, 어제 카메라를 전달했던 준영 오빠가 보답으로 저녁식사를 대접하겠다고 해서 수연 언니와 함께 약속 장소로 나갔다. 준영 오빠는 이집트의 전통음식 코사리를 먹여주겠다며 어디론가 데려간다. 카이로에서 나름 유명한 집인 모양이었다. 맛은… 괜찮았다. 그야말로 평범하게 맛있었다. '이런 맛은 처음이야, 정말이지 새로운 음식인데!' 라는 걸 기대했던 나로선 또다시 실망이었지만.

문제는 코사리가 아니라 준영 오빠의 이야기였다. 코사리를 먹는 동안 준영 오빠가 이집트 남부의 룩소르와 아스완에 대해 무시무시한 이야기들을 늘어놓았던 것이다.

"제가 중국에서부터 여기까지 1년 가까이 육로로 여행해 왔거든요. 아, 그런데 이집션 같은 놈들이 정말 없어요! 특히 아스완, 룩소르 등 이집트 남부에 있는 놈들은 진짜 사람이 아니에요. 다 그냥 관광객들 어떻게든 뽑아먹으려고 혈안이에요. 뭘 하나 사려고 해도 10분의 1로 가격을 깎아야 할 걸요. 따라오기는 또 얼마나 끈질기게 따라오는지. 이집트 오기 전까진 인도가 제일 독한 줄 알았는데, 이집션에 비하면 인도 사람은 순박한 겁니다. 조심하시는 게 좋을 거예요!"

이집트에 쉬러 왔다는 수연 언니는 준영 오빠의 고생담에 지레 겁을 먹은 것인지 남부 여행을 포기하고 곧장 남자친구와 휴양지 다합으로 향하겠다고 선언했다. 나로서는 다행이었다. 수연 언니와는 같이 동행할 만큼 마음이 맞는 사이가 아니었으니까. 심술궂은 일이지만, 덕분에 나는 마음속으로 준영 오빠에게 조금 고마워했다. 그러나 눈을 반짝이며 즐거운 고생담(?)을 늘어놓는 준영 오빠의 진면목을 확인한 것은 그 이튿날이었다.

다음날, 전자상가에 갈 거란 내 말에 준영 오빠가 흔쾌히 동행해주었다. 전자상가에 들렀다가 돌아가는 길, 한적한 골목에서 웬 이집션이 우리를 손짓해 부르더니 샤이 한 잔 하고 가라며 말을 걸어왔다. '호객행위의 냄새가 강력하게 나는데?' 하지만 내가 머뭇거리는 사이 준영 오빠는 대뜸 좋다고 하며 그를 따라 들어간다. 얼떨결에 뒤따라 들어가는 나에게 준영 오빠가 귀띔해줬다.

"아마 이 옆의 향수가게 주인이라서 오라고 하는 걸 거야."

과연, 그는 우리에게 샤이 두 잔을 대접하더니 곧바로 각종 향수들을 꺼내오기 시작했다. 이건 Sweet한 것, 이건 Fresh한 것, 또 다른 건 Soft한 것이라며 계속 내온다.

Egypt

"우리 가게에서 파는 건 모두 순수한 에센스뿐이에요. 분명히 만족할 겁니다. 이 옆의 여자분께 지금 선물하는 게 어떠세요?"

느긋하게 샤이를 마시던 오빠가 대답한다.

"아, 죄송해요. 그녀는 향수 알레르기가 있어요."

준영 오빠는 얼굴빛 한 번 바꾸지 않고 천연덕스럽게 나를 듣도 보도 못한 알레르기가 있는 사람으로 만들어 버렸다. 가게 주인은 잠시 실망한 표정을 지었지만 아직 포기는 하지 않은 모양이다.

"그렇다면 파피루스는 어때요. 자, 봐요. 이건 진짜 파피루스에요. 아주 고급이죠…."

"미안하군요. 우린 어제 이집트에 도착했거든요. 아직 짐을 늘릴 수가 없네요. 한국에 돌아가기 전에 한 번 들르도록 하죠."

"언제 돌아가는데요?"

"글쎄, 다음 주쯤? 이만 가볼게요!"

준영 오빠는 대충 대화를 마무리 지으며 자리에서 일어났다. 우리 두 사람의 샤이 잔이 거의 비어갈 때쯤이었다. 가게를 나오면서 나는 의아한 표정으로 물었다.

"향수가게 주인이라는 걸 알면서 왜 들어간 거예요?"

"난 권하는 건 거절 안 하거든. 공짜로 차를 준다는 데 마다할 이유가 없잖아."

하긴, 덕분에 잠시 앉아 쉬면서 차까지 대접받을 수 있었다. 그 이집션은 순진한 동양인 두 사람을 가게 안으로 불러들였다고 좋아했겠지? 결국엔 공짜 차만 내준 셈이 됐지만 말이다. 현지인의 귀찮은 호객행위마저도 자기 페이스로 끌어들여 호의로 바꿔버린 준영 오빠는 별 일도 아니라는 듯 장난스러운 표정을 짓고 있었다. 불현듯, 이 능청스러운 장기여행자 덕분에 앞으로의 여행이 상당히 재밌어질 것 같다는 생각이 머리를 스치고 지나갔다.

그렇게 어느덧 둘째 날의 반나절이 흘렀다. 이날 저녁에는 숙소 주인 아주머니의 제안에 따라 시와행 버스를 탈 예정이었다. 숙소에 서 묵던 두 한국인이 오늘 시와로 간다는데 사막투어를 위해서는 인 원이 모여야 하니 같이 가는 게 어떠냐는 것이다. 일행이 없는 나에게 는 뜻밖의 수확이었다.

인연과 여행길, 그 모두가 인샬라!

준영 오빠는 친절하게도 토루고만 터미널에 가서 시와행 버스표를 끊 는 것까지 도와주었다. 숙소까지 데려다주겠다는 말에 "타흐릴 광장 까지 가면 찾을 수 있을 것 같아요"라고 말했다. 아침에 숙소에서부 터 타흐릴 광장의 고고학 박물관까지 걸어갔었기에 거기까지만 가면 금방 찾을 수 있을 거라고 생각하고 있었다. 사실은 숙소를 나와 아무 렇게나 걷다 보니 타흐릴 광장이 나타났었다는 것은 이미 까맣게 잊 은 나였다.

타흐릴 광장에 도착했지만 갈림길은 상상초월로 많았고 그 중에 숙소로 향할 것으로 추정되는 길만 세 개였다. 어디에 내놔도 빠지지 않는 길치인 내가 그런 데서 길을 찾지 못하는 건 당연지사. 길을 모 르겠다는 말에 잠시 당황하던 준영 오빠는 일단 아무 길로나 가보자고 했고, 우리는 결국 세 개의 길 중 가장 오른쪽 길로 들어서 무작정 걷기 시작했다.

하지만 그 길은 정답이 아닌 모양이었다. 아무리 걸어도 내가 묵는 숙소는커녕 그 주변에서 봤던 비슷한 건물조차 보이지 않았다. 그 길의 끝에서, 또 다른 광장에 도달해 다시 수많은 갈림길 앞에 선 우리는 난감해졌다.

"이제 어디로 갈래? 다시 타흐릴 광장으로 되돌아갈까?"

카이로를 종횡무진 누비고 다녔던 준영 오빠에게도 이곳은 낯선 골목인 모양이었다. 타흐릴 광장으로 돌아가는 대신 다른 길을 택한다면 그때야말로 길을 잃게 될지도 모른다. 되돌아간다고 해도 숙소로 가는 길을 찾을 수 있으리란 보장은 없다. 여기서 선택을 잘못 했다가는 시와행 버스를 놓치게 될 것이다.

잔뜩 신경이 곤두서야 마땅하건만 나는 어째서인지 이 상황이 참을 수 없이 재밌게 느껴졌다. 결국 심각한 표정의 준영 오빠에게 한마디로 대답했다.

"인샬라(Inch'alla, 신의 뜻대로)!"

준영 오빠가 어이없다는 듯 웃었다. 생전 처음 와보는 외국의 도시 한가운데에서 길을 잃은데다 버스 시간은 다가오는데 태연하게 인샬라를 외치는 여자라니. 나 같은 사람은 처음 보겠다고 한다.

"그래서, 인샬라의 뜻으로. 이제 어떻게 할까?"

"숙소 근처에서 아브딘 궁전을 봤던 것 같아요. 아브딘 궁전을 찾으면 될 것도 같은데요."

그렇게 우리는 다시 사람들에게 길을 물으며 느긋하게 아브딘 궁전을 향해 갔다. 나도, 준영 오빠도, 길을 잃었다는 불안감은 사실 처음부터 가지고 있지 않았던 것이다.

'분노의 코란송'을 자장가 삼아 사막으로

우여곡절 끝에 숙소를 찾아 짐을 싸들고서는, 거의 차 시간이 다 되어서야 시와행 터미널에 도착했다. 살인적인 카이로의 교통체증 때문이었다. 서울보다 더 차가 많은 것 같은 길거리에 신호등은커녕 차선조차 없으니 당연한 일인지도 몰랐다(게다가 모든 거리가 일방통행이다). 차에서 내리자마자 냅다 뛰어 정류장으로 갔는데 다행히도 버스는 연착이었다. 그제서야 나는 안도의 한숨을 내쉴 수 있었다. 숨을 고르고 정신을 차린 후 먼저 기다리고 있던 두 사람과 인사를 나눴다. 시와 말고도 다른 장소에서 여러 번 만나게 될, 이집트 여행에서의 소중한 인연인 진우 오빠와 지연 언니였다. 남녀이긴 했지만 두 사람은 커플이 아니었다. 여행 중에 만나 마음이 맞아 함께 다니는 것일 뿐이란다. 연인도 아닌 남녀가 함께 여행을 다니는 것이 이때는 생소하게 느껴졌지만, 두 사람을 옆에서 계속 지켜본 후에는 왠지 납득이 갔다. 여행자들의 마음은 대체로 순수하다. 동행하는 상대가 이성이라는 이유만으로 이상한 마음을 품는 사람은 드물었다. 두 사람을 보고 이상하게 생각한 내가 오히려 불순(?)했달까.

　버스가 예상보다 금방 도착해서 나와 준영 오빠는 아쉬운 작별인사를 나눴다. 준영 오빠는 시와에 함께 가지 못하는 걸 못내 아쉬워하며 이메일로 연락할 테니 카이로에 오면 다시 만나자고 한다. 꼭 그러겠노라고 약속하고 버스에 올라탔다.

버스는 자리가 좁고 불편했으며 사람들은 시끄럽게 떠들어댔다. 조금 더 밤이 깊어지자 사람들은 하나둘 잠이 들고 스피커에서는 일정한 운율의 코란송만 흘러나왔다. 이집트 여행을 한 사람들은 '분노의 코란송'이라고 하며 버스를 탈 때는 귀마개가 필수라고들 말한다. 하지만 나에게는 그 소리가 오히려 편안하게 느껴졌다. 숨 가쁜 하루를 지나 보냈다는 안도감 때문이었을까.

코란송을 자장가 삼아 나는 얼핏 잠에 들었다. 추위 때문에 다시 깼을 때는 동이 터올 무렵. 슬슬 시와에 도착할 시간이었다.

나를 흔들어 깨운, 그 깊은 모래의 밤

이집트, 시와 ^{Egypt, Siwa}

사막투어는 2시에 출발이라고 한다. 우리는 그 동안 동네 탐방을 나가기로 했다. 아침 이른 시간의 시와는 차도 거의 안 다니고 사람도 거의 없이 한적했다. 어제까지 숨쉬기 힘들 정도로 공기가 더럽고 명동보다 몇 배는 혼잡한 카이로에 있었던 것을 생각하니 심하게 이질감이 느껴졌다.

　시와 한가운데의 구시가지 '샤리'에 올라갔던 우리는 멀리 보이는 오아시스를 보고 저기까지 다녀오자는 데 단번에 동의했다. 우리는 그곳이 아마도 시와의 유명한 관광지 판타시 섬이리라 짐작하고, '자전거를 타고 다녀오면 금방이라 들었다'고 하며 잔뜩 들떠 있었다. 그 결정이 우리를 생고생의 세계로 안내할 줄은 전혀 모르고 말이다.

　샤리에서 내려와 자전거를 빌린 우리는 아까 봤던 방향을 향해

한참을 달렸다. 오빠와 언니를 두고 먼저 씽씽 달리는 나를 보며 뒤에서 두 사람이 중얼거렸다. "역시 젊은 애라 체력이 달라."

문제는 언니와 오빠의 체력이 아니었다. 한참을 달리다가 길이 끊어진 지점에서 자전거를 세운 우리는 모두 한 가지 사실에 동의했다. 이 길이 아닌가 봐.

우리는 잘못된 길로 가고 있었고 돌아가는 길도 잘 모르고 있었다. 한 마디로 길을 잃은 것이었다. 설상가상으로 지연 언니의 자전거 체인이 계속 문제를 일으켰고 달랑 반통 들고 온 500mL짜리 생수는 바닥이 났다. 판타시 섬에 간다는 것에 마냥 들떠 물을 챙겨올 생각을 아무도 안 했던 것이다. 한참을 고민하던 우리는 적당히 타협하기로 했다. 사막투어 시간이 다가오니 여기서 사진 찍고 돌아가기로 말이다.

몇 번이나 고장이 나 더 이상 고칠 수 없게 된 지연 언니의 자전거를 당나귀 수레에 싣고, 우리는 마을로 돌아왔다. 그리고 돌아오자마자 사막으로 떠날 준비를 하며 1.5L짜리 생수 4통을 샀다. 1박 2일의 사막투어 동안 그렇게 많은 물이 필요할 리 없었지만, 자전거를 타며 물의 소중함을 느낀 터라 그 정도는 필요할 거라고 생각하고 있었다. 결국 다음날 남은 생수 3통을 하나씩 나눠가졌지만 말이다.

간단한 짐을 챙기고 운전기사인 오마르와 인사한 우리는 투어차량에 올라탔다. 차를 타고 조금 달리자 민가들이 잦아지기 시작하며 검문소가 나왔다. 본격적인 사막투어가 시작된 것이었다.

사막의 밤은 냉정하다, 그러나 깊다

오마르는 사막에 들어서자마자 코란송을 틀었다. 정말 어디에서나 코란송을 듣는구나. 처음에는 '정말 신앙심 투철한 사람들이다'라고 생각했지만 지금은 그냥 버릇처럼 하는 일이리라 생각하고 있다.

차를 타고 가다 보니 어느새 사막 한가운데 와 있었다. 신이 나서 신발을 벗고 밖으로 나왔다. 발에 닿는 모래의 감촉이 부드러웠다. 노란 사막과 파란 하늘의 경계를 바라보며 나는 한숨을 쉬었다. 정말 사막이구나. 정말 사막에 왔어.

한국에 돌아가면 사막에 대한 일장연설을 늘어놓으리라 생각했지만 지금에 와선 그 어떤 말도 떠오르지 않는다. 머릿속에 선명하게 그 장면이 떠오르건만, 어떤 장광설을 갖다 붙인다 해도 내가 봤던 모습을 정확하게 묘사할 수 없을 것 같다. 사막은 그저 사막일 뿐이었고, 그 사실이 나를 감동시켰다. 바다를 보지 않은 자가 바다에 대한 미사여구를 듣는다고 해서 그 느낌을 떠올릴 수 있을까. 산을 오르지 않은 자가 정상의 풍경에 대한 시를 읽는다 해서 그 풍광을 떠올릴 수 있을까. 자연의 위업이란 인간의 도구인 말로써는 절대 표현할 수 없는 것이 아닌가.

높은 모래언덕, 새파란 하늘, 그 중심에 선 우리들. 가슴 속에 응어리졌던 모든 일들이 한꺼번에 풀어지는 듯 했다. 그렇게 홀가분한 마음으로 한참을 사진 찍고, 산책하고, 멍하니 구경하며 그 시간을 만끽했다. 자리를 옮겨 샌드보드도 타고 사막 드라이브도 하고 콜드 스프링과 핫 스프링에도 다녀오니 어느새 사막이 주황색으로 물들어가

기 시작했다. 일몰의 시간이 다가온 것이었다.

차를 타고 선셋 포인트에 다다른 우리는 한참동안 사진을 찍어대다가 겨우 마음을 진정시키고 앉아 일몰을 감상했다. 그것은 결코 웅장하고 경이로운 모습은 아니었다. 끝없이 고요하고, 아름답고, 정갈한 모습이었다. 그래, 정갈했다. 자연을 표현할 때 쓰기에는 어울리지 않는 말이지만 사막의 일몰은 정말로 정갈했다.

그리고 가차 없었다.

일몰은 광활하게 빛나는 사막에서 그 빛과 열기를 무자비하게 앗아가는 순간이었다. 어떤 따스함이나 포근함 없이, 일말의 여지도 남기지 않고 다음날 아침까지 그것을 가져가버리는. 사막의 사람들은 밤이 깊어가고 추위가 덮쳐올수록 그 무자비함을 더욱 뼈저리게 느끼며 매일 밤을 보냈을 것이다. 빛나는 세계를 다시 가져다 줄 일출을 기다리며.

낮 동안의 거대한 세계를 한 치의 자비 없이 빼앗아가는 일몰. 그러나 가차 없기에 더욱 아름다운 순간이었다.

해가 완전히 진 후 우리는 자리를 옮겨 시와의 야경을 감상했다. 사막 저 멀리서 샤리를 향해 켜놓은 조명들이 반짝반짝 빛나고 있었다. 사막이 너무 좋아, 나 원래 사막에 살던 사람이었나 봐. 사막에서 살고 싶다. 진우 오빠의 말에 저절로 고개가 끄덕여졌다.

시내에서 저녁식사를 가지고 캠프에 내린 나는 사막의 밤이 그렇게 무자비한 것만은 아니라는 사실을 깨달았다. 별이었다. 셀 수도 없이 수많은, 별자리가 별 속에 파묻혀 찾을 수조차 없는 빼곡한 별밤이

지평선 이쪽 끝에서 저쪽 끝까지 펼쳐져 있었다. 낮에는 낮의 세계가 있듯, 사막에는 밤의 세계가 있었던 것이다. 사진으로 남길 수 없는 광경이었지만 어차피 기억 속에서 잊혀지지 않을 것이었기에 아쉽지 않았다.

천막 안에서 저녁식사를 마치고 나오자 달이 밝게 떠 더 이상 별은 보이지 않았다. 우리는 그 텅 빈 듯한 하늘 아래 모닥불을 피우고 둘러앉았다. 정신없이 달고 쓴 베두인차를 한 잔씩 마신 후 오마르가 물통을 두드리며 베두인족의 노래를 불러줬다. 끝없이 이어지는 듯한 노래. 모닥불의 일렁임과 함께 꿈틀거리는 그림자들. 아무것도 존재하지 않는 사막 한가운데 앉아있는 우리. 사막의 밤은 그 모든 것을 감싸 안고 깊어갔다.

밤이 깊자 오마르는 함께 왔던 자신의 사촌을 데려다주고 오겠다고, 30분 후에 돌아오겠다며 차를 타고 사막을 떠났다. 일찌감치 잠든 지연 언니 옆에서 나는 진우 오빠와 한참동안 이야기를 나눴다. 철학과에 다닌다는 진우 오빠는 모닥불을 보다가 문득 생각난 듯 말했다. "어느 날 통닭을 먹으러 갔는데 한 사람이 말하는 거야. '불에도 이데아가 있을까?' 우리는 모두 쓸데없는 소리라고 했지. 그리고 어떻게 됐는 줄 알아? 10분 후에 우리는 술을 마시며 불의 이데아에 관해 토론하고 있었어."

불의 이데아라니! 처음에는 어이가 없어서 웃었지만 웃음의 끝에 마음은 점차 씁쓸해졌다. 진우 오빠가 과 친구들과 나누는 대화는 내가 친구들과 나누는 대화와 너무 달랐다. 내 나이대 여대생들이 모여서 하는 이야기라는 게 다 그렇다. 앞으로 뭐해서 먹고 살 것인가. 나

정도의 스펙이면 어떤 직장에 취직할 수 있을 것인가. 세계에 대한 고민, 하다못해 자아에 대한 고민조차도 하지 않았으며 그런 생각으로 시간을 보내다간 치열한 경쟁에서 도태되기 십상이었다. 정신적 여유조차 부릴 수 없는 숨 막히는 현실이고, 여행을 끝내고 돌아가면 나를 기다리고 있을 현실이기도 했다.

　이런저런 이야기를 나누고 있자니 모닥불이 약해지며 점점 추워졌다. 30분이 한참 지났지만 오마르는 돌아오지 않았다. 원래 있던 장작은 이미 다 써버린 터, 휴지를 태우며 불길을 살리려 해봤지만 소용없었다. 할 수 없이 캠프 주변을 돌며 잔나뭇가지를 주웠다. 다른 사람들이 캠프를 하고 가며 남긴 잔해인 모양이었다. 풀 한 포기 없는 사막에서 나뭇가지를 줍고 있다니…. 지금 생각하면 웃기지만 이때는 정말 살아야겠다는 일념으로 나뭇가지를 주워 모았다. 그 정도로 사막의 밤은 추웠다.

　　오마르는 3시간이나 지난 후에 돌아오더니 어디서 나무를 한 짐 끌고 와 모닥불을 살려줬다. 따뜻하다는 게 이렇게 감사한 일이었구나! 나와 진우 오빠는 그제서야 마음을 놓고 다시 살아난 모닥불 앞에 앉아 몸을 녹였다. 재미있는 사실은 나와 진우 오빠가 불을 살리려고 고군분투하는 동안 지연 언니는 계속 자고 있었다는 거다. 무슨 일이 있는지도 모르고, 아주 편안하게 말이다.

　　천막 안에서 자겠냐는 오마르의 물음에 우리는 모두 밖에서 자겠다고 했다. 내일 아침이면 떠나게 될 사막을 조금이라도 더 느끼고 싶었다.

신 의   영 역 ,   인 간 의   영 역

새벽, 뼛속까지 얼어붙을 것 같은 추위에 잠에서 깼다. 옷깃을 여미며 몸을 일으켜 보니 해가 뜨고 있었다. 멍하니 앉아 해가 뜨는 것을 쳐다보았다. 해가 떠오르고 햇빛이 가까워 올 때마다 조금씩 따뜻해지는 걸 느낄 수 있었다. 엄마가 예전에 이집트 배낭여행을 마치고 돌아와 하셨던 말씀이 기억났다. "사막에서 해 뜨는 걸 볼 때마다 왜 이집트 사람들이 태양신을 섬기는지 이해가 가더라고. 그렇게 춥다가도 해가 뜨면 신기할 정도로 따뜻해지잖아." 그 말에 공감이 갔다. 그 옛날, 제대로 된 방한복이나 바람막이도 없이 떠돌던 유목민족들에게 길고 추운 밤을 지나 떠오르는 태양은 정말 신처럼 보였으리라.

사막에서 간단하게 아침식사를 하고 시와로 돌아왔다. 진우 오빠와 지연 언니는 일정이 빠듯해서 바로 카이로로 돌아가고 나는 좀 쉬기 위해 시와에 남았다. "바하리야에 가면 사막여우에게 꼭 안부 전해줘. 나를 기다리고 있을 거야." 진우 오빠의 부탁을 받아 꼭 바하리야에 가겠노라고 약속을 했다.

　나는 시와에 이틀을 더 머물며 푹 쉬고 카이로로 돌아갔다. 다음 목적지는 이집트 남부, 아스완과 룩소르다. 사막에서 자연의 경이로움을 만끽했으니 이제 인간의 위업들을 느끼러 갈 차례였다.

재회 그리고 뜻밖의 제안

이집트, 아스완 – 룩소르 – 카이로 Egypt, Aswan-Luxor-Cairo

다시 카이로에서 하루를 보낸 후, 아스완까지 침대기차를 타고 내려 왔다. 먼저 여행 왔던 엄마가 추천해준 것이었지만, 나중에 룩소르에 서 카이로까지 1등칸을 타고 가보니 굳이 60달러나 내고 침대기차를 탈 필요가 없다고 느껴졌다. 어쨌든 나는 이때 침대기차를 이용했고 이 일은 준영 오빠에게 두고두고 놀림감이 되었다. '60달러짜리 호화 기차를 타고 다니는 럭셔리한 아가씨' 라고 말이다.

아스완에 내리자마자 가장 먼저 떠오른 건 준영 오빠가 전해준 남부의 무시무시한 악명이었다. 하지만 막상 기차역 밖으로 나와 보 니 그렇게 끈질기게 따라붙는 호객꾼들이 없다. 사람들이 잔뜩 달라 붙어 귀찮게 굴 것을 각오하고 나왔는데. 내가 너무 단련된 건가? 순 한 인상 때문에 한국에서 '도를 아십니까' 하는 사람들에게 많이 시달 렸던 나에게는 시시하게 느껴질 정도였다.

숙소에 도착해서는 아부심벨과 이시스 신전 등을 보러가는 아스완 투어를 신청하고 룩소르까지 가는 2박 3일 크루즈 배편까지 예약했다. 크루즈 역시 침대기차처럼 엄마의 추천이었지만 너무 비싼 게 영 마음에 걸렸다. 엄마는 여행을 간 이상 할 거 다 해보고 오라고 하셨지만, 이게 과연 이 가격 정도의 가치를 가질까? 지중해 크루즈도 아니고 좁은 나일강을 떠다니는 건데?

설 렘 없 는 여 행 이 란

숙소를 나와 박물관도 다녀오고 식물원도 다녀왔지만 머릿속에는 계속해서 크루즈 생각만이 맴돌았다. 갈까, 말까. 어떻게 해야 하나. 종일 걸어 다녀 힘들었지만 입맛도 없고 머릿속이 복잡해 아무것도 먹지 않은 채 숙소로 돌아왔다.

배고픈 상태에서 텅 비고 넓은 방과 마주하자 극심한 외로움이 덮쳐왔다. 몇 시간 돌아다녀 보니, 준영 오빠가 남부는 호객꾼 때문에 피곤하다고 했던 말이 이해됐다. 아스완에 고작 반나절 머물렀을 뿐이지만 관광객을 봉으로만 여기는 사람들 사이를 걸어 다니는 것은 정신적으로 지치는 일이었다. 그 누구도 진심이나 호의로 다가오는 사람이 없었다. 카이로가 그리웠다. 카이로라고 해서 별 다를 게 있는 건 아니지만 적어도 그곳에서는 사람 사는 분위기를 느낄 수 있었다. 외진 거리를 헤매다 보면 관광객의 때가 묻지 않은 사람들의 순수한 미소를 마주할 수 있었다. 하지만 이곳에는 박제된 고대도시, 수천 년

전의 흔적에 의지해 사는 사람들의 껍데기뿐인 웃음만 가득했다. 아부심벨이고 뭐고 상관없으니 어서 이곳을 떠나고 싶다는 생각이 간절했다.

그 순간 나는 깨달았다. 내가 원하던 여행은 이런 게 아니라는 것을. 지금까지 하나라도 더 봐야 된다는 의무감으로 유적지를 돌아다녔지만 나는 그것들에 진정으로 감탄하거나 그런 관광을 행복하다고 느낀 적이 없었다. 매일 매일 날 괴롭히는 이 지독한 피로함이 어디서 오는 건지 그제서야 알 수 있었다. 천성이 게으르고 느릿느릿한 내가 별로 좋아하지도 않는 유적지를 하나라도 더 보기 위해 열심히 여행하는 것은 그저 피곤하기만 한 일이었다.

내가 즐거워할 수 있는 공간은 인간의 한계를 느끼게 하는 곳이 아니라 자연의 경이로움을 느끼게 하는 곳이었다. 흘러간 역사의 흔적을 간직한 곳이 아니라 현재의 사람들이 살아가는 솔직한 이야기를 들을 수 있는 곳이었다. 아부심벨도, 피라미드도 아닌 시와 사막, 카이로의 길거리야말로 나에게 어울리는 장소였던 것이다.

크루즈를 취소하고 최대한 빨리 카이로로 돌아가야겠다고 결심했다. 이런 우울한 기분으로 크루즈를 타봤자 재밌지도 않을 거고, 어서 카이로로 돌아가 골목골목을 걸으며 사람 사는 풍경을 마주하고 싶었다. 무엇보다 준영 오빠가 보고 싶었다. 별로 친하지도 않고, 겨우 두 번밖에 보지 않은 나를 계속 걱정하며 메일을 보내준 사람. 왠지 함께 하면 재밌을 것 같은, 나와 같은 여행을 즐길 것 같은 사람.

나는 로비로 내려가 숙소주인에게 크루즈를 취소해달라고 했다. 그리고 내일 저녁 룩소르로 가는 기차표를 부탁했다. 아무리 유적지를 보는 게 기대되지 않는다 해도 마지막 남은 의무감에 투어까지 취소할 수는 없었다. 내일 아부심벨을 보고 룩소르로 가서, 내일 모레는 룩소르를 보고 밤에 카이로로 돌아가자. 모든 걸 다 끝내고 빨리 홀가분해지고 싶다.

윤하야, 에티오피아에 같이 안 갈래?

아스완과 룩소르 여행을 끝내고 마침내 카이로행 야간기차의 1등칸에 앉자 마음이 평온해졌다. 야간기차에서는 뜻밖에 반가운 만남도 있었다. 시와에 동행했던 진우 오빠와 지연 언니를 다시 만났던 것이다(어쨌거나 만날 인연은 다시 만나게 되는 법인가 보다). 두 사람과 함께 다녔다는 희문 군과 함께, 우리는 준영 오빠를 만나 오빠가 묵는 숙소에 짐을 풀었다. 준영 오빠가 묵는 숙소는 일본인 숙소였는데 내가 준영 오빠와 대화하고 있자니 지나가던 일본인이 한 마디 한다.

"준영 상, 한국어 잘 하시네요.."

숙소 사람들은 내가 오기 전까지 준영 오빠가 일본인인 줄 알았던 모양이다. 준영 오빠가 한국인이라는 말에 사람들은 믿지 못하는 눈치였다. 일전에는 한국인이라는 걸 안 믿으며 여권을 보여 달라는 사람도 있었단다.

이집트를 떠나 에티오피아로 갈 계획이었던 오빠가 아직까지도 카이로의 평화로운 일본인 숙소에서 할 일 없이 늦장 부리고 있는 데는 이유가 있었다. 에티오피아행 비행기표를 사야 하는데 환율이 떨어지질 않는 것이었다. 이야기 끝에 오빠는 농담처럼 덧붙여 말한다.

"윤하야, 오빠랑 같이 에티오피아 가자. 에티오피아에 가면 고추에 뿔만 달고 다 벗고 다니는 원시부족들을 잔뜩 볼 수 있대!"

카이로에서의 나날은 빈둥거리기의 연속이었다. 사실, 천성이 게으른 내가 그 동안의 스케줄을 소화한 것은 실로 놀라운 일이었다. 쉴 만큼 쉬다가 가고 싶을 때 가는 여유로운 여행이 나에게 맞는 것이었는데 말이다.

준영 오빠는 그런 날 끌고 동물원으로 향했다. 전날 동물원에 갔다 온 일본인 요코 상이 정말 좋았다고 한 것도 있고, 부지런한 오빠가 더 이상 내 게으름을 두고 보지 못한 이유도 있었다. 지하철을 타고 가야 할 거리를 우리는 천천히 걸어 한 시간 반 만에 도착했다. 동물원은 차가 씽씽 달리고 높은 건물들이 서 있는 도심 한가운데에 위치해 있었다.

폐관시간이 거의 다 돼서인지 대부분의 구역들이 닫혀 있었다. 볼 수 있는 건 타조와 벅, 원숭이 정도뿐이다. 산책하는 기분으로 동물원을 돌아다니고 있는데 히잡을 쓴 한 무리의 이집트 여학생들이 깔깔 웃더니 우리에게로 달려왔다. 우리가 신기한지 한참을 쳐다보고 할 줄 아는 영어 한두 마디를 던지더니 귤 몇 개와 팝콘 한 주먹을 주고 사라진다. 이거야 원…, 우리가 철창 안에 들어가서 동물노릇하고 있어야 할 처지네. 하지만 우리는 이집트 소녀들의 해맑은 호의가 싫지 않았다.

너무 늦게 간 탓에 동물들은 거의 볼 수 없었지만 오빠와 나는 동물원 벤치에 앉아 한참 동안 수다를 떨며 신나게 시간을 보냈다. 수다거리가 많은 동년배 여자 친구도 아니고, 만난 지 얼마 되지 않은 사람과 이토록 즐거운 대화를 할 수 있는 건 여행자라는 공통분모가 있기 때문일까? 우리가 앉아 있는 곳이 동물원이라는 것을 잊을 정도로 대화는 신나게 이어졌다. 얘기가 어찌나 길어졌던지, 슬슬 일어나자고 생각하고 주위를 둘러보니 사람이 하나도 없는 게 폐관시간인 모양이다. 그리고 보니 저녁 먹을 때가 다 된 듯 배도 좀 고프다. 동물원 출구로 향하며 우리는 또 다시 저녁메뉴에 대한 시시콜콜한 잡담을 시작했다. 하지만 동물원 출구에 도착한 우리는 마음 편하게 저녁식사에 대한 이야기나 하고 있을 때가 아니라는 것을 알게 되었다.

문이 잠긴 것이다!

세상에, 어떻게 된 동물원이 안에 사람이 있는지 없는지도 확인

안 하고 문을 잠그는 거지? 우리는 동물원 담벼락을 돌며 다른 문들도 찾아봤지만 모두 잠겨 있기는 마찬가지였다. 이쯤 되자 걱정보다는 웃음이 나왔다. 도심 한가운데에 타조와 원숭이와 함께 갇혀버리다니, 이 얼마나 우스꽝스러운 상황인가. 처음에는 당황했지만 우리는 슬슬 농담을 하기 시작했다.

"오빠, 우리 오늘 여기서 못 나가면 어떻게 해요?"

"글쎄. 오늘 뭐 먹고 싶니? 타조 먹을까?"

"밤에 잘 때 추울 텐데."

"사자 가죽 벗겨서 덮고 자자."

"히히. 근데 진짜 경비 허술하네요. 타조 되게 많던데 한 마리 잡아가도 모르겠어요."

실없는 농담을 하며 우리는 태평하게 걸었다. 이전에 카이로를 헤맬 때도 느낀 거지만, 둘 다 위기감과는 거리가 먼 사람들인 것 같아. 잠시 후, 딱 한 군데 열려있는 출구를 발견해 겨우 밖으로 나갈 수 있었다.

극적으로 동물원을 탈출해 저녁을 먹은 후 우리는 찻집에서 다시 마주 앉았다. 독특한 향의 시샤를 피우며 나는 한국에 돌아가기 싫다고, 계속 여행하고 싶다고 푸념을 늘어놓았다. 조용히 이야기를 듣던 준영 오빠가 문득 진지한 표정으로 물었다.

"윤하야. 진짜 에티오피아에 같이 가지 않을래?"

지금까지 농담처럼 넘겨듣던 그 말이 갑자기 무겁게 들려왔다. 한국에 정리하고 오지 않은 일들, 가서 책임져야 할 일들이 많았지만 나는 돌아가고 싶지 않았다. 그렇다고 해서 딱히 에티오피아에 가고

싶은 것도 아니었다. 또, 잘 모르는 사람을 믿고 모르는 땅으로 뛰어
든다니 약간 경계심이 느껴지기도 했다. 순식간에 머릿속에 온갖 생
각들이 떠올랐지만 일단 고민하겠다는 한 마디로 대답했다.

　　이날 밤, 우리는 바하리야로 가는 버스표를 사고 돌아와 짐을 정
리했다. 바하리야에 가면 이 고민에 대한 해답을 얻을 수 있을까? 광
활한 사막을 보고 있노라면, 나도 잘 모르는 내 마음들이 정리가 되며
이 매력적인 제안에 대해 확실히 결정을 내릴 수 있을까?

사막여우의 방문

이집트, 바하리야^{Egypt, Bahariya}

내가 시와 사막이 너무 아름다웠다고 감상을 늘어놓자 준영 오빠는 조금 미묘한 표정을 지었다. 시와와 바하리야 둘 다 다녀온 준영 오빠는 시와에서 본 것 같은 사막을 기대한다면 바하리야는 좀 실망스러울 거라고 했다. 그곳은 시와처럼 모래만 잔뜩 있는 사막이 아니라는 것이었다.

실제로 바하리야에 들어간 나는 당황스러웠다. 검은 돌들로 뒤덮인 산들이 있는 바하리야는 시와 사막과는 완전히 느낌이 달랐다. 시와가 너무나도 아름다운 풍경 때문에 다른 세계에 온 것 같았다면, 바하리야는 그 느낌 자체가 황폐한 것이 마치 화성에라도 온 것 같았다. 아름답다기보단 이색적인 그 풍경에 살짝 실망한 것도 사실이었다.

결국 바하리야에서는 풍경을 즐기기보단 같이 간 사람들과 놀면서 즐거운 시간을 보냈다. 검은 사막, 크리스탈 사막, 모래사막과 흰 사막 모두 다녀왔지만 기억에 남는 건 두 개뿐이다. 화려하고 아름다웠던 일몰과, 우리 캠프를 찾아온 사막여우.

야생의 사막여우가 기다리는 곳

해가 진 후 저녁도 먹고 모닥불도 피워놓고 놀고 있자니 어디서 부스럭거리는 소리가 들려왔다. 잘 보니 어둠 저편에서 작은 물체가 움직이고 있었다. 사막여우였다.

　바하리야에선 사막투어 중 여우가 거의 백 프로 출몰한다고는 하지만, 실제로 보니 정말 신기했다. 먹을 걸 찾아왔는지 주변을 맴맴 돌던 사막여우는 잽싸게 빵 한 조각을 채서 달아났다. 여우보다는 고양이 같아 보이는 그 작은 손님이 떠나고 나서야 나는 중요한 사실을 기억해 냈다. 진우 오빠가 사막여우한테 안부 전해달라고 했는데! 사막여우야. 너 정말 진우 오빠를 기다리고 있었니? 어쩌면 진우 오빠가 있는 건 아닌지 알아보려고 살짝 왔다 간 걸지도 모르겠다는, 낭만적인 생각이 머리를 스쳤다.

　사막에서 하룻밤을 지내고 마을로 돌아온 후, 혼자 슬그머니 투어를 운영하는 아주머니 댁을 빠져나왔다. 생각도 정리할 겸 산책을 할 생각이었다(물론 나 같은 길치가 대책 없이 걷다간 큰일 난다는 것을 알고 있었기 때문에 길을 잃지 않기 위해 무조건 앞으로만 걸었다).

　길이 끝나는 곳 저편에는 검은 사막이 있었다. 사막이라기엔 화

산 같은, 어떻게 보면 또 공사장의 돌무더기 같은 검은 사막의 산들을 쳐다보며 머릿속으로 여러 가지 생각이 스치고 지나갔다. 내가 여기서 이러고 있는 동안 한국의 친구들은 열심히 영어공부도 하고 자격증도 따고 있겠지. 같은 과 동기들은 임용고시 공부에 한창일테고. 그런 것들에서 벗어나 잠시 쉬고 싶어 휴학을 한 것이지만, 사실은 마음이 불안했다. 나, 이러고 있어도 괜찮은 걸까? 카이로의 숙소에서 맥주를 마실 때 진우 오빠가 해준 이야기가 생각난다. "지금의 너에게 가장 중요한 게 뭔지 잘 생각해야 해." 지금의 나에게 중요한 것, 그게 무엇일까. 어떤 대답을 얻을 수 있으리라 기대하고 바하리야 사막으로 왔건만, 이곳은 나에게 정답을 보여주지 않았다. 결국 나 스스로 생각해야 한다는 건가.

문득 전날 밤 본 별똥별이 떠올랐다. 두 개나 봤지만 당장 소원이

생각나지 않아 아무런 소원도 빌지 못했지. 내가 지금 정말 중요하게 생각하는 일이란 사실 없는 것 아닐까. 진심으로 원하는 일이 없다는 걸까. 그럼 지금 상황에 만족하고 있다는 이야기일까.

　잠시 검은 사막을 쳐다보다가 슬슬 발걸음을 돌렸다. 일자로 걸어왔음에도 불구하고 돌아가야 할 길이 헷갈렸지만, 남아 있는 발자국을 보고 간신히 돌아올 수 있었다. 슬슬 버스 시간이 다가와 우리는 짐을 챙겨 바하리야를 떠났다.

이런 기회는, 다신 오지 않을지도 몰라

돌아온 카이로에는 비가 내리고 있었다. 추적추적 내리는 비를 맞으며 숙소로 돌아온 나는 준영 오빠에게 말했다.

"저, 에티오피아 갈래요."

내가 지금 하고 싶은 일이 뭔지는 모르겠지만 하기 싫은 일은 확실히 안다. 한국에 돌아가고 싶지 않다. 어쩌면 현실도피일지도 모르지만, 정말 가고 싶지 않았다. 내가 아는, 날 아는 사람들이 있는 곳으로 돌아가는 것이 싫었다. 언젠가는 그 속으로 돌아가야 할 것을 알지만 지금은 일단 모든 걸 묻어두고 준영 오빠를 따라가겠다고 결심했다.

잘 알지도 못하는 사람, 거기다 남자인데도, 이 사람을 따라나서면 분명 지금까지 겪어보지 못한 즐거운 세상이 기다리고 있을 것만 같은 느낌이 든다. 그리고 그 새로운 세계에서 내가 길을 잃지 않도록 이 사람은 톡톡히 안내자 역할을 해주리라. 근거 없는 막연한 믿음, 지금의 나에게 딱 필요한 만큼의 무모한 믿음이 어느새 마음속을 채우고 있었다. 나중에 후회할지언정, 지금은 마음이 가르키는 방향으로 몸을 던지자.

가끔은 좋지 않은가. 모든 책임감과 두려움을 던져버리고 미지의 세계로 뛰어드는 것도.

이집트를 떠나다

에티오피아에 함께 가겠다는 대답에 준영 오빠는 조금 놀란 표정이었다. 하지만 곧 있어 싱글벙글해지는 걸 보니 오빠도 동행이 생긴 게 기쁜 모양이다. 오빠는 약간 들뜬 목소리로 농담처럼 말한다.

"같이 가자고 한 나도 나지만, 덜컥 쫓아온다는 너도 너다."

이날 이후부터 우리는 본격적으로 일행이 되었다. 초특급 짠돌이 능구렁이 장기여행자와 기네스북에 오를만한 길치에 방향치인 어리바리 초보여행자. 그럭저럭 봐줄만한 조합이다.

에티오피아로 갈 비행기를 끊기엔 환율이 너무 높았기에, 환율이 떨어지는 걸 기다리는 동안 다합에 다녀오기로 했다. 버스 시간이 다가오길 기다리며 숙소 로비에 앉아 있자 한 일본인이 직접 만든 김치를 들고 와서 먹어보라고 한다. 이 얼마만의 김치냐! 약간 다르긴 했지만 분명 그건 김치의 맛이었다. 준영 오빠가 맛있게 김치를 먹고 있자 그 일본인이 웃으며 말한다. "김치를 좋아하는 걸 보니 정말 한국인이었군요." 이 사람들은 아직도 준영 오빠가 한국인이라는 걸 믿기 힘든 모양이었다.

다합에서 천국 같은 며칠을 보내며 푹 쉰 후 다시 카이로로 돌아왔다. 카이로의 더러운 공기와 혼잡함은 여전했지만 이제 예전같이 숨이 턱턱 막히는 느낌은 없었다. 이제는 카이로가 마치 고향처럼 느껴질 정도다. 에티오피아를 넘어 케냐로 가기 위해 황열병 예방주사를 맞고 며칠 후 떠나는 비행기표를 예약했다.

드디어 출발 당일 날. 우리는 그동안 사놓았던 식재료를 처리할 겸 숙소의 주방에서 파스타를 만들어 먹었다. 채소볶음에 간장으로만 간을 해서 파스타면 위에 얹어 먹은 것이지만 생각보다 꽤 맛있다. 나는 진지한 표정으로 이 요리에 '카이로 파스타'라고 이름을 붙여줬다. 처음 개발한 요리에는 무릇 지역 이름이 들어가기 마련이니까.

이집트를 떠나는 기념으로 마지막 코샤리까지 산 후에야 우리는 공항으로 출발했다. 손에는 에티오피아행 비행기표가 들려져 있다. 한껏 설레면서도 조금은 두려운 마음이다.

'드디어 이집트를 떠나 에티오피아로 가는구나. 에티오피아는 나에게 또 어떤 새로운 세계들을 보여줄까.'

물론 이때는 알 턱이 없었다. 파스타에 코샤리에 기내식까지 먹은 내가 에티오피아에 가자마자 만나게 될 세계가, 우리를 닷새 동안 아디스 아바바에 잡아 둘 무시무시한 배탈의 세계라는 것을 말이다.

Part 2
—
달콤쌉싸름했던,
그 봄날의 커피

에티오피아 Ethiopia

도시의 빛과 어둠

에티오피아, 아디스 아바바 (1) Ethiopia, Addis Ababa (1)

에티오피아의 수도 아디스 아바바에 도착한 시간은 새벽 4시경이었다. 밖으로 나가기엔 위험한 시간이었기에 해가 뜰 때까지 공항에서 기다리기로 했다. 한편, 나는 화장실을 들락거리기 시작했다. 분명 과식으로 인한 것이었을 테지만, 이때는 이집트에서 한 번도 하지 않은 물갈이가 드디어 찾아온 거라고만 생각하고 있었다.

아침 7시가 되기 전, 우리는 공항을 나와 미니버스를 찾았다. 숙소가 밀집되어 있다는 '피아샤'로 가는 버스를 찾아야 했다. 피아사로 가는 버스는 많았지만 터무니없이 높은 가격을 부른다. 무려 60버르! 막 도착한 터라 에티오피아의 물가를 모르고 있었지만, 1달러에 12.7버르라는 환율을 생각하면 절대 있을 수 없는 가격이었다. 한참을 실랑이해도 도통 말이 통하질 않는다. 우리가 조금이라도 싼 버스를 타기 위해 전전긍긍하고 있자 계속 택시 타기를 종용하던 택시 기

사도 포기했는지, 공항에서는 싼 버스를 타기 어려우니 큰 길까지 나가서 타라고 살짝 귀띔해준다. 우리가 절대 비싼 돈을 주고 이동할 생각이 없다는 걸 알아차린 모양이었다. 다행히도 우리는 2명에 10버르로 타협하고 미니버스를 탔다. 나중에서야 안 사실이지만 에티오피아의 미니버스는 가까운 거리는 1버르가 안 되고 아무리 멀어도 2버르가 안 넘는 가격이었다. 그걸 60버르를 부르다니….

피아사에 도착해 숙소를 잡은 우리는 거의 기절하듯 잠들었다가 사방이 어둑어둑해지는 7시나 되어서 슬슬 숙소 밖으로 나왔다. 아침에 오면서 봤던 수많은 호텔 간판들이 반짝거리며 그 안에서 시끄러운 음악이 흘러나오고 있었다. 호텔 안은 야한 차림을 한 아가씨들과 손에 맥주 한 병씩 든 남자들로 북적거렸다. 호텔 간판을 달은 곳 중

실제 호텔은 얼마 안 되고 대부분이 클럽인 모양이었다.

피아사를 벗어나자 언제 그랬냐는 것처럼 주변이 조용해졌다. 새벽까지 시끌거리던 이집트의 밤을 생각했던 나는 살짝 겁을 먹었다. 중동권 문화인 이집트와 에티오피아가 같을 거라고 생각한 게 오산이었다. 어둡고 인적 없는 거리의 어둑진 곳에서는 뭔가가 꿈틀거리며 움직이고 있었다. 노숙자였다. 카이로에서 노숙자를 본 적이 있던가? 분명 있겠지만 기억이 나지 않았다. 하지만 아무도 없을 거라고 생각한 어둠 속에 숨어 우리를 쳐다보는 아디스 아바바의 노숙자들은 내 머릿속에 강렬한 인상을 남겼다.

길 건너의 밝은 편에서는 꽃들을 팔고 있다. 화려한 꽃들 옆에는 나무관들이 길게 세워져 있었다. 관 파는 집이었다. 생명이 바스락 거리는 어둠과 죽음이 새어나오는 불빛 사이에서 묘한 긴장감을 느끼며, 우리는 아디스 아바바의 메인 로드를 지나쳤다.

고급 호텔의 휴지 절도범이 되다

공항에서 조금 밖에 환전하지 않은 우리에겐 당장 내일 방값으로 낼 현지돈도 없었다. "제일 서러운 상황이 뭔지 아니? 돈은 있는데 현지돈이 없는 상황이야!" 준영 오빠가 자주 하던 말이다. 현지돈을 마련하기 위해서는 ATM 기기를 쓸 수 있는 곳을 찾아야 했다. 한참 방황하다가 결국 지나가는 사람에게 ATM 기기를 쓸 수 있는 곳이 어디냐고 물어보니, 투어리스트 호텔이나 쉐라톤 호텔에 있다며, 먼저 물어

보기도 전에 근처까지 데려다 주겠다고 했다. 키가 작지만 발이 잰 아저씨는 빠른 걸음으로 걸으며 끊임없이 우리에게 관심을 보였다. 근처까지 데려다준 후에도 마저 데려다주지 못해 미안해한다.

아저씨와 헤어지고 쉐라톤 호텔 올라가는 길, 어디 미국의 휴양지에라도 온 것처럼 예쁘게 쭉 늘어선 야자수나무를 보자 우리는 살짝 긴장했다. 못 사는 도시 한가운데의 초호화 호텔이라, 어떤 모습일까?

드디어 쉐라톤 호텔 입구에 도착한 순간…. 정말 입이 쩍 벌어졌다. 이렇게나 크고 호화로운 호텔이라니! 잡지에서나 보던 멋지고 럭셔리한 호텔이 바로 눈앞에 있었다. 추레한 차림에 슬리퍼를 신은 내 모습이 왠지 주눅이 들어 발걸음 띄는 것도 꺼려질 정도였다. 세계에서 가장 못 사는 나라 중 하나인 에티오피아의 수도에 이런 초호화 호텔이라니? 처음에는 그 화려함에 입이 벌어질 따름이었지만 갈수록 위화감과 이질감이 느껴졌다.

내가 호텔 로비에서 계속 오류 나는 ATM 기기와 씨름하는 사이, 화장실을 다녀온 준영 오빠는 엄청나게 감격한 표정이었다. 여행하면서 이렇게 깨끗한 화장실은 처음 본다는 것이었다. 별 것 아닌 사실 같지만 여행하다 보면 이런 사소한 것들이 감격적으로 다가올 때가 있다. 깨끗한 화장실, 따뜻한 물이 나오는 샤워기, 벌레 없는 침대 같은 것 말이다. 좀 부끄러운 이야기지만 우리는 쉐라톤 호텔의 화장실에서 두루마리 휴지를 몇 개 빼왔다. 에티오피아의 가게에서는 돈 주고도 살 수 없는 고급(?) 휴지였던 것이다.

호텔 로비의 안락한 소파에서 좀 쉬고 노닥거리다가 11시나 되어서 밖으로 나왔다. 조용하고 한적한 거리를 한참 걸어 다시 피아사에 도착하자 여전히 시끄럽다. 그러나 숙소를 나오며 봤던 활기찬 광경이 아니었다. 술에 취한 사람들이 많았고 마약에 취한 사람들도 그만큼 많았다. 반쯤 풀린 눈으로 "Hey, Japanese! Good marijuana!(어이, 일본인들. 마리화나 한 대 하지!)"라며 낄낄대는 사람들도 많았다. 화려하고 퇴폐적인 모습의 밤거리였다.

숙소로 돌아오자 언제 그랬냐는 듯 다시 사위가 조용해졌다. 종일 배탈에 시달리느라 아무것도 못 먹은 나는 꼬르륵 거리는 배를 껴안고 문득 집을 떠올렸다. 오빠를 안 따라왔으면 지금쯤 내 침대에 편하게 누워 맛있는 걸 먹고 퍼질러 자고 있을 텐데. 집을 떠난 지 3주, 갑자기 극심한 향수가 느껴졌다. 한국에 가는 것이 싫어 에티오피아로 떠나왔는데 지금은 이리도 집이 그립다니. 나, 이런 상태로 무사히 에티오피아를 여행할 수 있는 걸까?

불법과 신앙이 공존하는 도시

다음날, 우리는 준영 오빠의 환전을 위해 보석상을 찾았다. 어느 나라든 불법환전은 만연하기 마련이고 여행자들 대부분이 환율이 더 좋은 불법환전을 하기 마련이지만 에티오피아에서는 특히 더 했다. 은행 환율이 10.2 정도 할 때 불법환전 환율이 12.7이었으니, 모르는 사람이 아니고서야 누가 은행을 이용하겠는가. 보석상 몇 군데를 전전하다 보니 한 군데에서 환전을 해줄 수 있다고 한다. 잠시 기다리라고 했던 보석상 점원은 잠시 후 으슥한 곳으로 우리를 데리고 갔다. 구석에서 나타난 남자는 주변을 둘러보더니 일단 망보는 사람을 세웠다. 그리고 빠르게 돈뭉치를 꺼내 은밀하게 거래를 한다. 이거, 제대로 불법 느낌이 나는데!

환전을 하고 나서는 피아사의 꼭대기, 그러니까 아디스 아바바에서 가장 높은 곳으로 올라갔다. 아디스 아바바의 풍경이 훤히 보이는 그곳에는 큰 교회가 있었다. 교회 앞에는 십자가나 예수님의 그림이 담긴 포스터를 파는 노점들이 즐비하다. 며칠 전까지 코란송이 지겹게 들려오던 이집트에 있던 우리는 이 분위기가 참 신기했다. 주변이 모두 이슬람국가로 둘러싸여 있는 나라인데 국민 대부분이 크리스천이라는 사실이 잘 이해가 안 되면서도 흥미로웠다.

교회 안에는 들어갈 수 없는 모양인지, 사람들은 모두 예배당 밖에 앉아 기다리고 있었다. 조금 후 높은 사람으로 보이는 누군가가 나오자 앉아 있던 사람들이 일제히 일어났다. 벤치에 앉아 있는 사람들만 예배를 보러 왔고 다른 사람들은 할 일 없이 쉬고 있는 줄 알았던 나는 살짝 놀랐다. 근처의 바위에 앉아 노닥거리던 사람들과 한 무리씩 모여 수다 떨던 사람들까지 모두 일어난 것이다. 한껏 빼입은 아가씨와 동네 패거리인 줄만 알았던 건들거리는 청년들 모두 경건한 태도로 기도드리는 모습에 알 수 없는 감정이 가슴 한 켠을 스치고 지나갔다.

　　예배가 끝나기 전에 우리는 교회를 나왔다. 숙연하게 가라앉은 분위기 속에 우리만 붕 떠 있는 것 같은 느낌이 편하지만은 않았다. 방금 전 불법 환전을 하고 와서 더 그런 기분이 들었던 걸까. 불법 환전소와 교회, 퇴폐적인 밤문화를 지닌 호텔골목과 경건하게 예배드리는 사람들의 모습이 머릿속으로 교차해 지나가며 묘한 기분은 점점 더해져 갔다.

경악할 만한 인제라의 맛

우리를 즐겁게 해주는 화두는 언제나 저녁메뉴였지만 이날만은 그렇지 못했다. 내내 배탈에 시달리느라 아무것도 못 먹고 있는 나에게 저녁시간이 반가울 리 없었던 것이다. 하지만 준영 오빠만은 오늘 저녁으로 반드시 '인제라'를 먹겠다며 들떠 있었다. 에티오피아의 전통음식인데, 숙소에서 누군가가 먹는 걸 본 이후로 계속 벼르고 있었다는 것이다. 마침 우리에게 다가온 현지인 한 사람에게 '인제라를 파는 로컬식당을 알려달라'고 부탁했다.

　　그는 우리를 진짜 동네식당으로 데려갔다. 우리나라로 치자면 골

목길 백반집 정도 될 듯한, 메뉴도 현지어고 영어도 안 통하는 곳이었다. 잠시 기다리니 정말 처음 보는 신기한 음식이 나온다. 얇은 빵을 쟁반에 넓게 깔고 그 위에 여러 가지 소스를 얹어 나오는 것으로, 빵을 찢어 소스에 찍어 먹는 것이었다. 이후 에티오피아를 여행하며 정말 지긋지긋할 정도로 먹게 될 인제라를 처음으로 접한 순간이었다.

　미심쩍은 표정으로 빵을 뜯어 소스에 찍어 먹은 나는 깜짝 놀랐다. 이… 이것이야말로 정말 신세계적인 맛이다! 단 한 번도 먹어본 적 없는 새로운 맛이야! 그 맛에 경악한 나는 딱 세 입 먹고 더 이상은 인제라를 건드리지 않았다. 소스는 그럭저럭 맛있었지만 빵에서는 정말 참을 수 없을 정도로 시고 텁텁한 맛이 났다. 한국에서는 아무거나 잘 먹기로 소문난 나였지만 이건 내 허용범위를 벗어난 음식이었다. 하지만 정말 '아무거나' 잘 먹는 준영 오빠는 자기 입에는 괜찮다며 인제라를 깨끗이 먹어치웠다. 진짜 준영 오빠의 위장은 세계 7대 불가사의에 들어가야 해. 저렇게 아무거나 먹는데도 왜 배탈이 나지 않는 거지?

어제 오늘 통틀어 먹은 거라곤 빵 한 조각밖에 없었던 나를 위해 준영 오빠가 선택한 건 맥주였다. 중동권 문화의 이집트에서는 맥주를 찾아보기 힘들었지만 에티오피아에서는 어느 식당엘 가나 병맥주를 팔고 웬만한 곳에서는 다 생맥주를 팔았다. 어제 밤에 봤던 시끌벅적한 클럽 분위기의 호텔들 중에 좀 건전해 보이는 곳으로 들어가 정말 오랜만에 생맥주를 마셨다. 생맥주를 연거푸 두 잔이나 마시며 나는 세상에서 제일 행복한 사람의 표정을 지어보였다.

"맥주를 마시니까 배탈이 낫는 것 같아요!"

물론 말도 안 되는 소리였다. 다음날, 나는 더욱 극심한 배탈에 시달리는 바람에 종일 숙소에 처박혀 있어야 했다.

도대체 내 뱃속에서는 무슨 일이?

잠에서 깬 것이 먼저인지 화장실로 달려간 게 먼저인지도 기억나지 않는다. 나는 아침부터 계속 화장실을 들락거리며 잔뜩 울상을 지었다. 과식 때문에 배탈이 난 거라면 이렇게 오래가지 않을 거고 물갈이 때문이라면 이미 이집트에서 겪었어야 하는데, 도대체 왜 갑자기 이러는 건지 알 수 없었다. 지사제를 먹어도, 종일 굶어도 소용이 없었으니 이제 어떻게 해야 하나.

점심때쯤, 준영 오빠가 겨우 속이 진정된 나를 억지로 끌고 밖으로 나왔다. 아플 때는 잘 먹고 잘 움직여야 낫는다는 것이 오빠의 지론이었다. 우리가 향한 곳은 오빠가 갖고 있던 여행 정보에 나온 샐러드 가게였다. 정확히 말하자면 채소가게였는데, 안에 들어가 보니 채소를 바로바로 손질해 샐러드도 팔고 있었다. 각종 채소 위에 아보카도를 큼직하게 잘라 얹은 샐러드가 나왔다. 한국에서는 롤 위에 얇게 슬라이스되어 나오는 아보카도만 봤던 나로선 처음 보는 아보카도의 완전형(?)이 신기할 따름이었다. 아쉽게도 맛은 내 취향이 아니라 모두 준영 오빠에게 줘버렸지만. 역시 아무거나 잘 먹는 준영 오빠, 맛있게 먹는다.

후식으로 아보카도와 오렌지를 그 자리에서 바로 갈아 주는 믹스 주스를 마시고 있자니 옆에 앉아 있던 아저씨가 우리에게 관심을 보였다. 한국인이라는 말에 그가 보인 반응은 의외였다.

"요즘 남북관계가 어때요?"

"네?"

"남북관계요. 남한 사람들은 대부분 통일을 원하나요?"

헉! 이외에도 American Beef 때문에 난리라고 들었다며 아저씨는 한국의 정세에 대한 이야기를 줄줄 늘어놓았다. 이름조차도 생소한 먼 나라 에티오피아의 허름한 샐러드집에서 만난 아저씨에게 들으리라곤 상상도 못한 질문들이다. 혹시 한국에 아는 사람이 있냐고 물었지만 그것도 아니란다. 신기하면서도 한편으론 반가운 마음에 꽤 오래 대화를 나눴다.

대화가 끝날 때쯤, 아디스 아바바를 떠나는 버스를 어디서 타면

Ethiopia

되냐는 물음에 주변에 앉아있던 사람들까지 합세해 우리에게 조언을 해준다. 그들은 그들끼리도 서로 물어가며("그 동네까지 가는데 얼마 더라?" "저쪽 동네 가는 데 몇 시간 걸렸었지?") 우리에게 성심성의껏 대답해줬다. 이집트에서는 한 번도 볼 수 없었던 그 훈훈한 광경에 나는 살짝 감동했다.

또 다시 도진 배탈 때문에 점심만 먹고 숙소로 돌아와야 했지만 오늘 얻은 수확은 컸다. 우리는 배탈이 낫든 안 낫든 내일은 다음 목적지인 샤샤마니로 가는 버스를 알아보기로 했다. 언제까지고 이 할일 없는 아디스 아바바에 묶여 있을 수는 없는 노릇이었다.

달콤한 도시

에티오피아, 아디스 아바바 (2) ^{Ethiopia, Addis Ababa (2)}

아침부터 실랑이가 벌어졌다. 준영 오빠가 어디선가 바나나 한 송이를 사와서는 천연 지사제라며 자꾸 먹이려 했던 것이다. 가뜩이나 좋아하지도 않는 바나나를 배탈 난 상태에서 먹으라고 하니, 고분고분하게 받아들일 리가 없었다.

　"윤하야, 이게 진짜 배탈에 좋다니까! 맛있어서 먹으라는 게 아냐, 약이야 약. 그리고 이 바나나 정말로 맛있어. 한 입만 먹어봐!"

　"나 진짜 바나나 싫다니까요. 안 먹어, 안 먹는다구!"

　절대 먹지 않겠다며 온갖 땡깡을 다 부리고 이불 속에 숨으며 사투를 벌였지만, 결국은 준영 오빠가 이겼다. 오빠는 내게 기어코 바나나 반 토막을 먹이는 데 성공했고 나는 잔뜩 우울해진 표정으로 바나나를 우물거리게 되었다. 나와는 반대로 준영 오빠의 표정은 편식하는 아이에게 당근을 먹인 것처럼 뿌듯해 보였지만 말이다.

에 티 오 피 아 의 슈 크 림 맛 집

꾸역꾸역 먹은 천연지사제가 효과가 있길 바라며, 우리는(정확히 말하자면 나만) 심기일전하고 숙소를 나왔다. 오늘은 아무리 배탈이 난다 해도 버스를 알아봐야 했다. 딱히 다음 도시로 가서 해야 할 일이 있는 것도 아니었지만 언제까지고 할 일 없이 아디스 아바바에서 놀고 있을 수도 없는 일이었다.

어디로 가든 미니버스를 타야 했기에 미니버스가 많이 서 있는 광장으로 향했다. 항상 걷는 길의 익숙한 풍경들이 눈에 들어온다. 사흘 동안 이 길을 얼마나 지나다녔는지, 이 근처 지리는 이제 다 외울 정도이다. 햄버거 가게를 지나쳐 왼쪽으로 틀면 모퉁이의 제일 싼 인터넷 가게, 구멍가게, 채소가게, 그리고 그 옆에…. 어, 처음 보는 가게가 있다. 항상 어두울 때 지나쳐서 닫혀있던 건물인데 낮에 나와 보니 가게가 열려있었다. 슈크림 가게다!

설마하고 들어가 본 우리는 쾌재를 불렀다. 우리가 어제와 그제 계속 찾으려고 돌아다녔던 아디스 아바바의 슈크림 맛집이 바로 여기에 있었던 것이다! 구멍가게와 채소가게를 지나면 있다고 했지만, 우리가 지나다니는 저녁이면 항상 닫혀있었던 데다가 간판도 없고 입구도 작아서 지금까지 못 찾았던 것. 진열장에는 '달콤합니다' 라고 써놓은 것만 같은 슈크림들이 잔뜩 진열되어 있었다.

하나 같이 맛있어 보이는 빵들 중 점원이 추천해주는 것과 슈크림에 음료수까지 시켜 때 아닌 티타임을 가지게 되었다. 아, 그 부드럽고 촉촉하고 달콤한 맛이란! 슈크림을 입에 넣는 순간 나는 아디스

아바바에서 살아도 좋다고 생각했다. 이렇게 유혹적인 디저트들이 가득한 도시라니, 나 아디스 아바바와 사랑에 빠질 것 같아.

아디스 아바바의 버스엔 시간표가 없다

달콤한 것으로 행복감을 충전한 다음에야 숙소를 나온 본래 목적을 위해 움직였다. 버스를 알아봐야 한다. 피아사에 잔뜩 늘어서 있는 미니버스들 중 버스 터미널－에티오피아 말로는 아우토비스테라^{Autobis-tera}로 가는 것을 잡아탔다. 허름한 아우토비스테라에 도착해 건물로 들어가봤지만, 아무것도 없다. 매표소가 있어야 하는 것 아닌가? 버스는 이렇게 많은데 매표소가 없다니. 한참 동안 방황하고 있는 우리에게 누군가가 조언해주었다. '라가르 스테이션' 근처에 미니버스 정류장이 있는데, 그곳에 버스가 더 많고 더 싸다는 것이었다. 매표소의 미스터리를 풀지 못한 채 우리는 라가르 스테이션으로 향했다.

알고 보니 라가르 스테이션이라는 것은 기차역이었다. 내려서 또 갈 길을 못 찾고 두리번거리고 있자 누군가가 나타나 미니버스 정류장까지 데려다준다. 이만큼 친절한 수도가 또 어디 있을까. 보통 수도의 사람들은 친절하기보단 무관심하고 시골쪽으로 내려가야 사람들의 인심을 느낄 수 있기 마련인데, 에티오피아는 정반대였다. 산골자락으로 들어가면 들어갈수록 사람들은 관광객들의 등골을 빼먹으려 혈안이고 오히려 수도인 아디스 아바바에서는 곤경에 처해있으면 어김없이 누군가가 나타나 대가없이 도와주려 했다. 아마도 에티오피아 사람들의 본성이 순박한 것 아닐까. 도시의 사람들은 그 순박함을 아직 간직하고 있었지만, 관광객으로 돈벌이를 하는 시골 사람들은 그런 마음을 이미 옛적에 잃어버린 모양이다.

미니버스 정류장으로 들어서자마자 온갖 호객꾼들이 우리에게 관심을 보였다. 가장 먼저 다가온 호객꾼이 사람 좋게 웃으며 말을 걸었다.

"헤이, 프렌드! 어디로 가?"

"샤샤마니."

"오, 샤샤마니 가는 버스 많지! 지금 갈 거야? 내일?"

"내일 갈 건데, 몇 시 버스가 있어?"

우리의 마지막 말에 그는 고개를 갸웃했다. 무슨 말인지 모르겠다는 표정이다. 이렇게 영어를 잘하는데 왜 이 말을 이해 못 하는 거지?

한참 동안이나 똑같은 말을 여러 번 바꿔가며 의미를 전달하기 위해 애썼다. 나중에서야 그는 무슨 말인지 이해하고는 활짝 웃으며 대답했다.

"Any time!(아무 때나!)"

그가 우리 말을 이해하지 못한 건 영어 때문이 아니었다. 버스가 정해진 시간에 떠난다는 사실 자체를 이해하지 못했던 것이다. 말인즉슨, 에티오피아의 버스는 모두 만차가 되면 출발하며 정해진 시간이 없다는 것이었다. 매표소가 없는 것도 그런 이유였다. 몇 시에 떠나는지 알 수 없고, 항상 만차가 되면 출발하고 다음 버스가 또 기다리니 자리가 없어 예매해야 할 걱정도 없었던 것이다.

그 호객꾼은 내일 꼭 자기 차를 타라고 말하며 함박 웃었다. 우리가 그에게 뭘 해준 것도 없고 내일 꼭 그의 차를 타리란 보장도 없었지만 그는 굉장히 기분이 좋아 보였다. 우리도 기분 좋게 그와 인사하고 다시 길 위로 나왔다.

천국은 아니지만, 천사들이 살 것 같은 마을

아까 지나쳤던 기차역을 구경하려고 돌아왔는데 역 안으로는 안 들여보내준다. 육교 위로 올라가 보니 기차가 다니기는 하는 건지 의심스러울 정도로 낡은 기찻길이 보인다. 역 안에 못 들어가게 하는 것도 그렇고, 정말 기차가 안 다니는 건 아닐까?

사실 우리의 흥미를 끈 건 낡은 기찻길보다는 육교 너머의 마을이었다. 판자촌이다. 기찻길을 기준으로 이쪽 편은 시내이고 저쪽 편은 판자촌인 것처럼 나뉘어져 있었다. 기찻길 이쪽의 도시와 너무나도 다른 저쪽 동네의 모습은 어디든 가보고 싶어 하는 준영 오빠는 물론이고 나까지 손짓해 부르는 것 같았다.

우리는 두 번 생각할 것도 없이 육교의 반대편 계단으로 내려갔다. 육교 아래쪽 길에는 노점상이 잔뜩이었고 좀 더 들어가자 위에서 보았던 그 판자촌이 모습을 드러냈다. 도시적인 아디스 아바바의 겉모습을 보고는 절대 상상할 수 없는, 다 쓰러져가는 동네가.

그곳에는 집을 지은 건지 그냥 판자를 세워놓은 건지 싶은 집들이 다닥다닥 붙어 있었다. 무너지기 직전인 것처럼 보이는 그 집들은 마치 서로서로 쓰러지지 않도록 지탱하고 있는 것 같다. 꼬질꼬질한 옷을 입은 아이들과 염소와 닭이 서로 섞여 돌아다니고 길바닥은 염소똥과 빨랫물이 섞여 더럽고 냄새 났다. 공동으로 쓰는 수돗가에서

Ethiopia

길어 온 물 한 통으로 씻고 씻은 물로 빨래하고 빨래한 물로 설거지를 해서, 더 이상 쓸 수 없을 정도로 물이 더러워진 후에야 길가에 흘려보냈다. 지붕과 지붕 사이에 쳐진 빨랫줄에는 하나같이 낡은 옷들이 걸려 있다. 시내의 모습과 비교해 보면 누구라도 슬프다고 할 만한 광경이었다. 육교 하나를 건너왔을 뿐인데 이토록 극명하게 비교되는 생활상이라니.

하지만 신기하게도 사람들의 표정은 하나같이 밝았다. 그들 중 누구도 자신의 삶을 비관하는 듯 어두운 표정을 짓거나 돈 많아보이는 관광객에게 구걸하지 않았다. 우리가 지나갈 때마다 신기한 듯 쳐다보고, 웃고, 인사하는 그들의 얼굴 하나하나가 아침의 해님인 것처럼 환하게 빛났다.

덕분에 우리 역시 저 너머의 동네와 너무나도 다른 이들의 살아가는 모습에 충격을 받거나 우울해지는 대신 신이 나서 골목골목을 누볐다. 이들 앞에서 숙연해지거나 동정심을 가지면 그게 오히려 예의가 아닐 것 같았다. 햇살처럼 환하게 웃는 사람들에게 똑같이 환한 웃음으로 화답하며, 하메른의 피리 부는 사나이처럼 꽁무니에 동네 아이들 여럿을 달고, 우리는 한참 동안 그 동네를 벗어나지 못했다.

김치, 김치가 먹고 싶어!

준영 오빠는 괜찮다고 말했지만 사실은 삐진 것처럼 보였다. 아니라고 대답했지만 분명히 삐져 있었을 거다. 삐지지 않고서야 그런 표정을 지을 리 없으니까.

삐진 준영 오빠와 시무룩해진 나는 비둘기 광장의 벤치에 말없이 앉았다. 기차역 쪽으로 돌아와 한참을 산책하다 보니 어느새 비둘기 광장까지 와버린 것. 사실 정확한 이름은 모르겠고 그냥 커다란 비둘기상이 있어서 내가 비둘기 광장이라고 이름 붙여 버린 거지만, 이름이야 어찌됐든 지도상으로 봤을 때 이 비둘기 광장은 볼레 로드^{Bole road} 근처에 있었다. 볼레 로드를 따라 쭉 가면 공항이 나오게 되는데…. 사실 중요한 건 공항이 아니었다.

"오빠, 있잖아요."

"왜?"

"…아니에요."

"……."

"오빠."

"왜?"

"…아무것도 아니에요."

판자촌을 나와 비둘기 광장까지 오면서 내가 계속했던 말들이다. 한참을 머뭇거리다가 오빠에게 말을 걸고, 아니라고 하면서 얼버무렸다가, 다시 말을 걸었다가 또 얼버무리기를 몇십 번은 반복했을 거다. 준영 오빠는 하고 싶은 말이 있으면 해도 된다고 달래기는 했지만 내가 뭔가를 숨기고 있다고 생각했는지 살짝 삐져버렸다. 그런 상태로 비둘기 광장에 와서 앉아 쉬고 있는 것이었다.

오늘은 배탈기가 좀 덜했지만 나의 체력은 여전히 떨어져 있었다. 거기에 기분까지 시무룩해진데다가 말 못할 고민마저 생겨버렸으니 상태가 좋을 리 없었다. 그런 나를 불쌍한 눈으로 쳐다보던 준영오빠가 먼저 말을 걸었다.

"윤하야, 이제 숙소로 돌아갈까? 가서 저녁 먹어야지."

"…오빠, 있잖아요!"

나는 마지막으로 남아 있는 용기를 총동원해 입을 열었다. 이번에야 말로 말하는 거다!

"저기… 그러니까 한국식당에 가서 가격표라도 보고 나오면 안 될까요?"

결국 말하고 말았다! 이날 한참이나 날 고민하게 만들었던 건 다름 아닌 한국식당이었다. 배탈이 난데다가 향수병까지 걸려버려 한국음식이 간절했던 나, 한국식당이 있다는 볼레 로드에 가까워지면 질수록 가서 김치 한 조각이라도 먹고 싶다는 생각이 머릿속을 떠나지 않았던 것이다. 하지만 내가 아는 제일 독한 짠돌이인 준영 오빠에게 차마 한국식당을 가자고 말할 수는 없었다. 아프리카에서 한국식당이라는 건 우리나라의 이탈리아 식당처럼 고급 음식점이었기 때문이다. 한 끼만이라도 거기서 해결하자는 말을 꺼내기가 어려울 만큼 말이다.

내 말을 들은 준영 오빠, 웃는다. 오빠는 웃긴 마음과 미안한 마음이 반반씩 섞인 듯한 목소리로 대답했다.

"그게 그렇게 마음에 걸렸어? 그래, 오늘 저녁은 한국식당에서 먹자. 안 그래도 네 배탈 때문에 나도 걱정 많이 된다. 한국음식 먹으면 좀 괜찮을 거야."

"가, 갔는데 엄청 비싸면 어떡해요? 김치찌개가 막 10달러씩 하고 그러면 어떡해요?"

"그렇게 비싸지 않을 거야! 걱정 마. 여행도 건강해야 하는 거지."

오빠의 말을 듣는 순간 눈물이 날 정도로 고마워졌다. 나를 만나기 전까지는 제일 싼 숙소에서 자고 제일 싼 음식만 먹고 더 이상 깎을 수 없다고 생각할 때까지 흥정을 하던 준영 오빠. 그래도 여자랑 같이 여행한다고 숙소도 너무 열악한 곳은 잡지 않고 피곤할 걸 걱정해 오랫동안 흥정하지 않는 등 여러모로 신경 써주는 걸 보면 많이 고마우면서도 한편으론 미안했다. 사실 나는 알고 있었던 거다. 내가 한국식당에 가고 싶다고 말했을 때 오빠가 안 된다고 할 리 없다는 것을. 반대하지 않을 걸 알았기 때문에 오히려 더 말을 꺼내기 힘들었던 걸지도 모르겠다.

가는 길에 좀 헤매느라 식당에는 늦은 시간에야 도착했다. 들어서자마자 풍겨오는 향긋한 삼겹살 냄새…. 아, 정말 한국식당이구나! 현지인 점원들이 들고 다니는 쟁반에는 간혹 소주도 보였다. 으음, 침 넘어간다. 삼겹살에 소주라. 물론 상당히 당기는 메뉴이긴 했지만 차마 주문할 수는 없었다. 삼겹살이 비싼 건 그렇다 치고, 소주는 거의 8달러가량이라 엄두도 낼 수 없는 지경. 당시의 환율을 적용하면 소주 한 병에 12,000원 정도인 것이었다. 이건 뭐, 에티오피아 사람들한테는 양주나 다름없겠네.

다행히도 일반적인 메뉴는 상당히 착한 가격을 자랑했다. 내가 우려했던 것과는 달리 대부분 4~5달러 선이어서, 한 끼 정도 사치한다 생각하면 그렇게 큰 지출도 아니었다. 가격 걱정이 없어지고 나자 다음 관건은 무엇을 먹느냐는 것. 그리운 음식들이 메뉴판에 줄줄이 적혀 있었지만 뭘 먹을지 고민할 필요는 없었다.

"윤하야, 뭐 먹을래?"

"당연히 김치찌개요!"

한국인의 대표음식이라고 하면 된장찌개라던가 비빔밥, 불고기 등 여러 가지를 말할 수 있지만 역시 타지에 나와 가장 생각나는 건 김치찌개다. 두 번 고민할 필요도 없이 바로 김치찌개를 선택했다. 김치, 김치가 먹고 싶어!

반찬으로 김치가 나오고 젓가락이 나왔을 때부터 나는 반쯤 정신이 나간 상태였다. 아, 이 얼마만의 김치더냐. 김치찌개가 나왔을 때의 감동은 이루 말할 수 없다. 거의 울 뻔했다면 믿으려나? 그 맛조차 한국의 웬만한 음식점에서 먹는 것보다 나았다. 결국 나와 준영 오빠는 밥을 한 공기 더 시켜 한 그릇 반씩 해치워 버렸다.

오랜만에 먹는 김치도 좋았지만 무엇보다 큰 수확은 이 식당에서 여러 한국 분들을 만난 것이었다. 에티오피아 북부의 '곤다르'에서 일한다는 아저씨에게서 북부 관광지에 대한 정보를 잔뜩 얻고, 다른 테이블에 앉아 있던 코이카 단원은 내일 자기를 찾아오면 《론리 플래닛》 에티오피아 편을 주겠다고 했다. 에티오피아에 관광 오는 사람이 많이 없어 더 반갑게 맞아주신 걸까? 타지에 나오니 그 분들의 작은 친절이 정말 크게 다가왔다.

신기하게도 닷새 동안 날 괴롭히던 배탈은 한국음식을 먹은 시점에서 싹 나았다. 그날 내가 먹은 건 밥이 아니라 보약이었던 모양이다.

    코이카 단원분을 만나기 위해 아디스 아바바에서의 일정을 하루 늘리기로 했다. 그리하여 아디스 아바바에서의 마지막 날, 후회를 남기지 않기 위해 가장 먼저 향한 곳은 슈크림 가게. 아디스 아바바를 떠나면 더 이상 이 슈크림을 먹을 수 없다니! 언제가 될지는 몰라도 반드시 아디스 아바바에 돌아오리라고 결심했다. 이 가게의 슈크림을 다시 먹기 위해서라면 충분히 그럴 수 있을 것 같았다.

    유명하다는 카페에 들러 마끼아또도 마셔주고, 마지막으로 쉐라톤 호텔의 고급 휴지를 서리(?)하기 위해 피아사에서 아래쪽으로 내려갔다. 이전에 갔던 길은 너무 돌아가는 거라 대충 호텔쪽으로 방향을 잡고 걷기 시작했다. 크고 화려한 쉐라톤 호텔은 눈에 잘 띄어서 방향을 잡는 건 어렵지 않았다.

    가는 길에 우리는 다시 빈민촌을 지났다. 기차역 뒤쪽의, 시내에서 떨어진 곳에만 있는 줄 알았던 판자집들이 도시의 한가운데에도 떡하니 자리 잡고 있는 걸 보니 기분이 이상했다. 강남 한복판에서 달동네를 만난 기분이라고 해야 할까. 빈민촌을 지나자마자 쉐라톤 호텔의 웅장한 정문이 우리를 맞이해줬다. 쉐라톤 호텔 안뜰의 수영장에는 백인 가족들이 한가롭게 놀고 있다. 여기서 5분만 걸어가면 한 바가지밖에 안 되는 물로 길거리에서 빨래하는 사람들이 있다는 사실, 당신들은 알고 있나요?

씁쓸한 마음으로 호텔을 나오기 전 확인한 온도계는 32도를 넘어서고 있었다. 평소보다 좀 시원하다고 느껴지는 날의 온도였다.

진짜 커피를 만나다

에티오피아, 아와사 Ethiopia, Awassa

아디스 아바바를 떠나기 위해 올라탄 미니버스에서 동네 건달들과 시비가 붙었다. 우리 배낭을 버스 위에 올려준 그들이 팁을 요구해왔던 것. 버스 직원인 줄 알았는데, 알고 보니 이렇게 사람들 짐을 올려주고 돈을 받는 한량들이었다. 돈을 주긴 줘야 할 텐데 그들은 터무니없이 비싼 값을 요구했다. 결국 준영 오빠가 나서서 담배 몇 개비를 쥐어주고 협상을 마무리했다.

원래 계획은 샤샤마니로 가는 것이었지만 우리는 샤샤마니를 지나쳐 조금 더 가면 있는 아와사로 행선지를 바꿨다. 샤샤마니가 대마초로 유명한 동네라는 것에 지레 겁을 먹은 나의 의견을 반영한 것이었다. 대마초를 좋아하는 여행자들에게는 샤샤마니가 필수 코스라고 하지만, 이때까지 내 머릿속에는 '대마초=마약=위험하다'는 공식이 성립되어 있었다.

　버스가 떠나기 위해서는 만차가 될 때까지 기다려야 한다. 우리
나라 마을버스만한 미니버스가 만차가 된다는 것은 모든 좌석에 사람
이 앉는 것은 물론, 입석을 꽉꽉 채우고 온갖 자투리 공간까지 사람들
이 앉는다는 것을 의미했다. 처음에 착석했을 때는 '이 정도야 뭐!' 라
고 생각했지만, 만차가 된 후에는 앉았다기보다는 찌그러진 상태가
되어버렸다.

　차가 꽉 찰 때까지 한 시간여를 기다린 끝에 드디어 버스가 출발
했다. 어제 받은 《론리 플래닛》에 실린 에티오피아어를 공부하고 있
으니, 주변의 사람들이 우리에게 관심을 가지며 다가와서는 서로 가
르쳐주려고 한 마디씩 한다.

　"아니, 그건 그렇게 발음하는 게 아니에요. 이렇게 말하는 것보다
는 다른 말이 더 많이 쓰여요. 그건 남자한테 쓰는 말이고, 여자한테

쓸 때는 s를 붙여줘야 해."

그들의 발음을 따라하면서 웃고 떠들다가 내친 김에 아와사까지 얼마나 걸리냐고 물어보았다. 대부분의 사람들이 고개를 갸웃거리며 대답을 않는데, 어디선가 2시간이라는 의견이 나왔다.

"맞아 맞아, 2시간. 그 정도 걸렸던 것 같아."

그 한 마디에 사람들은 모두 2시간이 맞다며 고개를 끄덕거렸다. 사람들 사이에 끼어서 자세가 불편하긴 하지만 2시간이라, 그 정도면 참을 수 있지.

하지만 버스는 6시간을 줄창 달리고 나서야 아와사에 도착했다. 뭐야, 버스가 늦게 달린 건가, 아니면 돌아서 온 건가? 우리의 예상과 달리 문제는 버스가 아니었다. 우리에게 시간을 알려 준 사람들은 모두 시계를 가지고 있지 않았던 것이다.

울 어 야   할 지   웃 어 야   할 지 ?

아와사에 내리자마자 온갖 호객꾼들이 우리에게 달라붙어 저마다 먼저 배낭을 차지하려고 했다. 이들에게 호객행위란 '우리 숙소가 좋아, 싸게 해줄게' 라고 하는 것이 아니었다. 무조건 배낭을 들고 자기네 숙소로 데리고 가는 것이었다. 겨우겨우 그들을 진정시켜놓고 마지막까지 끈질기게 권유하는 사람을 따라갔다.

숙소에서 느긋하게 쉬다가 슬슬 저녁시간이 되어서 밖으로 나왔다. 나오자마자 달려드는 호객꾼들, 아와사 호수투어를 시켜주겠다며 자꾸 가격을 제시한다. 투어는 됐으니 괜찮은 식당이나 추천해 달라고 하자 인제라를 파는 곳에 데려간다. 젠장! 인제라라니…. 아디스 아바바에서 인제라를 먹고 충격받았던 걸 생각하면 절대 가고 싶지 않았지만, 먹을 게 그것밖에 없다니 어쩔 수 없다.

나는 아디스 아바바에서 먹었던 시큼털털하고 이상한 인제라를 상상하며 잔뜩 긴장했다. 하지만 우리 앞에 등장한 인제라는 그때 먹었던 것과 완전히 다른 것이었다. 엄청 맛있다! 게다가 양도 많아서 1인분을 시켜놓고 나와 오빠가 배부르게 먹을 정도였다.

문제는 인제라가 아니라 우릴 따라온 두 명의 호객꾼이었다. 오전에 우리를 호텔로 끌고 갔던 호객꾼과 새로 따라붙은 호객꾼, 둘이서 신경전이 대단하다. 우리가 밥 먹는 내내 옆에 앉아서 투어 이야기를 꺼낸다. 눈치를 살살 보던 호텔 호객꾼이 먼저 선수를 치고 나왔다.

"우리 호텔에서 묵으니까 특별히 인당 30버르에 해주겠어."

"아, 그럼 난 20버르에 해줄게!"

호텔 호객꾼의 말이 끝나자마자 새로운 호객꾼이 바로 치고 들어온다. 호텔 호객꾼은 험악한 인상이 됐지만 차마 20이하로 깎을 수는 없었는지 아무 말도 하지 않는다. 거 참 웃긴 사람들이네. 그치만 아저씨들, 우리는 투어 안 할 거거든요.

약간 어두워진 거리를 거닐다가 노점상에서 파파야를 사서 숙소로 돌아왔다. 파파야 음료수나 가끔 봤지, 이렇게 껍질에 싸인 건 처음이다. 오빠도 나도, 어떻게 먹어야 하는 건지 몰라 한참을 씨름하다가 겨우 껍질을 벗겨냈다. 아프리카에 와서 처음 먹는 열대과일, 과연 무슨 맛일까요? 맛없는 맛입니다! 열대과일이라 달콤한 과즙이 주르

Ethiopia

록 흐르는 걸 기대했지만 슬프게도 맛은 별로였다.

밥 먹고 후식까지 해결했으니 씻고 자는 것만 남았다. 씻을 준비다 하고 욕실의 샤워기를 틀었는데… 물이 안 나온다? 샤워기가 고장난 줄 알고 직원을 불렀는데, 이럴 수가. 원래 물이 안 나온단다.

"아까는 물 나온다면서요!"

"나올 때도 있고 안 나올 때도 있어요. 양동이에 물 받아 줄 테니까 그걸로 씻어요."

"호텔에서 물이 안 나온다니. 이게 말이 돼요?"

잔뜩 열 받아서 따지는 우리에게 호텔 직원은 활짝 웃으며 짧게 대답했다.

"Awassa is waterless!(아와사는 물부족이에요!)"

아니 이 사람아, 그럼 그렇다고 진작 얘기했어야지! 어이가 없었지만 더 이상 반박할 수 없었다. 물이 없다는데 어쩌겠어. 결국 나는 호텔 직원이 가져다 준 차디찬 양동이 물로 불편하게 씻어야 했다. 아, 아디스 아바바의 호텔에서 샤워기 물이 미지근하다고 칭얼거리던 때가 그립다!

리얼 에티오피안 푸드가 주는 감동

오전 10시쯤, 모처럼만에 느긋하게 늦잠을 자는데 호텔 직원이 난데없이 문을 쾅쾅 두드린다. 잠이 덜 깬 모습으로 문을 열었다. 왜 잠도 못 자게 시끄럽게 구는 거야?

"체크아웃 타임이 3시에요. 어떻게 할 거에요?"

"아직 10시인데 무슨 말이죠?"

"에티오피안 타임이 있고 유러피안 타임이 있죠. 3시가 지났다고요. 하루 더 묵을 거에요?"

에티오피안 타임, 유러피안 타임? 이건 또 무슨 말이야. 호텔 직원의 말을 알아들을 수는 없었지만 방금 깼는데 당장 짐 싸서 나갈 수도 없고, 결국 하루 더 묵겠다고 했다. 이왕 깬 김에 오늘 하루는 좀 일찍 시작해야겠군! 이미 '일찍'이라고 할 만한 시간은 지났지만 말이다.

밤 동안 나는 멀쩡하게 잘 잤지만 준영 오빠는 빈대와 벼룩에 물려 여기저기 벅벅 긁으며 힘들어한다. 카이로에서 같은 도미토리 안에 묵을 때도 다들 빈대에 물렸는데 나만 멀쩡했었지. 어렸을 때부터 모기에도 잘 안 물려서 "쟤는 피에서 쓴 맛이 나나 봐"라는 말을 가끔 들었는데, 그게 이런 때 도움이 될 줄 누가 알았을까.

아침도 역시 정신을 번쩍 들게 해주는 양동이의 찬물로 씻고 밖으로 나오니 호텔 종업원들 몇몇이 모여 커피를 마시고 있었다. 가스가 있을 리 만무한 이 동네에서 사람들은 아직도 옛날 방식 그대로 화로에 숯불을 피워 커피를 끓였다. 향긋하게 코끝을 간질이는 커피 냄새에 차마 그냥 지나칠 수가 없어서, 염치불구하고 그들 옆에 살짝 끼어 앉았다. 커피 끓이는 아주머니는 웃으면서 잔 두 개를 더 씻어 왔다.

소주잔만한 작은 잔에 설탕을 엄청 넣고 허브도 넣은 다음 에스프레소마냥 시커먼 커피를 따른다. 설탕을 저렇게 넣었는데 먹어도

괜찮을까? 하지만 한 모금 마시고 나자 그 이유를 알 수 있었다. 커피는 색깔만 에스프레소 같은 게 아니라 맛도 에스프레소처럼 진했다. 그러면서도 원두커피처럼 좋은 향이 난다. 게다가 구수하다?

"어떻게 커피에서 누룽지처럼 구수한 맛이 날 수 있지?"

커피에서는 미스터리어스할 정도로 구수한 맛이 났다. 도대체 뭘 어떻게 하면 이런 맛이 나는 걸까? 좋은 원두를 써서 그런가 보다 생각하고 그냥 마셨는데, 나중에 알고 보니 구수한 맛의 정체는 커피에 들어간 허브였다. 론리 플래닛에는 Health of Adam(아담의 건강)이라고 소개되어 있는 이 허브는 이곳에서 '테나담'이라도 불린다 했다.

한가로운 오전 시간, 하얀 이불 빨래가 펄럭이는 호텔 마당에 앉아 이렇게 좋은 커피를 마실 수 있다는 것, 이런 것이야말로 진짜 행복이 아닐까? 거창하고 화려하고 대가가 큰 행복보다 일상적이고 소소하지만 삶의 활력소가 되는 이런 시간들이 말이다.

아와사 호수로 가기 위해 밖으로 나왔지만 금강산도 식후경이라고, 일단 점심을 먹기로 했다. 어제의 인제라 식당에 갈 수도 있었지만 다른 곳의 인제라도 그렇게 맛있는지 확인해 보고 싶었다. 결국 길 가는 사람에게 또 식당을 추천해 달라고 해서 식당을 겸하고 있다는 버슈 호텔Beshu Hotel로 들어갔다. 여기의 인제라는 무슨 맛이려나. 아디스 아바바의 인제라 같은 맛이라면 절대 안 되는데.

내 걱정은 기우에 불과했다. 어제보다 더 맛있었던 것이다! 버슈 호텔의 인제라는 지금까지 먹어본 중(그래봤자 세 번째지만) 최고의 인제라였다. "한국에 돌아가면 인제라가 그리워질 것 같아요. 한국에 인제라 식당이나 차려볼까?" 인제라를 처음 먹었을 때의 충격은 온

데 없이 사라지고 어느새 나는 인제라를 좋아하게, 아니 사랑하게 되어버렸다. 그 정도로 버슈 호텔의 인제라는 맛있었다.

가 난 한 마 을 , 가 난 한 마 음

본격적으로 아와사 호수를 향해 걷기 시작하자 역시 수많은 호객꾼들이 달라붙는다. 우리가 호수까지 걸어간다고 하자 10km는 되는데 어떻게 걸어가려 하냐고 극구 말린다. 이 사람들, 우리는 지도도 없는 줄 아나. 달라붙는 모든 사람들을 무시하고 호수까지 걸어갔다.

호수까지의 거리는 약 40분, 3km 가량이다. 지도에 나와 있는 대로 별로 멀지 않았다. 하마를 보기 위해 배를 타고 들어갈 수도 있다지만 비쌌기 때문에 그냥 호수 주위를 슬슬 산책했다. 그렇게 예쁜 풍경은 아니었지만 호수 근처에는 온갖 새들이 지저귀고 있어 귀를 즐겁게 해줬다. 빨간 새, 노란 새, 알록달록한 새, 온갖 처음 보는 새들이 잔뜩이다. 평생 볼 새를 여기서 다 본 것 같다.

한참을 걷다 보니 마침 'Bird view point'가 나왔다. 호수 옆을 걸으며 봤던 새들이 모두 있을 거라고 기대했지만 물가에는 한 종류의 새들만 잔뜩 진을 치고 있었다. 일명 거대새. 정식 이름은 '아프리카 대머리 황새'라고 했지만, 이때까지는 이 새들의 이름을 모르고 있었다. 아무거나 주워 먹는다고 해서 '거지새'라 부르기도 한다고. 에티오피아 사람들은 이 새를 '아스레이'라고 했지만 이런 사실을 알 리 없는 우리는 130cm가 넘는 키의 이 새를 그저 '거대새'라고 불렀다.

근처에 있던 꼬마들은 우리를 보더니 기회라고 생각했는지 새들을 쫓아 날게 하며 셔터찬스를 잔뜩 만들어줬다. 그러더니 다가와서 '원 버르, 원 버르'라며 손을 내민다. 용돈을 벌려고 그런 거라면 몰라도, 만약 이 아이들의 부모가 돈을 벌어오라고 시킨 거라면? 안 좋은 생각이 머릿속을 스치고 지나갔다. 사진을 찍어주면 좋다고 해맑게 웃다가도 자리를 뜨려 하면 바로 돈을 달라고 하는 아이들. 에티오피아의 어디에서나 볼 수 있는 흔한 풍경이었다.

새 보는 곳을 지나자 언덕이 하나 나왔다. 준영 오빠는 저 언덕을 넘으면 분명 'Fish market'이 있을 거라며 가보자고 한다. 아와사 호수의 유명한 볼거리로 론리 플래닛에서 Fish market을 소개하고 있었던 것. 더운 날씨에 한참이나 걷느라 지친 나, 언덕은 절대 못 올

라가겠다며 생떼를 부려봤지만 정신 차려보니 어느새 고개길을 넘고
있었다.

언덕을 넘어가다 보니 우리 뒤로 한 무리의 여자들이 잔뜩 짐을
이고 올라온다. 그냥 언덕인 줄 알았는데, 이 위에 마을이라도 있나?
그 중 한 여자는 더위에 못 이겼는지 상의를 반쯤 벗어 가슴을 내놓고
있었다. 그러다가 뒤늦게 준영 오빠를 발견하고는 허겁지겁 옷을 내
린다. 그녀는 당황한 듯한 표정으로 준영 오빠에게 따졌다. 에티오피
아어라 알아들을 수는 없었지만 "봤어, 못 봤어? 빨리 말해!" 라고 하
는 듯 했다. 준영 오빠는 분명히 봤지만 아니라며 손사래를 쳤다. 결
국 그녀는 그냥 웃으며 우리를 지나쳤다.

그냥 언덕인 줄 알았던 그곳을 올라가자 신기하게도 마을이 나타
났다. 나무와 짚과 흙으로 만든 집들이 잔뜩 있고 염소와 닭들이 뛰어
다니는 동네다. 사람들은 하얀 피부와 검은 생머리가 신기한 지 모두
모여들어서 우리를 구경한다. 그 중 한 여자가 불쌍한 표정으로 뭘 달
라는 듯 손을 내밀었다. 뭐지? 잠시 후 우리 쪽으로 다가온 남자가 영
어를 할 줄 알아 우리는 영문을 알 수 있었다. 그녀는 돈을 달라고 하
고 있었던 거다. 산 위의 고즈넉한 동네풍경에 좋아하던 우리는 그들
의 행동에 질려버려 산을 내려왔다. 우리가 별다른 자선행위를 하지
않을 거라는 사실에 어른들은 바로 무관심해졌고, 여전히 관광객이
신기하기만 한 동네 꼬마들만 줄줄이 뒤로 따라붙었다.

언덕을 내려가자 비닐로 천막을 쳐놓고 커피를 팔고 있다. 아침에
우리가 숙소에서 먹었던 것과 같은 방식으로 만든 커피였다. 100원 정
도 되는 저렴한 가격의 커피를 마시며 사람들에게 Fish market에 대해

물으니, 이곳과 정반대 방향이란다. 게다가 아침 8~10시에만 열린다고. 서두를 것 없이 천천히 여행하느라 엄청 게을러진 나와 준영 오빠로선 그 시간에 일어나 구경나오기란 거의 불가능한 일이었다.

강 렬 한 맛 의 고 장

숙소로 돌아오는 길, 뭔가 신기해보이는 풍경이 우리 발목을 붙잡았다. 운동장처럼 보이는 큰 공터에서는 시장이 열리고 있었는데, 알고 보니 바자회라고 한다. 이런 재밌는 볼거리를 놓칠소냐, 당장 가봐야지! 들어가려 하자 입장료를 내란다. 아주 싼 입장료였지만 왠지 아까워서 근처를 서성거리고만 있자, 안내원은 결국 그냥 들어오라고 했다. 불쌍한 표정을 짓는 관광객을 그냥 두기에는 에티오피아 사람들, 너무 착했다.

안으로 들어가자 온갖 물건들을 다 팔고 있다. 옷부터 시작해서 먹을거리, 생활용품…. 지역특산물도 있는 것 같았다. 싼 가격의 군것질거리로 구경을 시작한 후, 좀 더 안쪽으로 들어가 봤다. 여기서도 커피를 판다. 과연 커피의 나라, 어딜 가든 커피가 빠지는 곳이 없구나! 우리가 사진을 찍자 아주머니들이 앞다투어 렌즈 속으로 들어온다. 자기도 찍어달라며 예쁜 포즈도 짓고 환하게 웃기도 하신다.

커피 파는 아주머니들을 찍고 있자 옆에서 뭔가 팔고 있는 아주머니들도 관심을 보였다. 정체불명의 빨간 소스를 팔고 있는데, 굉장히 맵다며 겁을 준다. 흥, 한국인 앞에서 매운 걸 논하면 안 되지. 준

영 오빠는 두 번 생각도 안 하고 곧바로 그 소스를 찍어 먹었다.

"으악!"

오빠는 단말마의 비명을 지르며 고통스런 표정을 지었다. 아주머니들은 그럴 줄 알았다는 듯 박장대소했다.

나는 무서워서 도전하지 않았지만, 오빠의 말에 따르면 그 소스는 '매운' 정도가 아니었다고 한다. 나도 나중에 다른 도시에서 그 소스를 접해보고는 깨달았다. 매운 음식의 진정한 달인들은 모두 에티오피아에 모여 있다는 걸 말이다.

저녁식사를 위해 다시 점심때의 호텔을 찾은 우리, 이번에는 특이한 걸 시켜봤다. 생선 인제라와 양고기 인제라. 기본 인제라보다 더 맛있을 줄 알았는데, 오히려 별로다.

호텔의 매니저 아저씨는 우리들에게 유독 친절하게 대해주더니 자기 저녁식사도 우리 테이블로 가져와서 함께 나눠먹었다. 매운 양고기 인제라다. 이게 더 맛있는데? 양고기를 못 먹어 중앙아시아 쪽에서 엄청 고생했다는 준영 오빠는 신기하게도 에티오피아에서는 양고기를 잘 먹는다. 내일은 이걸 시켜 먹어 보자며 좋아한다.

500cc에 500원 정도 하는 싸고 맛있는 생맥주도 한 잔 여유 있게 즐겨주며 내일은 이 호텔로 옮겨오기로 했다. 이곳이 더 깨끗해 보이기도 했고 무엇보다 매니저인 '마모' 아저씨가 우리에게 특별히 잘해줬기 때문이었다. 비슷한 시설에 같은 가격이라면 굳이 불친절한 곳에 머물 이유가 없었다.

지구 저편에서 맞는 스물한 번째 생일

아침 일찍 일어나 숙소를 옮겼지만 준영 오빠의 몸상태가 안 좋다. 일전의 숙소에서 빈대와 벼룩에게 물린 것이 문제였다. 오빠는 온 몸을 긁느라 단 한 걸음도 움직일 수 없다며 힘들어한다. 다행히도 옮긴 숙소에는 벼룩이 없었다. 기절할 정도로 많은 바퀴벌레들이 있긴 했지만, 바퀴벌레는 물지 않으니 그나마 낫다.

결국 이날은 빨래하고, 일기 쓰고, 사진을 정리하며 숙소에 콕 처박혀 있었다. 하루 종일 침대에 누워 있던 준영 오빠는 저녁이 되어서야 겨우 일어난다. 상태가 꽤 진정된 오빠는 론리 플래닛에 나와 있는 추천 케이크집에 다녀오자고 한다. 해가 거의 진 시간, 어둑어둑해진 거리로 오늘의 첫 나들이를 나왔다. 책에 나와 있는 지도는 정확하지 않아 찾아가는 데 고생하긴 했지만 어찌어찌 케이크집에 도착할 수 있었다.

케이크는 나쁘진 않았지만 그렇다고 해서 별로 맛있지도 않아 왜 추천가게인지 이해가 가지 않았다. 하지만 나는 케이크를 먹었다는 사실만으로도 상당히 기분이 좋았다. 종류별로 사 온 케이크를 다 먹었을 때쯤 은근슬쩍 말을 꺼냈다.

"오늘은 케이크 먹기 진짜 좋은 날이에요."

"왜?"

"제 생일이거든요."

그렇다. 이날은 나의 21번째 생일이었다. 준영 오빠는 참 타이밍 좋은 날 케이크를 먹으러 가자고 했던 것이다. 오빠는 생일을 잊어 미안하다며 오늘 저녁은 맛있는 걸 먹자고 했다. 자기가 사겠으니 뭐든 먹으라고. 덕분에 숙소 근처의 꽤 비싼 호텔의 레스토랑으로 들어가 성대한 저녁식사를 했다. 비싸다고 해봐야 3~4달러 정도의 가격이었지만 한 끼를 둘이서 1달러로 해결할 수 있는 인제라에 비하면 엄청난 사치였다.

그날 밤, 도시 전체가 정전이라 캄캄했지만 달이 밝아 그리 어둡게 느껴지지 않았다. 동그란 보름달을 보며 준영 오빠가 중얼거린다. "내 생일도 곧 다가올 모양인데." 생일이 음력 15일인 오빠는 보름달이 뜰 때쯤이 자기 생일일거라고 했다.

숙소로 돌아와 달력을 확인한 우리는 서로를 쳐다보며 웃었다. 오늘은 음력 15일, 달은 그냥 동그랗게 보이는 게 아니라 실제로 보름달이었다. 우리는 같은 날 생일을 맞이했던 것이다.

준영 오빠는 하루 자고 일어나자 깨끗하게 나았지만 이번에는 내게 문제가 생겼다. 또 다시 배탈이 도진 것이다. 우리는 또 다시 숙소에 처박혀 하루를 보냈다. 결국 오후 늦은 시간, 화장실 옆에 꼭 붙어 떠나지 않으려 하는 나를 준영 오빠가 억지로 끌고 나왔다.

"윤하야, 움직여야 낫는다니까. 얼른 일어나. 호수에 석양 보러 가자."

"오빠도 어제 하루 종일 안 움직였으면서…."

"내일 떠날 건데 오늘은 해 지는 거 보러 가야지. 가다가 배탈 나면 오빠가 화장실 찾아줄게. 일어나, 얼른!"

언제나 그렇듯이 이런 실랑이에서 이기는 건 준영 오빠 쪽이다.

나는 잔뜩 투덜대면서 못 이기는 척 오빠에게 끌려 밖으로 나왔다. 여전히 뱃속은 꾸르륵거리지만, 오빠 말대로 오늘이 아니면 해 지는 호수를 볼 기회가 없었다.

가는 길에 화장실을 찾아 급하게 뛰는 사태가 한 번 일어나긴 했지만 그럭저럭 무사히 호수에 도착할 수 있었다. 자, 배탈이 난 몸을 끌고 왔으니 그만큼 멋있는 광경이 펼쳐지겠지! 불타는 듯이 빨갛게 물든 아름다운 호수를 보는 거야!

하지만 안타깝게도 날씨가 맑지 않아 그런 장대한 풍경을 볼 수는 없었다. 뿌연 하늘 사이로 붉은 빛이 조금 보일 뿐이다. 평소에는 석양이 멋있는 모양인지 사람들이 삼삼오오 모여 호숫가를 바라보고 있었다.

아쉬운 마음을 안고 숙소로 돌아와 며칠 만에 짐을 꾸렸다. 내일 샤샤마니로 이동하기 위해서였다. 아디스 아바바에서 5일, 아와사에서 4일, 우리는 시간을 너무 많이 지체했다. 물론 이렇게 느긋하게 여행하는 것이 나와 오빠의 성격에 맞긴 했지만, 이때까지만 해도 나의 목표는 4월 초까지 나이로비에 도착해 한국으로 돌아가는 것이었다. 조금은 서두를 필요가 있었다.

샤샤마니의 주스가게에서는
대마초를 판다

에티오피아, 샤샤마니 Ethiopia, Shashamani

체크아웃을 하려는데 또 문제가 발생했다. 체크아웃 타임을 넘겼으니 돈을 더 내라는 것. 현재 시각은 12시, 분명히 체크아웃은 3시까지라고 해놓고 이 사람들 자꾸 에티오피안 타임 운운하며 하루 숙박비를 더 내라고 한다. 이전 호텔에서도 에티오피안 타임이니 유러피안 타임이니 하던데, 도대체 그게 뭐야? 난감해하는 우리에게 평소 친절하던 매니저 마모 아저씨가 다가와서 설명해준다.

  그의 말인즉슨, 에티오피아에는 GMT기준의 시간이 아니라 그들 고유의 에티오피안 타임이 있다는 것이었다. 우리가 알고 있는 GMT 기준의 시간, 그러니까 한국과 6시간 시차가 나는 시간은 유러피안 타임. 에티오피아 사람들이 보통 쓰는 에티오피안 타임은 그것과 6시간이 차이 난다고 했다. 그러니까 지금 우리 시계는 12시를 가리키고 있지만, 이들의 시계는 6시를 가리키고 있다는 뜻이었다! 체크아웃

타임이 3시라는 말은 사실 우리 기준으로는 9시라는 거였다.

당황한 우리는 그런 것 전혀 몰랐다고 하며 마모 아저씨에게 사정했다. 그동안의 정을 봐서 오늘 숙박비는 받지 말아달라고. 굉장히 난감해하던 아저씨는 여기저기 돌아다니더니 조금 후에 와서 그냥 가도 괜찮다고 말해줬다. 고마운 마모 아저씨. 아저씨가 아니었다면 우리는 앞으로도 한동안 에티오피안 타임의 정체에 대해 모른 채 몇 번의 시행착오를 거쳐야 했을 것이다. 이후로 우리는 어딜 가서 시간을 물어볼 때 항상 한 마디 덧붙이는 버릇이 생겼다. "에티오피안 타임이에요, 유러피안 타임이에요?"

우여곡절 끝에 문제를 해결하고 버스에 올라탔다. 이제 내가 그렇게 무서워하던 동네, 샤샤마니로 간다. 대마초로 유명한 동네라고 하니까 범죄자들이 돌아다니진 않을까? 마약하고 반쯤 정신 나간 놈들이 길가에 널려있진 않을까? 이때는 온갖 나쁜 상상들을 다 하고 있었지만 그게 얼마나 바보 같은 생각이었는지 샤샤마니에 도착한 당일, 바로 깨닫게 되었다.

푸 드 쇼 크

샤샤마니에 도착하자마자 한 일은 버스 시간을 알아보는 거였다. 아우토비스테라에 내려서 사람들에게 아르바민치 가는 첫차 시간을 물어보니 11시에 있다고 한다. 물론 에티오피안 타임이다. 유러피안 타임으로 치자면 새벽 5시에 첫차가 있는 것이었다. 일찍 떠날 것을 생각해 우리는 다른 건 고려할 필요 없이 터미널에서 가장 가까운 숙소에 짐을 풀었다.

　이제 점심식사를 할까 싶어 호텔 식당에서 인제라를 시켰다. 하지만 한참을 기다려도 인제라는 나오지 않는다. 호텔 주인이 고기 인제라를 권하길래 시켰더니, 고기를 구하러 가서는 올 생각을 안 하는 거다. 그냥 일반 인제라를 달라고 해도 주질 않는다. 결국 기다리다 못한 준영 오빠가 직접 주방으로 들어갔다. 호텔의 주방인데도 가스불 같은 것은 없고 화로에 장작을 떼서 요리를 한다. 화로 위의 냄비를 들춰보며 인제라 소스 비슷한 것들 중에 몇 개를 골라 셀프 주문(?)을 한 후에야 우리는 식사를 할 수 있었다.

　그나마 점심식사는 나은 편이었다. 저녁때가 되어 다시 인제라를 달라고 하자 없다고 하는 것 아닌가! 이건 뭐, 한국식당에 갔는데 밥

없다고 하는 거나 다름없는 말이다. 그럼 뭘 먹을 수 있냐고 물어보자 파스타가 있다고 한다. 그거라도 먹어야지 뭐.

우리 앞에 나타난 파스타는 그야말로 상상을 초월하는 것이었다. 토마토 소스에 파스타 면을 비빈 것인데, 잘게 썰려 나와서 인제라에 싸먹어야 하는 것이었다. 게다가 차갑다! 당연히 맛은 없었지만 이날 의 샤샤마니는 도시 전체가 정전이라 밖에 나가 식당을 찾을 수가 없 었다. 어쩔 수 있나. 이것밖에 없다는데.

'먹는 타이머'를 들어보셨나요?

이튿날, 샤샤마니에 있다는 자메이칸 빌리지에 다녀오기 위해 산책 을 나섰다. 중간에 들른 식당에서 주문을 하는데, 여기도 파스타 인 제라밖에 없단다. 눈물을 머금고 그거라도 달라고 했다. 얼마냐고 물 어보니 가게의 종업원이 손가락 다섯 개를 펴보인다. 5버르라고? 괜 찮은 가격이네. 하지만 잠시 후 들어온 가게 주인은 계산할 때 7버르 를 내라고 한다. 종업원을 쳐다보자 살짝 시선을 피한다. 그래도 2버 르 정도 속인 거라면 귀엽게 봐줄 수 있지. 그냥 7버르를 계산하고 나왔다.

사람들이 가르쳐 준 방향을 따라 걷는데 아무리 걸어도 자메이칸 빌리지는 나오지 않는다. 날씨도 더워서 슬슬 지쳐갈 무렵, 생과일주 스가게가 눈에 띄었다. 길도 물어볼 겸, 주스도 마실 겸 해서 안으로 들어갔다.

Ethiopia

가게 종업원의 말을 들어보니 이 근방이 모두 자메이칸 빌리지라고 한다. 알고 보니 자메이칸 빌리지라는 건 라스타(자메이카 스타일로 사는 사람들)들이 모여 사는 평범한 동네였던 것. 주스 가게 직원은 수공예품을 이것저것 보여주며 사라고 권했지만 우리가 별로 관심 없다는 걸 알아차리고 이내 다른 것을 권하기 시작했다.

"굿 타이머, 굿 타이머."

웬 타이머를 사라고 난리야. 난 어리둥절해 하는데 준영 오빠는 웃는다.

"오빠, 이 사람들 시계 파는 건가? 왜 타이머 사라고 이래요?"

"시계가 아냐. 일본 말로 대마초를 타이마라고 하거든."

알고 보니 이들은 우리에게 대마초를 권하고 있었던 것이다. 이런, 전혀 불법스러워 보이지 않는 건전한 주스가게에서 대마초를 팔고 있다니! 대반전이다. 샤샤마니가 대마초로 유명한 동네라더니 이런 거였구나. 그제서야 나는 대마초에 대한 경계를 풀 수 있었다. 어둡고 음습한 곳에서 은밀히 거래되는 게 아니라, 이런 백주대낮의 거리에서 대마초를 파는 걸 보니 전혀 위험해 보이지 않았다. 필요 없다고 하니 별로 강권하지도 않고 바로 일상적인 수다를 떨기 시작한다. 대마초라는 게 내가 생각하는 것처럼 위험한 게 아니었구나.

"근데 주스가게에서 대마초를 권한다고 하는 사람이 있을까요?"

내 말이 끝나기 무섭게 재밌는 광경이 펼쳐졌다. 가게 앞에 한 일본인 남자가 나타났는데, 직원이 다가가 '굿 타이머'라고 하는 순간 바로 그를 따라갔던 것. 진짜 있구나. 주스가게에서 대마초하는 사람이.

당나귀 수레를 다 타보다니

집 뒤쪽으로 더 걸어가니 넓은 초원이 나타났다. 소 몇 마리가 서서 한가로이 풀을 뜯고 있다. 지나다니는 아이들과 장난치며 놀다가 슬슬 돌아갈까 싶어 걸어가는데, 오빠가 갑자기 뛴다? 왜 그러나 했더니 앞을 지나가는 당나귀 수레에 훌쩍 올라타 버리는 것이었다.

　　"오빠아!"

　　달리기도 느리고 순발력도 느린 나는 수레를 뒤쫓아 달렸지만 오빠처럼 휙 하고 올라탈 순 없었다. 내가 울먹거리며 계속 뛰는 게 불쌍했는지 수레를 몰던 아이들이 당나귀를 멈춰 세웠다. 그제서야 나도 오빠처럼 수레에 탈 수 있었다.

　　덜컹거리며 달리는 당나귀 수레에 느긋하게 앉아 지나가는 초원

의 풍경을 보는 그 기분, 안 해 본 사람들은 어찌 알까! 햇볕은 여전히 뜨거웠지만 시원한 바람을 맞으며 달리니 그저 기분이 좋았다. 아이들은 우리가 즐거워하는 모습을 보는 게 재밌는지 계속 당나귀를 달리게 만들었다. 마을에 도착할 쯤, 수레에서 내리자 아이들이 우물쭈물거리며 우리를 쳐다본다. 돈을 달라고 하고 싶은 모양이었다. 관광객만 보면 돈 달라고 달려들던 아이들과 다른 순진한 그 모습이 너무 귀여워서 용돈을 조금씩 쥐어줬다. 아주 적은 돈이지만 아이들은 그제서야 활짝 웃으며 원래 가던 길을 간다.

숙소 근처에서 제대로 된 인제라 식당을 찾아 모처럼 배도 채우고 터미널 근처로 구경을 나갔다. 터미널 옆으로 수많은 사람들이 앉아 커피를 팔고 있었다. 생원두를 그 자리에서 바로 볶고, 빻아서, 화롯불에 커피를 끓인다. 그렇게 끓인 커피를 보온통에 넣고 팔고 있었다. 우리가 곁으로 가자 자기들이 앉아있던 의자까지 양보하며 환대한다. 커피를 마시며 커피 만드는 과정들을 보고 있자니 호기심이 동했다. 나도 한번 해보겠다며 커피 빻는 절구 가까이로 다가갔다. 제대로 된 도구가 있을 리 없는 이 사람들은 작은 나무통에 공사장에서 주워온 듯한 철심으로 원두를 빻고 있었다. 내가 철심을 잡고 원두를 빻으려 하자 아주머니들이 손 다친다면서 모두 말린다. 결국 조금하고 철심을 놓았다. 잠깐 동안 했을 뿐인데도 손바닥이 빨갛다. 이들은 이런 일을 매일매일 하고 있는 거구나.

샤샤마니는 이날 밤에도 정전이었다. 이럴 때는 그냥 일찍 자는 게 상책이다. 불빛 하나 없는 칠흑 같은 밤을 보내는 법에 어느새 익숙해진 우리였다.

투어리스트 프라이스

에티오피아, 아르바민치 Ethiopia, Arba Minch

새벽 5시 10분 전, 피곤한 몸을 이끌고 버스 터미널로 나왔다. 아무리 생각해도 터미널 앞에 숙소를 잡은 건 잘한 결정인 것 같아. 터미널에는 아직 버스들이 없고 기다리는 사람들만 잔뜩이다. 버스는 언제 오는 거지? 신기하게도 5시가 되자 어디선가 버스들이 나타났다. 아직해도 뜨지 않은 캄캄한 시간에 헤드라이트를 켜고 줄줄이 들어오는 버스 행렬은 그야말로 장관이었다.

 5시에 차에 탔지만 버스는 만차가 되길 기다렸다가 7시에야 출발했다. 에티오피아의 하이라이트, 원주민들이 많이 산다는 오모밸리로 들어가는 길목 아르바민치를 향해.

 원래는 아르바민치에 도착하면 이 숙소 저 숙소 다녀보며 가격을 비교하려 했지만 도저히 그럴만한 날씨가 아니었다. 엄청 덥다. 아디스 아바바에서 좀 시원하다고 느꼈을 때가 32도였으니 이 정도면 온

도가 얼마나 되는 걸까? 덥다 못해 뜨거운 날씨에 결국 항복하고 가이드북에 나와 있는 숙소로 찾아갔다. 아와사에서 만난 호객꾼이 알려준 호텔이기도 한데, 45버르라고 하니 꽤 괜찮은 가격이다.

하지만 정작 찾아가 보니 사정은 달랐다. 숙소 측에서는 80버르를 내라고 하는 것. 관광객에게 바가지 씌우는 거야 당연한 거고 어차피 깎아야 한다는 걸 알고 왔기에 즉각 협상에 들어갔다.

"45버르라고 듣고 왔어요. 가이드북에도 나와 있잖아요."

"그 동안 가격이 올랐으니 80을 내야 해요."

"거짓말 말아요! 아와사에서 만난 우리 친구가 45버르라고 여길 추천했다고요."

우리 말에 숙소 직원은 눈 하나 깜짝 안 하고 당당하게 대답했다.

"45버르는 로컬 프라이스고요. 당신들은 여행자니까 투어리스트 프라이스를 내야 해요. 투어리스트 프라이스는 80이라고요!"

투어리스트 프라이스라니! 여행자 가격이 따로 있다는 건가? 여행자들이 방을 더 더럽게 쓰는 것도 아닌데 그 가격은 심하잖아. 하지만 여자는 그 불합리한 말을 아주 합리적이고 당연하다는 듯 내뱉는다. 결국 깎고 깎고 또 깎아 60버르에 숙박하기로 합의했다. 아주 다행인 사실은 이 숙소의 샤워기에서는 물이 콸콸 나온다는 것이었다. 여전히 찬물이긴 했지만, 정말 오랜만에 편하게 씻을 수 있었다.

그날 저녁, 준영 오빠는 더 이상 못 참겠다며 슈퍼에서 살충제를 사왔다. 침대에 살충제로 범벅을 해놓은 후에야 잠잘 준비를 한다. 그게 그렇게 가렵나?

도르제에서 모케 찾기

도르제를 당일치기로 다녀오기 위해 새벽 5시에 차를 탔지만 이번 버스도 역시 만차가 되길 기다렸다가 7시에 출발한다. 다음엔 그냥 일찍 일어나지 말까? 2시간이나 불편한 버스에서 꾸벅꾸벅 졸고 있자니 뭔가 손해 보는 기분이었다.

8시를 넘어 도착한 도르제는 시원했다. 고도가 높아서 아랫동네보다 온도가 낮다. 어젯밤, 자다 일어나서 찬물로 샤워하고 다시 잘정도로 더웠던 것을 생각하면 정말 고마운 날씨였다.

우리가 아르바민치의 산골마을 도르제까지 올라온 데는 사실 이유가 있었다. 준영 오빠가 여행 중 만났던 일본인에게서 부탁받은 것이 있었기 때문이다. 그는 '모케' 라는 이름의 남자가 도르제에서 자기에게 아주 잘 해줬었는데, 그의 주소를 잃어버렸으니 주소를 받아오며 안부도 전해달라고 했다.

이 넓은 동네에서 이름만 가지고 그를 어떻게 찾아? 하지만 그 걱정은 기우에 지나지 않았다. 모케는 도르제에서 유일하게 숙박업을 하고 있는지라 사람들 사이에서 꽤 유명했다. 그의 이름을 대자마자 한 남자가 불쑥 나타나 자기가 그의 친척이라며 데려다 주겠다고 한다. 좀 미심쩍었지만 일단 따라가 보기로 했다.

다행히도 그 남자는 거짓말을 한 게 아니었다. 그는 정말로 모케의 친척이었고 우리를 모케의 집에 데려다줬다. 모케를 만나 그 일본인의 이름을 대자 아주 좋아한다.

"그녀는 우리 가족이나 다름없어요."

　반갑게 맞아준 모케는 넓은 집을 돌며 도르제의 전통 생활방식을 소개해주기 시작했다. 알고 보니 그의 집은 숙박업에 더해 도르제의 생활을 소개해주는 테마파크 같은 것도 겸하고 있었다.

　도르제의 전통 가옥과 빵 만드는 법, 베 짜는 것까지 순서대로 보여준 후 마당에 우릴 앉힌 그는 전통 빵을 시식하라며 가져왔다. 'Falls banana tree(가짜 바나나 나무)'에서 긁어낸 부산물을 발효시켜 만든 신기한 빵이다. 문제는 그 빵이 아니라 같이 나온 소스였다. 모케는 그 소스가 엄청 맵다며 겁을 줬다. 얼마나 맵길래 그러는 거야? 고추장보다 매운가?

　"으악!"

　소스를 찍어먹은 나는 며칠 전 준영 오빠가 아와사에서 그랬던 것처럼 비명을 질렀다. 고추장보다 매운 정도가 아니었다. 머리털 나고 이렇게 매운 건 진짜 처음 먹어본다. 겨우 충격 속에서 헤어나와 찔끔 나온 눈물을 훔쳤다. 진짜 죽다 살아날 맛이네.

잠시 후, 단체로 투어를 나온 벨기에인들이 다가와 우리와 같은 빵을 시식했다. 벨기에인 아저씨가 소스를 엄청 많이 묻히길래 경고해줬다. "그거 엄청 매워요." 벨기에인은 자기도 안다며 호기롭게 빵을 입에 넣었지만… 잠시 후 나와 같은 모습이 되었다. 거봐요, 아저씨. 맵다고 말했잖아요.

도르제 사람들은 모처럼의 관광객을 맞이해 신나는 전통춤까지 선보였다. 그들과 함께 춤추고, 노래 부르며 놀고, 밖으로 나와 도르제의 마켓까지 구경하니 어느새 오전시간이 훌쩍 지나가 있었다.

지나가는 버스를 세워 아르바민치로 돌아가며 내일은 짐을 싸서 아예 도르제로 올라오자고 이야기했다. 아르바민치보다 훨씬 시원한 공기와 평화로운 분위기의 산골마을 도르제는 그냥 지나치기에는 너무나도 매력적이었다.

에티오피안 헤어

아르바민치로 돌아와서 점심식사 역시 인제라로 때웠다. 맛있긴 하지만 이제 슬슬 인제라가 질린다. 외국인이 한국에 와서 매일 밥에 국에 김치를 먹으면 이런 기분일까?

숙소로 돌아와 놀고 있자니 한 현지여성이 우리에게 다가왔다. 그녀는 예전에 일본인 여성과 여행한 적이 있다며 우리에게 관심을 가진다. 동양인들은 생머리라 부럽다, 검은색이 참 예쁘다고 말하다가 자연스레 머리쪽으로 이야기가 넘어갔다. 안 그래도 에티오피아 사람들처럼 레게머리가 하고 싶던 나는 근처에 미용실이 있는지 물어봤다. 머리를 모두 땋아 시원하게 내놓은 모습이 부럽기도 했지만, 좀처럼 씻기 힘든 이곳에서 긴 생머리를 관리하는 것도 귀찮았다.

"내 친구한테 데려다줄게! 그녀는 미용사야. 싼 가격에 에티오피안 헤어를 해줄 거야."

그녀의 말에 혹한 나, 눈빛을 빛내며 준영 오빠를 쳐다봤다. 오빠는 온몸이 간지러워 참을 수 없다며 숙소에서 쉬겠다길래 나 혼자 그녀를 따라나섰다.

미용실로 데려다줄 줄 알았는데 그녀는 자꾸만 골목 깊숙이 들어간다. 알고 보니 자기 집에 데려가는 것이었다. 흙으로 지은 허름한 집에는 그녀와 그녀의 오빠, 오빠의 아내, 어머니와 다른 동생들 그리고 조카들까지 대가족이 살고 있었다. 잠시 마당에서 기다리라고 하더니 옆집에서 친구를 데려온다. 친구가 있는 미용실로 데려가는 것이 아니라 미용사인 옆집 친구를 데려온다는 이야기였구나!

그녀의 친구가 가진 도구라곤 플라스틱 머리빗뿐이었는데, 신기하게도 그것 하나로 능숙하게 머리를 땋아주기 시작한다. 그녀의 동생들은 내가 벗어둔 안경이 신기한지 올망졸망 달려들었다. 그러는 사이 그녀는 커피 세리머니를 준비했다. 화로에 불을 피운 후 원두를 볶기 시작하고, 빻고, 다시 화롯불에 커피를 끓이는 그 작업은 샤샤마니의 길거리에서 봤던 것이었다. 나에겐 신기해 보이는 광경이었지만 그들에게는 이게 일상인 모양이다. 내 머리가 완성될 쯤 커피도 준비가 끝났다. 향긋한 커피향이 넓은 마당을 가득 채운다. 항상 생각하지만, 에티오피아의 커피는 정말 축복받은 맛과 향을 가진 것 같아.

커피를 몇 잔 마시고 이야기도 나누자 어느새 사방이 어두워졌다. 슬슬 걱정이 되기 시작한다. 내가 숙소까지 제대로 찾아갈 수 있을까? 다행히도 그녀와 그녀의 오빠가 나를 데려다주기 위해 함께 나왔다. 숙소까지 가는 길, 그녀는 자꾸만 진카 이야기를 하며 자기가 동행해서 도와주겠다고 한다. 어쩐지 영어를 참 잘한다 싶었는데 가이드였던 것이다. 특별한 경험을 하게 해준 것이 고마워서 거절하는 것 또한 어려웠다. 숙소 문 앞까지 데려다주며 계속 권했지만 내가 할 수 있는 말은 미안하다는 것뿐이었다.

아르바민치는 오늘 정전이라 평소보다 훨씬 어두웠다. 불 꺼진 방안으로 들어가자 준영 오빠가 깜짝 놀란다.

"아니, 이게 누구야!"

오빠는 잘 안 보여서 머리를 다 밀고 온 줄 알았단다. 나는 한층 시원해진 머리를 매만지며 히죽 웃었다.

"이걸로 며칠 동안 머리 못 감아도 걱정 없겠어요!"

허니와인, 달콤한 황금색의 기억

에티오피아, 첸차^{Ethiopia, Chencha}

여행을 하다 보면 수많은 우연에 의해 계획했던 것과 다른 여정을 걷게 된다. 때로는 만남으로 인해 혹은 돌발상황으로 인해, 또는 그저 마음이 변해서 그렇게 되는 경우도 있다. 내가 원해서 바뀌는 때도 있지만 불가항력으로 인해 방향이 틀어지기도 한다. 경위야 어찌됐든, 돌이켜 생각해보면 덕분에 생긴 또 하나의 경험이 얼마나 소중한 것이었는지 느끼게 된다. 당시에는 원치 않는 여정이었다 해도 말이다.

이번 여정이 바로 그런 경우였다. 도르제로 가기 위해 올라탄 버스에서 우리에게 말을 걸어온 한 남자가 도르제를 조금 지나서 있는 첸차행을 권유했다. 그는 첸차에 오늘 시장이 서는데 도르제의 시장보다 훨씬 크고 볼거리도 많으니 한번 가보지 않겠냐고 계속 말을 걸어왔다.

이날 갑자기 시작된 생리현상으로 인해 컨디션이 상당히 저조했

Ethiopia

던 나는 아무래도 가고 싶지 않았다. 어서 도르제에 도착해 짐을 풀고 평화로운 분위기를 느끼며 쉬고 싶은 마음뿐이었다. 하지만 새로운 것을 좋아하고 어디든 가보고 싶어 하는 준영 오빠는 눈빛을 반짝반짝 빛내며 계속 남자와 대화한다. 그가 늘어놓는 첸차의 아름다운 경치, 도르제보다 훨씬 큰 시장에 대한 이야기에 오빠는 이미 푹 빠져들어 있었다. 그리고 오빠는 기어코 그 반짝이는 눈빛을 나에게 돌렸다. 내가 컨디션이 정말 안 좋고 오늘만은 편하게 쉬고 싶어 한다는 걸 알면서도 말이다. 매몰차게 싫다고 말해봤지만, 잔뜩 실망한 표정으로 삐진 척 하는 준영 오빠를 당해낼 재간이 없었다. 결국 마지못해 고개를 끄덕이고 말았다.

"가면 되잖아요, 가면!"

신나서 싱글벙글해진 오빠와 의기소침해진 나를 태우고 버스는 산을 올랐다. 창문 밖으로 아름다운 숲과 호수, 아기자기한 아르바민치의 전경이 아름답게 펼쳐졌지만 내 눈에는 그 풍경이 제대로 들어오지 않았다. 시종일관 뚱한 표정으로 그 풍경을 멀거니 바라보고만 있었다.

첸차에 도착한 우리는 먼저 숙소에 짐을 풀고 시장으로 구경을 나갔다. 과연 도르제의 시장보다는 규모가 훨씬 크긴 했지만 별다른 볼거리가 있는 것은 아니었다. 사실 나에게는 첸차의 시장을 제대로 둘러볼 정신이 남아 있지 않았다. 시장으로 들어서자 동네의 꼬마란 꼬마들은 전부 모여서 우리 뒤를 졸졸 따라다니며 귀찮게 굴었던 것이다.

첸차의 꼬마들은 동양인 남녀가 신기한지 끊임없이 뒤를 따라오며 자꾸 우리를 잡아당기고 건드리고 꼬집고 심지어는 때리거나 돌 같은 것을 던졌다. 휙 하고 뒤돌아보면 어느새 해맑은 표정으로 까르륵 웃으며 도망가 버린다. 관광객에 대한 호기심이라고 하기엔 좀 지나친 장난들이었다. 준영 오빠가 무서운 표정으로 제일 장난이 심한 아이에게 겁을 줬지만 소용이 없었다. 가뜩이나 어린 아이들을 좋아하지 않는 나는 짜증이 제대로 솟구친 상태였다.

도대체 오빠는 왜 이런 동네에 오자고 해서 이 고생을 하는 거야? 시장은 크기만 할 뿐 도르제와 별 다르지도 않고, 동네에는 변변찮은 식당 하나 없고, 꼬마들은 자꾸만 우릴 괴롭히고, 정말 짜증 나! 도르제의 깨끗한 숙소에서 편히 쉬며 유유자적하고 싶었는데 이게 뭐냐고. 머릿속은 이미 준영 오빠에 대한 원망과 한시라도 빨리 이 동네를 떠나고 싶다는 생각으로 가득 차 있었다.

마 사 이 씨, 고 마 워 요!

온몸으로 짜증 났다는 기운을 풍기고 있었기 때문에 준영 오빠는 금방 나의 기분을 알아차렸다. 신경이 날카로워진 나에게 특효인 처방은 먹을 것을 주는 것이다. 준영 오빠도 이 사실을 알고 있었다.

"윤하야, 뭐든 먹으러 가자."

우리는 주변을 돌아다닌 끝에 간신히 빵집을 찾아 빵 몇 조각과 커피, 차를 시켰다. 그것들을 먹고서야 나는 어느 정도 기분을 가라앉

힐 수 있었다.

　빵집을 나와 슬슬 동네를 돌아보기 위해 골목으로 들어섰는데, 그 골목에서 한 남자가 우리에게 다가왔다. 도르제 전통 모자를 쓰고 사람 좋은 웃음을 지으며 다가온 그는 동네 여기저기를 가이드해주겠다고 한다. 이 사람이 바로 우리의 1박 2일을 책임져주고 첸차에 대한 안 좋은 기억을 싹 씻어준 사내, '마사이'였다.

　둘이서 다니기를 좋아하고 돈도 많이 든다는 이유로 우리는 한 번도 가이드를 데리고 돌아다닌 적이 없었기에 이번에도 단칼에 거절하려 했다. 하지만 그는 돈은 필요 없으니 괜찮다고, 첸차의 풍경을 구경시켜주고 싶을 뿐이라며 꽤 신뢰성 있는 말투로 우리를 설득했다. 잠깐 고민하던 준영 오빠는 살짝 내 눈치를 봤다. 아침부터 계속 컨디션이 안 좋다, 쉬고 싶다며 징징거렸던 나는 오빠가 의아해 할 정

도로 간단히 고개를 끄덕였다. 배가 부른 상태의 나는 꽤 많은 일에
관대한 편이다.

마사이는 먼저 첸차의 전통주를 맛보게 해주겠다며 우리를 시장
근처의 술집으로 데려갔다. 낮인데도 불구하고 술집 안에는 많은 사
람들이 자리를 잡고 앉아 술을 한 잔씩 마시고 있었다. 모두 남자들이
었다.

시장이 서는 날이라 유독 사람이 많은 것은 아니었다. 에티오피
아에서는 대낮에 술집에 앉아 맥주를 마시는 남자들을 정말 많이 볼
수 있다. 큰 나무짐을 이고 가거나 시장에 물건을 팔러 가는 사람들은
대부분 비쩍 마르고 연약한 여자들이었다. 실제로 도르제와 첸차의
마켓에서 장작을 한 짐 지고 와 파는 것도, 여러 가지 곡물을 이고 와
풀어놓는 사람들도, 장을 보러 오는 사람들도 모두 여자였다. 남자들
이 하는 일이라곤 술집에 앉아 술을 마시며 수다를 떠는 게 전부인 것
같았다.

술집 안의 남자들은 모두 술 한 잔과 생선스프 한 그릇씩을 앞에
놓고 앉아 우리를 신기한 눈으로 쳐다보았다. 동양인 남녀가 술집에
들어와 그들과 한 자리에 어울리다니, 확실히 흔한 일은 아니었을 것
이다. 하지만 더 이상의 관심은 기울이지 않았다. 그들에게 우리는 일
상 속의 작은 해프닝일 뿐, 그 이상으로 보이지는 않는 모양이었다.
햇빛이 잘 들지 않고 쾌쾌한 냄새가 나는, 하지만 아늑한 술집 안에서
우리는 그렇게 있는 듯 없는 듯, 이방인인 듯 현지인인 듯 구석 자리
를 차지하고 그들 속에 섞여 들었다.

마사이는 우리들에게도 다른 사람들이 마시는 것과 같은 술을 시

켜줬다. 색깔이 노랗고 예쁜 그 술은 도르제와 첸차에서만 맛볼 수 있는 특산주, 꿀로 담은 '허니와인'이었다. 지금도 그 맛을 잊을 수가 없다. 막걸리를 마시는 듯한 청량감에 약간 달콤한 뒷맛. 부침개와 같이 먹으면 궁합이 환상일 것 같았다. 아쉽게도 이 가게에서 파는 먹을거리라곤 냄새만 맡아도 비릿한 생선스프뿐이었지만.

"뷰 포인트 View Point에 가보지 않겠어? 첸차의 전경이 내려다 보여 아주 멋진 곳이야. 지금 가면 해질녘이라 더 멋있을 거야."

술집을 나온 마사이의 제안에 우리는 오케이했다. 배도 부르겠다, 술도 한 잔 했겠다, 어느새 완벽하게 컨디션 회복을 마친 나는 그 제안을 마다할 이유가 없었다.

내키지 않았던 여정의 기막힌 반전

뷰 포인트는 마을 외곽에 있어서 골목골목을 따라 약간을 걸어야 했다. 가는 길에 한 남자아이가 우리를 따라왔다. 관광객들과의 만남이 즐거운지 우리 앞에서 재주넘기도 하고 춤도 추며 온갖 재롱을 다 부린다. 아이는 자꾸만 자기 기억 안 나냐며 물었다. 준영 오빠가 아이를 알아봤다. 아까 참에 시장에서 끝없이 우리를 괴롭히던 아이다. 까불거리는 품새를 보아하니 마을에서 제일가는 말썽꾸러기임이 틀림없었다. 시장에서의 일은 그저 장난일 뿐 별 것 아니라는 듯, 아이는 미안해하거나 멋쩍어하는 대신 온갖 재주를 다 부리면서 우리를 즐겁게 해줬다. 시장에서 준영 오빠에게 혼쭐이 난 건 옛적에 잊은 듯 했다.

　가던 길에 지나친 동네 공터에서 축구를 하고 있던 남자아이들까
지 몇 명이 더 가세해 우리를 따라붙었다. 아이들은 앞다투어 준영 오
빠의 손을 잡고 걸으려 했고 몇몇 아이들은 내 손을 잡으려 했다. 내
가 아이들을 좋아하지 않는다는 걸 알고 있는 오빠는 "안 돼, 안 돼"
하면서 아이들을 모두 자기 쪽으로 끌었다. 하지만 아이들은 별 상관
하지 않는 듯 다시 내게 다가와 손을 덥석 잡아 버렸다. 익숙하지 않
은 감촉에 당황해 몇 번은 손을 뺐지만 아이들은 계속해서 다시 내 손
을 잡았다. 결국 나는 쓸데없는 반항을 포기하고 양손에 한 명씩 아이
들의 손을 잡고 걸었다. 한국에서는 어린 아이들 근처에도 가지 않고
에티오피아의 극성스런 아이들에게는 짜증내기 급급했던 나로서는
엄청난 사건이었다.
　까불거리는 타이거 우즈(시장에서 나를 괴롭혔던 마을 최고의 까불

이. 타이거 우즈를 닮아서 우리가 붙여준 별명이다)와 길잡이인 마사이를 앞세우고 아이들의 손을 잡은 채 우리는 뷰 포인트에 도착했다. 뷰 포인트의 끄트머리에 서자 가슴속까지 시원한 바람이 드는 듯한 기분이 들었다.

우리가 걸어 올라왔던 완만한 언덕과는 달리 탁 트인 반대편 비탈 뒤로 첸차와 도르제 부근 지역의 전경이 펼쳐져 있었다. 첸차 자체는 높은 산 위의 마을이었지만 부근의 산세는 완만한 편이었다. 솟아올랐다기보다는 넘쳐나듯, 굽이친다기보다는 흐르는 듯한 부드러운 산들 사이로 저녁연기가 오르는 민가들과 따뜻한 색의 논밭들이 성기게 모여 있었다. 속이 트이는 동시에 마음이 따뜻해지는 그런 풍경이었다.

해질 무렵이었지만 먹구름이 낮게 깔려 있어 아름다운 저녁놀은 볼 수 없었다. 하지만 구름 사이로 삐져나온 햇빛이 마치 어머니처럼 모든 풍경들을 감싸안은 듯한 그 느낌, 그 색감은 화려한 석양을 본 것보다 더 마음속을 덥혀줬다.

뷰 포인트 부근에서 아이들과 함께 노래 부르고, 구르고, 춤추고, 열매를 따먹고 나무도 타면서 우리는 저녁시간을 보냈다. 특히 타이거 우즈는 다른 아이들의 몇 배는 더 촐랑거리며 높은 나무에 올라 손이 안 닿는 곳의 산열매를 따오거나 춤을 추거나 마구 뛰어 다녔다. "쟤는 뭐가 되도 될 거야." 준영 오빠와 내가 혀를 내두르며 말했다.

마을로 돌아가는 길, 아이들과 마사이가 계속 의미 모를 노래를 부르며 들썩거리거나 춤을 춘다. "덴츠라이 덴도, 덴-도" 노래의 앞에는 준영 오빠나 나 혹은 마사이의 이름이 들어갔다. 이름이 불려진 사람에게 뭔가 하라는 내용의 노래인 듯 했다. 의미를 물어봤지만 마사이는 가르쳐주지 않는다.

"좋아요. 도르제에 있는 친구 '모케' 에게 물어볼 거에요."

"글쎄, 모케도 그 의미를 알려주지는 않을걸."

그의 말이 맞았다. 도르제에 도착해 모케에게 계속 그 의미를 물어봤지만 그는 웃기만 할뿐 그 말의 뜻을 가르쳐 주지는 않았다. 결국 우리는 아직까지도 그 노래의 정확한 의미를 모르고 있다.

마을로 들어서기 시작하자 아이들은 저마다의 집으로 돌아갔다. 빛이라곤 하나도 없는 어둠속에서 우리는 마사이의 뒷모습을 놓치지 않는데 급급했지만, 아이들은 어떻게 아는 건지 칠흑 같은 어둠 속에서도 자신의 집을 찾아 뛰어간다.

허니와인의 무시무시한 위력

아이들을 모두 보내고 마사이는 저녁식사를 하기 위해 한 식당으로 우리를 데려갔다. 에티오피아의 모든 식당이 그렇듯 그곳에서도 인제라를 팔고 있었다. 한 가지 다른 점이라면 허니와인도 함께 팔고 있다는 것이었다. 집에서 직접 정성들여 만든 것인지 낮에 마셨던 것보다 훨씬 농도가 짙고 맛이 있었다. 무리해서 술을 마시지 않으려 했지만 잔이 빌 때마다 식당 주인이 다시 채워줬고, 잔이 차 있으면 마사이가 자꾸만 마시라고 했다. 결국 거절할 수 없었던 우리는 연달아서 계속 허니와인을 들이켰다.

식사를 마치고 한창 허니와인을 마시고 있는데 식당집 딸이 슬그머니 내 뒤로 다가왔다. 내 머리는 어제 밤에 에티오피안 스타일로 레게머리를 해놓았지만 머리칼이 얇아서 그런지 하루도 지나지 않아 반쯤 풀어진 상태였다. 그녀는 나를 램프 근처로 데려가 앉히고 내 머리를 손봐주기 시작했다. 머리 손질이 끝난 후 고마움의 표시로 머리끈을 선물하자 수줍어하던 얼굴에 발그레하게 미소가 번졌다. 말은 통하지 않지만 마음은 통하는 것 같은 기분. 여행을 떠나오기 전까지는 알지 못했던 감정이었다.

밖으로 나오자 잠시 내렸던 비가 그치고 밖이 한층 밝아져 있었다. 먹구름이 물러나 달과 별빛이 드러난 것이었다. 하늘을 보는 순간 떡 벌어지는 입을 다물 수가 없었다. 그토록 많은 별이 그렇게나 아름답게 반짝이는 밤하늘이라니. 이집트의 사막에서 보는 별밤이 유명하고 나 또한 그 밤하늘을 두 번이나 봤지만, 첸차의 하늘은 그것과 비교할 수 없을 정도였다. 관광객의 발길이 드물고 때 묻지 않은 자연을 간직한 첸차의 밤하늘. 한참을 쳐다보고 있어도 질리지가 않았다.

문득 어렸을 때 본 사막의 하늘이 떠올랐다. 아버지를 따라 처음 여행 갔던 8살의 이집트, 그 사막에서 봤던 별밤은 잊을 수가 없다. 지평선 이쪽 끝에서 저쪽 끝까지 반짝이는 별들로 꽉 차 있던 그 사막의 하늘. 14년이 지나 다시 이집트를 찾았을 때 사막의 밤은 나를 조금 실망시켰다. 한국의 어디에서도 볼 수 없는 아름다운 별들임은 틀림없었지만 내가 기억하는 것과는 너무나도 달랐다. 14년 동안 다녀간 관광객들과 그만큼의 세월 동안 발달한 이집트의 공해로 인한 것이었을까. 에티오피아도 점차 알려지고 이곳에도 사람들의 발길이 닿게 되면 저 밤하늘의 별빛도 언젠가는 옅어지는 것이 아닐까. 이곳에 관광객들이 많이 오지 않고 더 이상 발달되지 않았으면 좋겠다는, 턱없이 이기적인 마음이 불쑥 고개를 들었다.

숙소에 돌아올 때쯤에는 먹구름이 다시 돌아와 별들이 더 이상 보이지 않게 되었다. 왜 이렇게 어둡나 했더니 정전이라서 9시 반이나 되어야 전기가 들어온다고 한다. 에티오피아에서는 별로 특이한 일도 아니었기에 그러려니 싶었다.

마사이는 전기가 들어올 때까지 술이나 마시자며 뭔가 주문한다. 양주에 콜라를 섞은 것이었다. 콜라를 못 마시는 준영 오빠는 사양했지만 나는 허니와인의 취기가 살짝 오른 상태라 좋다며 잔을 받았다.

이 폭탄주가 화근이었다. 몇 잔의 술을 받아 마신 나는 이날 저녁 먹었던 모든 것을 게워내고 반쯤 정신이 나간 상태에서 뻗어버렸다. 아, 외국에 나와서 술 취해 토하다니…. 이런 망신이 있나. 정신이 혼미한 상태로 잠들면서도 내 머릿속에는 한 가지 고민이 맴돌았다. 내일 아침 해장은 어떻게 하지? 이 동네에서 얼큰한 걸 팔 리도 없는데. 다음날 마사이가 미안하다며 기상천외한 해장음식을 먹일 줄은 생각도 하지 못한 채, 나는 서서히 수마의 품속으로 빠져들었다.

생마늘주스가 해장국 대신이라고?

다음날 아침, 우리가 일어나기도 전에 마사이는 숙소로 와서 우리를 기다리고 있었다. 내가 한층 초췌해진 모습으로 나타나자 마사이는 너무 미안하다며 해장음식을 먹게 해주겠다고 한다. 뭔가 얼큰한 국물 같은 거라도 있나? 잔뜩 기대하고 그를 따라갔다.

당연한 이야기지만 아프리카에 와서 국물을 기대한 건 크나큰 잘못이었다. 마사이가 데려간 식당에는 나처럼 숙취를 해결하러 온 듯한 사람들이 잔뜩 앉아 있었는데 모두들 특이한 갈색음료를 마시고 있다. 뭔가 몸에 좋은 걸 잔뜩 넣고 갈은 모양인데, 다른 재료들은 알 수 없었지만 단 한 가지 재료만으로도 이 음료가 얼마나 해괴한 맛일지 짐작할 수 있었다. 마늘이 들어가는 것이었다. 용기를 내서 한 모금 마셔봤지만 이내 손사래를 쳐야했다. 이런 걸 먹으면 숙취가 낫기는커녕 속이 두 배로 뒤집힐 거야.

내가 음료를 마시지 못하자 마사이는 더 미안해하며 콩요리를 하

나 시킨다. 삶은 콩에 붉은 소스를 버무려 놓은 것이었다. 이미 도르제에서 빨간 소스에 당했으면서도 나는 그 콩요리를 조심성 없이 크게 한 숟가락 떠서 덥석 입에 물었다.

그 뒤는 말 안 해도 될 것이다. 나는 다시 한 번 비명을 지르며 눈물을 흘려야 했다. 매워! 맵다고! 한국 사람이 매운 음식을 잘 먹는다고 누가 그랬던가. 매운 음식의 최고봉은 바로 이곳 에티오피아에 있는데! 결국 정체불명의 갈색음료도, 매운 콩요리도 못 먹게 된 나는 풀이 죽어서 식당을 나와 구석에 웅크리고 앉았다. 해장음식 두 번 먹었다가는 사람 잡겠네.

내가 반쯤 정신이 나간 채로 밖에 앉아 있는 동안 마사이와 준영 오빠는 뭐가 그렇게 좋은지 사람들과 잡담을 하며 계속 그 해괴한 해장음식을 먹어댔다. 역시 준영 오빠의 위장은 불가사의야. 두 사람은 내가 그만 가자고 한참을 보채고 나서야 밖으로 나왔다.

전혀 미안해 보이지 않는 표정으로 연신 미안하다고 말하던 마사이는 이번에야말로 뭔가를 먹으러 가자고 한다. 또 무슨 이상한 걸 먹이려고! 다행히도 이번에 그가 데려간 곳은 빵집이었다. 빵 몇 가지와 차 한 잔으로 쓰린 속을 채운 나는 그제서야 정신을 차릴 수 있었다. 새로운 음식을 체험하는 것도 여행의 즐거움 중 하나지만, 숙취로 허덕이는 날에 그런 경험을 하는 건 위장 속에 카오스를 초래할 뿐이라니까.

밥도 먹었으니 이제는 도르제로 돌아갈 차례다. 우리가 버스를 타려고 터미널쪽으로 가는데, 마사이가 자꾸 걸어가자고 한다.

"마사이. 우리는 이렇게 무거운 짐도 들고 있어. 그리고 너희들한테는 가까울지도 모르지만 우리에겐 엄청 먼 거리라 걸어가긴 무리야!"

"내가 짐을 들어주면 되잖아. 버스는 엄청 늦게 오고 비싸다고."

결국 한참을 실랑이하다 항복했다. 이 더운 날 거기까지 걸어가다니, 무리라고! 다행히도 20분 정도 걸은 후 우리는 지나가는 트럭을 히치할 수 있었다. 내가 아프리카에 와서 별걸 다 해보는구나. 트럭을 히치해서 짐칸에 타고 가다니!

트럭은 금방 도르제에 도착했다. 이제야말로 모케의 집에 짐을 풀고 시원한 공기를 즐길 일밖에 남지 않은 것이다. 도르제의 전통 가옥에 배낭을 던져두고 마당으로 나와 풀밭에 털썩 주저앉았다. 모케네 집 꼬마들이 신기한 듯 하나둘 달려와 도르제 전통 노래를 불러준다. 나도 답가로 민요 몇 곡 불러줬더니 정말 좋아한다. 현대 노래를

불러달라기에 내가 유일하게 가사를 외우는 '달팽이'를 불러줬더니 고개를 내젓는다. 신나는 민요쪽이 더 좋은 모양이었다.

　밤이 되자 온 마을의 사람들이 모두 모케의 집 마당으로 모여들 었다. 곧이어 허니와인이 등장하고 술 한두 잔 마신 사람들이 노래를 부르기 시작한다. 한 사람이 선창하면 다른 사람들이 후렴구를 붙이 고, 신나게 북도 두들기고 춤을 추며 거의 파티 분위기가 되었다. 내 가 모자를 벗어 에티오피안 헤어를 드러내자 사람들이 더욱 좋아한 다. 결국 저녁 늦게까지 함께 춤추고 노래 부르며 놀았다.

　이날 밤은 오랜만에 푹 잘 수 있었다. 약간 싸늘한 산동네의 밤공 기는 잠들기에 딱 좋은 온도였다.

선생님도 때론 실수를 한다

에티오피아, 도르제 Ethiopia, Dorze

오후 느지막이 숙소를 나서니 바쁘게 뛰어다니는 아이들이 보인다. 학교 오후반에 지각한 모양이다. 그런 와중에도 우리를 향해 까르륵 웃으며 인사하는 것은 잊지 않는다. 산골마을의 학교라, 어떤 분위기일까? 견학해 볼 수 있을까?

조심스럽게 학교 문 안으로 들어서자 사람들이 의외로 반갑게 맞아주었다. 자신을 교장이라고 소개한 나이 많은 아저씨는 우리를 교무실로 데리고 갔다. 교무실이라고 해봤자 흙으로 지은 작은 오두막이다. 수업을 참관해도 되냐는 물음에 흔쾌히 한 여선생님을 소개해 준다. 지금 수학수업을 하러 가는 길이니 그녀를 따라가라는 것이었다.

선생님과 함께 교실에 들어서니 아이들의 이목이 모두 우리에게 집중되었다. 작고 낡은 아이들용 책상에 앉아 눈웃음을 보이니 아이

የአማርኛ የፊደል ገበታ

ሀ	ለ	ሐ	መ	ሠ	ረ	ሰ
ሁ	ሉ	ሑ	ሙ	ሡ	ሩ	ሱ
ሂ	ሊ	ሒ	ሚ	ሢ	ሪ	ሲ
ሃ	ላ	ሓ	ማ	ሣ	ራ	ሳ
ሄ	ሌ	ሔ	ሜ	ሤ	ሬ	ሴ
ህ	ል	ሕ	ም	ሥ	ር	ስ
ሆ	ሎ	ሖ	ሞ	ሦ	ሮ	ሶ
ሸ	ቀ	በ	ተ	ቸ	ኀ	ነ
ሹ	ቁ	ቡ	ቱ	ቹ	ኁ	ኑ
ሺ	ቂ	ቢ	ቲ	ቺ	ኂ	ኒ
ሻ	ቃ	ባ	ታ	ቻ	ኃ	ና
ሼ	ቄ	ቤ	ቴ	ቼ	ኄ	ኔ
ሽ	ቅ	ብ	ት	ች	ኅ	ን
ሾ	ቆ	ቦ	ቶ	ቾ	ኆ	ኖ
ኘ	አ	ከ	ኸ	ወ	ዐ	ዘ
ኙ	ኡ	ኩ	ኹ	ዉ	ዑ	ዙ
ኚ	ኢ	ኪ	ኺ	ዊ	ዒ	ዚ
ኛ	ኣ	ካ	ኻ	ዋ	ዓ	ዛ
ኜ	ኤ	ኬ	ኼ	ዌ	ዔ	ዜ
ኝ	እ	ክ	ኽ	ው	ዕ	ዝ
ኞ	ኦ	ኮ	ኾ	ዎ	ዖ	ዞ
ዠ	የ	ደ	ጀ	ገ	ጠ	ጨ
ዡ	ዩ	ዱ	ጁ	ጉ	ጡ	ጩ
ዢ	ዪ	ዲ	ጂ	ጊ	ጢ	ጪ
ዣ	ያ	ዳ	ጃ	ጋ	ጣ	ጫ
ዤ	ዬ	ዴ	ጄ	ጌ	ጤ	ጬ
ዥ	ይ	ድ	ጅ	ግ	ጥ	ጭ
ዦ	ዮ	ዶ	ጆ	ጎ	ጦ	ጮ
ጰ	ጸ	ፀ	ፈ	ፐ		
ጱ	ጹ	ፁ	ፉ	ፑ		
ጲ	ጺ	ፂ	ፊ	ፒ		
ጳ	ጻ	ፃ	ፋ	ፓ		
ጴ	ጼ	ፄ	ፌ	ፔ		
ጵ	ጽ	ፅ	ፍ	ፕ		
ጶ	ጾ	ፆ	ፎ	ፖ		

들 역시 웃음으로 답한다. 수업이 시작됐지만 여전히 몇몇 아이들은 곁눈질로 우리를 쳐다봤다.

에티오피아 고유의 함하릭어가 있음에도 불구하고 수업은 영어로 진행되었다. 오늘의 수업 내용은 백분율이다. 선생님이 열심히 칠판에 필기를 하고 아이들 역시 열심히 받아적는데, 뭔가 이상하다. 내가 아무리 수학을 못 한다지만 저 계산법은 좀 틀린 것 같은데?

선생님 역시 이상하다고 생각했는지 잠깐 수업을 멈췄다. 한참 동안 칠판을 바라보던 그녀는 미안하다며 칠판을 지우고 다시 쓰기 시작한다. 선생님이 실수하신 것. 선생님, 외국인들이 쳐다보니까 긴장하셨나봐요!

수업 중간에 밖으로 나와 수업도구실도 들어가 봤다. 에티오피아의 고유 언어인 함하릭 글자가 가득 적힌 종이가 있다. 7×33개란다. 그렇게 많아? 알고 보니 함하릭어의 글씨는 우리 한국어처럼 막대기 하나 더 그으면 발음이 달라지는 것으로, 기본 글자는 33개라고 한다.

한참 돌아보고 나오려는데 교장 선생님이 우릴 배웅하며 갑자기 머뭇거린다. 그는 선량하게 웃는 얼굴로 갑자기 하소연하기 시작했다.

"봐서 알겠지만 시설이 많이 열악해요. 펜도 모자라고, 공책도…. 수업도구들도 잘 안 갖춰져 있죠."

빙빙 돌려서 말했지만 결론은 기부를 하라는 것이었다. 우리도 열악한 환경을 봤기 때문에 뭐라도 해주고 싶었지만, 사실 돈을 주면 그 돈이 다 아이들에게 돌아갈까 하는 걱정도 있었다. 결국 미안하다고 하며 학교를 떠나왔다. 정말 미안해요. 다음에는 연필 열 다스에 공책 한 박스 들고 찾아올게요, 꼭.

도대체 우리한테 왜 이래?

도르제에서 할 건 다 했으니 이번에야말로 아르바민치로 돌아갈 시간이었다. 모케의 도움으로 이번에도 역시 트럭을 히치해서 산 아래로 내려갔다. 시원한 바람을 맞으며, 산 아래로 넓게 펼쳐진 아르바민치의 전경을 감상하며 달리는 것은 정말 기분 좋은 일이었다.

아쉽게도 기분 좋은 건 산을 내려올 때까지였다. 다 내려오자 갑자기 자기들은 아르바민치 방향으로 가지 않는다며 내리라고 했던 것. 어쩔 수 없이 미니버스를 세워서 타야 했는데, 아르바민치까지 4버르나 내란다. 준영 오빠는 영어로 따지고 영어가 안 되는 나는 한국어로 불평했다. 하지만 이 녀석들, 갑자기 차를 세우더니 돈을 못 낼 거면 내리라고 하는 것 아닌가. 빈정 팍 상한다.

"오빠, 그냥 내려요. 다른 버스 잡아서 타자!"

하지만 결국 우리는 1인당 4버르씩 내고 그 버스를 탄 채 아르바민치로 향했다. 나는 계속 한국어로 욕해대고, 그들은 에티오피아어로 욕하면서 가느라 버스의 분위기는 매우 안 좋았다. 결국 잔뜩 기분이 상한 채로 버스에서 내리며 소리쳤다.

"잘 먹고 잘 살아라, 이 자식들아!"

우리의 불운은 거기서 끝나지 않았다. 이전에 묵었던 숙소로 들어가자 "No room for 45birr!(45버르에게 줄 방은 없어!)"라며 내쫓았던 것. 일전에 묵을 때 준영 오빠가 빈대 물린 것을 빌미로 45버르까지 방값을 깎은 터였다. 아니, 현지인들한테는 멀쩡하게 방 내주면서 여행객한테는 안 된다고? 자고 가라도 사정한다 해도 됐거든요!

그 다음에 들른 호텔에서도 마찬가지였다. 저리 비키라고 아무리 말해도 끝까지 우릴 따라온 호객꾼이 문제였다. 우리가 어떤 숙소로 들어가자 그가 잽싸게 따라 들어와 숙소 직원과 우리 사이에서 통역을 해주는데, 방값이 60이라고 한다. 하지만 에티오피아 숫자를 알아듣는 우리, 이미 숙소직원이 50이라고 한 걸 똑똑히 들었다. 우리가 만만해 보이냐?! 또 한바탕 싸우고 그 숙소를 나와 버렸다.

돌아오자마자 이런 일들이 일어나자 아르바민치에 조금 남아있던 정마저 뚝 떨어졌다. 겨우겨우 괜찮은 숙소를 구해서 들어간 우리는 입을 모아 불평했다.

"정말 최악의 동네야!"

하지만 다음 동네인 진카로 가서야 우리는 깨달을 수 있었다. 아, 아르바민치는 정말 친절한 동네였구나…!

신이시여,
오늘 우릴 버리시나요?

에티오피아, 진카^{Ethiopia, Jinka}

에티오피아의 버스 첫차는 모두 새벽 5시에 출발하지만 5시에 자리 잡고 앉아있어도 정작 출발하는 건 7시가 다 되어서다. 그 사실을 알고 있던 우리는 좀 늦게 숙소에서 나왔다. 하지만 이번에는 사정이 달랐다. 5시 10분에 도착했는데도 진카 가는 버스는 이미 만차였던 것.

진카에서 열리는 마켓이 그 원인이었다. 일주일에 한 번 열리는 마켓데이가 바로 내일이어서 수많은 현지인들이 버스를 타기 위해 몰려들었던 것이다. 우리가 진카에 가는 목적 역시 마켓을 보는 것이었기 때문에 버스가 없다고 하루를 미룰 수는 없었다.

결국 우리는 곧장 가는 대신 끊어 끊어 가는 방법을 택하기로 했다. 진카 가기 전에 있는 케이 아파르로 가는 버스를 알아보려는데, 한 남자가 와서 귀띔해준다. 우리 말고도 진카행 버스를 못 탄 사람들이 잔뜩이니 조금만 기다리면 분명 진카행 버스가 한 대 더 올 것이라

는 거였다.

그의 말대로 잠시 후 진카로 향하는 미니버스가 한 대 도착했다. 우리를 비롯한 수많은 사람들이 그 버스에 벌떼처럼 몰려들었다. 아, 이런 걸 아비규환이라고 하는가보다. 조금만 더 격렬하게 하면 버스 넘어지겠는걸. 다행히도 우리는 다른 사람의 도움으로 버스에 한 자리씩 잡고 앉을 수 있었다. 도움이 없었다면 분명 이번에도 자리를 못 잡고 곤란해했을 거다. 이 치열한 자리잡기 싸움에서 커다란 배낭을 짊어진 여행자가 승리하는 것은 거의 불가능해보였다.

이유는 모르겠지만 버스는 만차가 된 후에도 한참을 기다리더니 역시 7시가 다 되어서야 출발한다. 이렇게 해서 9시간 동안의 진카 대장정이 시작되었다. 다시는 떠올리기 싫은 그 끔찍한 여정이 말이다.

폐차 직전의 버스를 타고
비포장도로를 달려왔건만

진카로 가는 길은 험난했다. 험난하다는 말로는 한참 부족할 정도로 험난했다. 우리나라에만 산이 많은 줄 알았는데, 에티오피아 남부는 강원도를 비웃기라도 하는 듯 온통 산뿐이었다. 게다가 그 꼬불꼬불한 산길이 죄다 비포장도로라니! 핸드폰 진동이 온 몸에 울리는 듯한 기분을 9시간 내내 느껴야했다.

에어컨이 있을 리 없는 버스 안의 공기는 뜨겁고 무거웠으며 창문을 열면 마른 모래바람이 끝없이 몰아쳤다. 사람을 태운 게 아니라

우겨넣은 것 같은 버스 안에서는 좌석에 앉아 있는 것도 다행이었지만, 그나마도 다리를 제대로 펼 수 없어 거의 구겨져 있어야 했다. 길이 이 지경인데다 버스도 거의 폐차 직전인지라 속도는 굉장히 느리다. 계속해서 미터기를 쳐다보았지만 결코 25km를 넘는 일이 없다.

우여곡절 끝에 진카에 도착해 '드디어 끝이구나!' 생각했지만, 웬걸. 이제부터 시작이다. 이 진카라는 동네는 정말 열 받게 하려고 작정한 사람들의 소굴이 아닌가!

처음 들렀던 몇 군데의 숙소가 비쌀 때만 해도 약간 당황한 정도였다. 준영 오빠는 발품을 팔아야겠다고 판단했는지 나와 배낭을 남겨두고 한결 가벼워진 몸으로 숙소를 찾아 나섰다. 그리고 한참이나 지난 후에 완전히 학을 뗀 모습으로 돌아왔다.

"윤하야, 이런 동네 진짜 없다!"

모든 숙소가 가격이 높은데다가 아무리 깎으려 해도 씨도 먹히지 않았다는 거다. 진카는 그 유명한 접시부족 '무르시'들 덕분에 백인 여행자들도 많이 오는 곳이었다. 돈을 잘 쓰는 백인들에게 길들여진 진카의 사람들이 조금이라도 가격을 깎으려 하는 동양인에게 호의적일 리가 없었다.

결국 우리가 할 수 있는 일이라곤 그나마 양심적인 숙소에 짐을 푸는 것뿐이었다. 이전의 동네에서 묵었던 숙소들에 비하면 시설대비 가격대가 심하게 안 좋았지만 어쩔 수가 없다. 드디어 방을 잡아 마음을 가라앉히고선 밥을 먹으러 나갔는데, 그마저도 녹록치가 않다. 론리 플래닛에 나와 있는 추천식당으로 가서 오믈렛을 시켰는데 빵 몇 조각에 계란을 대충 내오고서는 25버르를 내라고 하는 것이었다. 잔

뜩 열 받아서 강하게 항의하다가 결국 가게를 나오는데, 뒤에서 직원
이 소리친다.

"Do you think it's fair?(이게 맞는 일이라고 생각해?)"

그럼 그런 빈약한 식사가 그 가격이라는 건 맞는 일이냐?! 아무리
가이드북에 나와 있다고 해도 그렇지, 좀 양심적으로 장사합시다! 그
가게를 나와 다른 곳을 모조리 헤집고 다녔지만 아무리 찾아도 합리
적인 가격의 식당은 보이지 않았다. 결국 우리가 할 수 있는 일이라곤
'차라리 안 먹고 말지'라는 심정으로 저녁을 쫄쫄 굶는 것뿐이었다.
혼자 여행 중이라는 옆방의 이탈리아 여자 역시 시달린 건 마찬가지
인지 잔뜩 화가 나서는 격한 한 마디로 진카에 대한 감상을 정리했다.
"Fucking crazy!"

좀 순화된 표현으로 불평을 늘어놓긴 했지만 우리도 그녀와 같은
심정이었다. 이런 동네에는 하루도 더 있고 싶지 않다. 오기 전에는
'진카에 언제까지 있을까?'하는 이야기를 나눴지만, 언제까지는 무
슨! 떠날 수 있다면 지금 당장이라도 짐을 싸고 싶은데. 결국 내일 열
리는 마켓을 보고 당장 다른 동네로 떠나자고 했다. 여행하면서 다닌
모든 곳들이 다 안 좋은 점이 있으면서도 나름의 매력을 지니고 있었
는데 이 진카만은 예외였던 것이다.

관 광 상 품 이 된 사 람 들

당장에 진카를 떠나고 싶었지만 그러지 못한 이유는 교통편뿐만이 아

니었다. 입술을 늘려 접시를 끼우는 특이한 원시부족 '무르시'들이 진카에 살고 있었던 것. 에티오피아의 큰 매력 중 하나가 오모밸리 지역에 사는 여러 원시부족들이었는데, 무르시족은 그 중에 하이라이트라고 할 수 있었다. 무르시족이 사는 마을로 들어가 그들의 생활을 볼 수 있는 투어도 있었지만 가격이 너무 비싼데다 별로 끌리지 않았다. 다녀온 사람들의 말에 의하면 마을 전체가 관광상품화되어 있어 마치 만들어진 모습을 보는 것 같았다고 한다. 그건 케냐에 사는 '마사이' 부족들도 마찬가지라고. 그들은 자신들의 생활상과 풍습들이 문명인들에게 굉장한 볼거리라는 걸 알고 있었다. 더 신기하고, 더 새로운 걸 갈구하는 문명인들이 자신들의 세계로 침입하기 시작하자 자신들의 문화를 돈 받고 팔기 시작한 것이다. 때 묻지 않은 순수한 원시세계를 기대하는 사람들에게 돈을 요구하는 원시부족들의 세속적인 모습은 큰 실망을 안겨준다고들 하지만, 생각해보면 그들이 그렇게 된 건 모두 우리들 때문이다. 그들을 우리와 같은 사람들로 생각하고 좀 더 인간적으로 교류하는 대신 동물원 우리 속의 신기한 볼거리라도 되는 양 대했으니 말이다. 우리들 중 누가 변해버린 그들을 욕할 수 있단 말인가.

고상한 척 이야기하지만 사람의 호기심이라는 건 어쩔 수 없는 법, 솔직하게 말하자면 나도 그들의 모습이 궁금했고 보고 싶어서 진카까지 온 것이었다. 준영 오빠와 나는 일찌감치 일어나 진카마켓을 휘젓고 다니며 눈을 부릅뜨고 무르시족을 찾았다. 마을까지 투어를 갈 수 없는 우리에게 무르시 부족을 볼 유일한 방법은 마켓데이를 맞아 진카로 온 그들을 찾는 것뿐이었다. 엄청나게 넓은 마켓을 한참동

안 돌아보고 나서야 우리는 포기했다. 마켓에는 약간 특이한 복색의 '반나' 부족은 많았지만 무르시족은 어디에도 보이지 않았다. 오늘은 안 왔나 보다. 12시까지 기다려봐서 그때도 안 오면 정말로 포기하고 이동하기로 했다.

12시가 넘어 1시까지 기다려도 무르시족은 보이지 않았다. 결국 마음을 정리하고 시장을 떠나려 하는데, 현지인 한 명이 다가왔다.

"당신들, 무르시 부족을 보고 싶지 않아?"

"그래. 하지만 마을까지 갈 돈이 없어."

"오늘 마켓에 2명의 무르시 부족이 왔어! 내가 안내해줄까?"

모든 걸 포기하고 떠나려는 우리에게 그보다 더 희소식은 없었다. 분명 가이드비를 요구할 것이었지만 그런 걸 따질 상황이 아니었다. 당연히 가야지! 우리의 대답에 그는 데리고 다니던 백인 하나를

내버려두고 당장 우리를 안내한다. "Hey!" 등 뒤로 백인 남자의 어이
없다는 목소리가 들려온다. 미안해요, 아저씨.

　가이드가 안내하는 곳으로 따라가자 정말로 무르시족 남녀가 있
었다. 다만 우리가 기대했던 것처럼 입술에 접시를 끼우고 있지는 않
았다. 크게 구멍 난 입술을 축 늘어트린 무르시족 여자는 오늘 입술
에 끼우는 접시를 두고 왔다고 했다. 그들의 사진을 찍는데, 우리를
데려온 남자가 지나치게 심하게 대한다. 마치 군대에서 부하를 대하
는 것처럼 명령조로 여기 서라, 저기 서라, 이렇게 해봐라 하며 그들
을 막 대했다. 게다가 무르시족 여인이 카메라 플래시가 싫다며 선글
라스를 끼자 마구 화를 내며 벗으라고 하는 것이 아닌가. 옆에서 보
는 우리가 민망할 정도였다. 갑자기 그들의 사진을 찍는 게 굉장히
잘못된 일처럼 느껴졌다. 우리는 오늘의 경험을 신기한 것으로 기억

하겠지만, 저들은 '또 짜증 나는 외국인을 만나서 사진 찍혔어'라고 생각할 것이다.

사진을 모두 찍은 후 찍은 수만큼 그들에게 돈을 줬다. 돈을 내미는 내 손이 너무나도 천박하게 느껴졌다. 마치 하룻밤 여자를 데리고 논 다음 돈을 주고 끝내는 것처럼. 이제 와서 미안한 감정을 가져봤자 무슨 소용이란 말인가. 그들을 진카의 '볼거리'로 생각한 시점에서 이미 잘못된 것이었는데. 내가 하고 싶은 대로 다 해놓고 나중에 느끼는 죄책감은 싸구려에 불과하다. 좋은 일이 아니라는 것을 알면서도 호기심을 참지 못해 저지르고 난 후 느끼는 죄책감은 더욱 그렇다.

진카에 온 목적을 어렵사리 달성했지만 기분은 한없이 찝찝했다. 아무 짝에도 쓸모없는 싸구려 죄책감은 그 뒤로도 한참 동안 마음 한 구석을 차지하고 있었다.

그들에게는 우리도 White다

에티오피아, 투르미^{Ethiopia, Turmi}

오모밸리 지역에는 대중교통이 없다. 어디를 가든지 트럭을 히치해야
했다. 문제는 이들이 엄청 높은 가격을 부른다는 거고, 협상하기가 정
말 힘들다는 거였다.

"1인당 500버르 이하는 절대 안 돼."

세상에! 둘이 합해 500도 아니고 한 사람당 500버르라니? 계산해
보니 거의 40달러에 달하는 돈이다. 그 정도 돈이면 우리 둘이서 숙식
비 모두 포함해 일주일은 풍족하게 생활할 수 있는데. 준영 오빠의 정
보에 의하면 투르미까지는 150버르 정도면 타당한 가격이라고 했다.
3배 넘는 가격을 부르면서도 이들은 눈 하나 깜짝하지 않는 것이다.

"그럼 저기 탄 사람들도 다 500버르씩 냈단 말인가요?"

"저 사람들은 현지인들이고 당신들은 관광객이잖아."

또 나왔다. 로컬 프라이스와 투어리스트 프라이스. 아르바민치에

Ethiopia

서부터 경험한 이 불합리한 사고방식 말이다. 한참을 실랑이하다가 결국 지쳐서 물어봤다.

"도대체 왜 현지인들과 관광객들이 다른 돈을 내야 한다는 거죠?"

"우리 Black들은 돈이 없어. 하지만 당신들 White는 부자니까 돈을 많이 내야 해."

조금이라도 이해가 되는 말을 했다면 납득했을 지도 모른다. 하지만 어딜 봐도 부조리해 보이는 발언이었다. 1년 가까이 여행하며 새까맣게 탄 준영 오빠가 자기 피부를 가리키며 말했다.

"나의 어디가 White라는 거야?"

나도 가세해서 모자를 벗어 에티오피안 헤어를 드러내 보였다.

"나 사실은 에티오피아인이에요!"

트럭 주인은 껄껄 웃기만 할 뿐 별다른 말은 하지 않았다. 우리는 유럽에서 온 백인들처럼 부자가 아니다, 한국은 사실 정말 가난한 나라라며 사정을 해봤지만 그는 고개를 저었다.

"한국에서는 차도 만들잖아."

결국 몇 대의 트럭을 협상실패로 보내고 오후 늦게서야 겨우 150 버르에 투르미 바로 전 동네인 디메카까지 가는 트럭을 얻어 탈 수 있었다. 몇 시간 동안 우리가 고생하는 걸 본 마을 입구의 구멍가게 사람들이 친절하게 손을 흔들어준다. 그들의 배웅을 받으며 트럭에 올라탔다.

별에는 사람의 마음을 녹이는 힘이 있다

에티오피아를 여행한 사람들 사이에서 진카-디메카 구간의 악명은
유명했다. 비포장도로라는 말도 아까울 정도의 울퉁불퉁한 길은 비가
오면 종종 소실되곤 해서 운이 나쁘면 시간이 꽤 오래 걸린다고. 다행
히도 우리가 이동을 할 때는 도로 사정이 나은 편이어서 크게 고생하
는 일은 없었다.

　날이 어두워 헤드라이트를 켜고 달리는데 창밖에 뭔가가 보인다.
사람인 것 같은데? 잘 보니 실오라기 한 장 걸치지 않은 꼬마들이 몸
에 물감으로 치장을 하고선 수풀 속에 숨어 있었다. 아, 진짜 원시부
족들이구나! 그들은 마치 토끼처럼 긴장한 눈빛으로 우리를 쳐다보다
가 금세 수풀 속으로 숨어버렸다. 나중에 알고 보니 이 부근에서 생활
하는 '하메르' 족의 아이들이었다.

　디메카에서 하루를 잘 생각이었지만 도착하자마자 바로 옆의 트
럭이 투르미까지 간다고 하여 가격을 물어볼 여유도 없이 갈아탔다.
디메카까지 오는 동안은 운전석 옆에 앉아 있었지만 이번에는 짐칸이
다. 우리 말고도 여러 명의 현지인들이 벌써 타고 있었다. 다행히도
이번에는 주변 현지인들과 같은 가격을 받는다. 맘 편하게 돈 계산을
끝내고 뭔지 모를 짐들 위에 풀썩 누웠다. 새카만 밤하늘을 총총한 별
들이 수놓고 있다. 절로 탄성이 나온다. 트럭 짐칸에 누워서 별이 가
득한 밤하늘을 보며 달릴 수 있다니! 이만큼 멋진 경험을 또 어디서
할 수 있을까?

　진카에서 시달릴 때만 해도 오모밸리고 뭐고 다 집어치우고 당장

케냐로 넘어가고 싶은 심정이었던 나는, 그 밤하늘 하나에 그만 마음이 탁 풀어지고 말았다. 달리는 트럭 위에서 시원한 밤바람을 맞으며 별을 세는 그 순간만으로도 며칠간의 고생을 보상받은 기분이었다.

투르미에 도착하자 사방이 캄캄했다. 한 발자국이라도 움직였다간 이 칠흑 같은 어둠 속에서 길을 잃을 게 뻔했다. 우리는 선택의 여지없이 바로 옆의 숙소로 들어갔다. 진카보다 훨씬 낫지만 이곳도 인제라의 가격을 너무 높여 부른다. 하는 수 없이 맥주를 한 병씩 시켜 배를 채웠다. 재밌는 것은 어느 지역을 가든 맥주만은 바가지를 씌우지 않는다는 점이다. 그나마 고마운 일이었다.

숙소에 들어가 보니 정말이지 신기하게도 샤워기가 있다! 알고 보니 물탱크를 채워놓아 거기서 물이 나오는 것이었다. 문제는 이 물탱크가 지붕 위에 달려 있다는 것이었다. 낮 동안의 뜨거운 공기에 덥혀진 물은 아주 미지근했다.

"차가운 물로 개운하게 씻고 싶다."

한 여름에도 뜨거운 물로 샤워하던 한국에서라면 절대 하지 않았을 말이었다. 그만큼 나는 에티오피아에 적응해 가고 있었다.

이날은 그 동안 내 머리를 조이고 있던 에티오피안 헤어를 풀어버렸다. 시원하긴 했지만 가끔 모자를 쓰지 않았을 때 드러난 두피가 햇빛에 타서 참을 수 없이 가려웠다. 뱀허물처럼 징그러운 두피 껍질이 계속 떨어지는 건 더 이상 보고 싶지 않았다.

드디어 토착민족을 만나다

아침이 되어 위장이 배고프다고 꼬르륵거렸지만 이번에도 선택은 맥주였다. 밤에도 없었는데 아침이라고 먹을 게 생길 리 없다. 아니, 먹을 게 있긴 했지만 그 가격을 내고는 먹고 싶지 않은 빈약한 인제라뿐이다. 결국 아침 댓바람부터 맥주로 배를 채울 수밖에 없었다.

며칠 동안 아르바민치와 진카에서 시달리고 이동하느라 힘들었던 나는 완전히 뻗어버렸지만 준영 오빠는 날이 밝자마자 동네 산책을 나가자고 날 자꾸 구슬린다. 이 사람은 에너자이저야, 뭐야? 진짜 놀라운 체력의 소유자다. 오빠는 계속 나를 설득하다가 결국 안 되겠다고 생각했는지 혼자 나가 버렸다. 예전 같으면 무슨 수를 써서라도 나를 일어나게 만들었겠지만 이제는 오빠도 반쯤 포기한 모양이었다. 아무리 여행 스타일이 비슷하다고 해도 몇십 년을 남남으로 살아왔는데 하나같이 마음이 맞을 수는 없는 법, 이 정도 타협은 당연한 일일지도 몰랐다.

밖으로 나갔던 오빠는 정말로 반가운 빵 몇 덩이와 함께 잔뜩 흥분해서 돌아왔다. 오빠가 그렇게 염원했던 풍경을 여기서 만났다는 것이다.

"윤하야, 밖에 부족들이 막 돌아다닌다! 여기 부족마을인가 봐."

화려한 장신구로 치장하고 상의는 입지 않은 부족들이 엄청 많다는 것이었다. 분명 좋은 소식이었지만 미안하게도 이때의 나에게는 빵이 먼저였다. 오빠의 말에 "우와, 정말? 멋있다!" 정도로 반응해주고는 바로 빵을 우물거렸다. 얼마 만에 먹는 제대로 된 음식이냐.

알고 보니 투르미는 화려한 복색의 하메르족으로 유명한 마을이었다. 이날 오빠를 흥분하게 만든 이 부족들은 다음날 투르미마켓에서 원 없이 볼 수 있었다.

하 메 르 소 녀 들 의 달 콤 한 향 기

마켓에 가기 위해 준비하고 나오는데 숙소 마당에 손님들이 와 있었다. 전통방식으로 한껏 치장한 예쁜 하메르족 소녀들이었다. 그녀들은 먼저 우리에게 다가오더니 돈을 주면 사진을 찍게 해준다고 했다. 그들이 먼저 다가왔기 때문일까? 무르시족들을 봤을 때 느꼈던 착잡한 감정 대신 귀엽다는 생각에 피식 웃음이 나왔다. 사진을 몇 장 찍고 나자 자신들이 하고 있던 장신구를 벗어 보이며 팔겠다고 한다. 가격을 깎으려 하자 하메르의 소녀는 금방 새침한 표정을 지으며 고개를 젓는다. 결국 별로 싸지 않은 가격에 목걸이를 샀지만 그 목걸이에는 돈 주고 살 수 없는 것이 있었다. 그들의 체취였다. 소녀가 계속 몸에 지니던 걸 바로 받은 터라 목걸이에서는 초콜릿향 같기도 하고 우유향 같기도 한, 갓난아기의 몸에서 나는 부드러운 냄새 같은 체취가 묻어 있었다. 1년 가까이 지난 아직까지도 목걸이에는 그 부드러운 냄새가 남아 있다.

마켓으로 가는 동안 꽤 많은 하메르족들을 보고 신기해했지만 마켓에 도착한 순간에는 정말 깜짝 놀랐다. 마켓에는 하메르족들이 많

은 정도가 아니라 아예 하메르족들밖에 없었다. 장사를 하는 사람도, 물건을 사는 사람도 모두 하메르족이었다. 돈을 벌기 위해 나온 게 분명해 보이는 하메르 꼬마들은 관광객이 보이면 쪼르르 달려와 사진을 찍으라고 한다. 전통복장을 차려입고 눈을 초롱초롱 빛내는 꼬마들의 유혹을 차마 거절할 수 없어 사진을 찍고 돈을 주니 허리춤에 찬 호리병 속에 돈을 넣는다. 아하, 그게 너희들의 돈통이구나?

시장의 하메르족들은 우리를 신경 쓰지 않은 채 자기들끼리 이야기하며 돌아다니고 간혹 눈이라도 마주치면 살짝 웃어줬다(그리고는 다가와서 사진을 찍으라고 하는 것도 잊지 않았다). 우리가 진정 열망하던 원시부족들의 모습이 이곳에 있는 것이었다. 원래는 이후에 케이아파르, 콘소 등의 동네에서 마켓을 구경하려고 했지만 계획을 바꿔 바로 케냐로 넘어가기로 했다. 어느 동네를 가도 여기보다 더 멋진 풍경을 만날 수는 없을 것 같았다.

바로 마을을 떠나기 위해 짐을 챙겨 마을의 교차로에 나갔다가 결국 포기하고 다시 숙소로 돌아왔다. 종일 죽치고 앉아있었지만, 교차로를 지나가는 트럭은 서너 대뿐이었고 그나마도 방향이 다르거나 너무 비싼 가격을 불렀다. 심지어는 10버르면 가는 디메카를 100버르로 올려부르는 사람도 있었다. 우리가 그와 한참 싸우고 있으니 어떤 현지인이 지나가다가 무슨 일이냐고 물어본다. 사정을 말하자 그도 어이없다는 듯 한 마디 한다. "Oh, said to him fuck you!(오, 그에게 fuck you라고 말해줘!)" 현지인이 보기에도 심한 바가지였던 모양이다. 웃긴 건 이 남자가 나중에 숙소로 찾아오더니 굉장히 선심 쓰듯 디메카까지 50에 해주겠다고 말했다는 거다. 됐네요, 이 사람아.

　하루 더 머문 투르미에는 이날 밤 엄청난 비가 쏟아졌다. 우기가 다가오는 모양이었다. 건기가 최고조인 에티오피아를 여행하던 우리에겐 참 생소한 날씨였다. 별이 초롱초롱하던 하늘에 순식간에 구름이 깔리더니 장마비 저리가라 할 정도로 엄청난 소나기가 퍼붓는다. 시원해서 좋긴 했지만 처음 보는 이런 현상은 정말 무서울 정도였다. 밤새 이런 식으로 비가 오다 그치다를 반복했다.

흙길 따라, 바람 맞으며

에티오피아, 콘소 Ethiopia, Konso

"케이 아파르까지 100버르에 해줘요. 제발!"

"그렇게까지 깎아줄 순 없어."

"진카에서 투르미 오는 데 150버르를 냈다고요. 케이 아파르까지라면 100버르를 내는 게 당연한 거 아닌가요?"

"…좋아, 100버르에 해줄게."

극적으로 협상이 타결되었다. 나와 준영 오빠는 쾌재를 불렀고 교차로의 구멍가게 사람들도 우리와 함께 기뻐해줬다. 이러다가 투르미에서 영원히 빠져나가지 못하는 줄 알았는데, 어떻게든 길은 생기는구나!

케이 아파르에서 콘소까지 또 다른 버스를 히치해야 할 것이고, 잘 되지 않으면 케이 아파르에서 하루 묵어야 할지도 모른다. 하지만 일단 이 구석진 시골에서 빠져나갈 수 있다는 것만으로도 마음이 놓였다. 오모밸리의 남쪽 거의 끝에 위치한 투르미와 달리 케이 아파르는 트럭이 많이 다닐 테니 아무래도 히치하기가 쉬울 것이었다.

케이 아파르에서 하루 묵을 것을 각오했지만 의외로 쉽게 다른 트럭을 잡아탈 수 있었다. 트럭에서 내리자마자 지나가는 다른 트럭에게 콘소까지 50버르를 불렀더니 군말 없이 오케이한다. 이날의 트럭 히치는 정말 신이 도우신 행운이었다고 생각된다.

비 포 장 길 을 달 리 는 푹 신 한 트 럭 !

콘소까지 가는 트럭 짐칸으로 기어오르자 옥수수 포대가 우릴 반겨줬다. 트럭 짐칸을 타고 갈 때 목재를 싣고 가거나 타이어를 싣고 가서 딱딱하고 아픈 적이 자주 있었는데, 이 옥수수 포대는 정말 편안하고 좋았다. 내 방 침대보다 더 푹신하다. 신이 나서 옥수수 포대 위에 이렇게 앉았다 저렇게 앉았다 누워서 뒹굴거리기까지 했다. 함께 짐칸에 타고 있던 현지인들이 우리에게 말을 걸었다.

"에티오피아의 인상이 어땠어?"

"암바사!"

사람들이 박수를 치고 좋아하며 웃는다. 암바사라는 건 에티오피아 말로 최고라는 뜻이다. 그들과 이런 저런 수다를 떨고, 구멍 난 옥수수 포대에서 옥수수 알갱이도 꺼내 질겅질겅 씹었다. 지나가다가 마을이라도 만나면 에티오피아 꼬마들이 트럭을 따라 달리며 우리에게 손을 흔든다. 우리도 손을 흔들어주며 그 편안하고 행복한 시간들

을 만끽했다.

밤이 되자 더 멋진 광경이 펼쳐졌다. 콘소 부근은 비가 오는지 번쩍번쩍 번개가 치고 있었는데, 이쪽 하늘은 아직 구름이 깔리지 않아 별들이 아름답게 반짝이고 있었다. 번개가 칠 때마다 별들은 잠시 자취를 감추었다가 다시 반짝거린다. 돈 주고도 볼 수 없는 장관이었다.

멋진 밤하늘에 넋을 놓고 있는 사이 우리가 탄 트럭은 콘소에 도착했다. 에티오피아에서 사실상 마지막 동네라고 할 수 있는 곳이었다.

트럭에서 내려 숙소를 알아보려고 돌아다니는데 문제가 발생했다. 우리와 함께 트럭을 타고 왔던 트럭의 짐꾼이 왜 돈을 안 내냐며 시비를 건 것이다. 우리는 분명 운전사에게 돈을 냈다며 강하게 항의했다. 큰 소리가 몇 번 오가고 나서야 그는 비척거리는 걸음으로 떠나갔다. 술에 취한 모양이다.

큰 소리가 나는 걸 듣고 모여든 사람들 중 한 명이 우리에게 접근했다. 얼굴에 사기꾼의 포스가 가득 흐르는 그는 친절하게 말을 걸어왔다.

"아, 경계하지 마. 나는 정부에서 인정한 관광 안내소의 직원이니까. 내가 좋은 숙소를 추천해줄까? 혹시 환전할 생각은 없어? 내가 아는 사람이 환전을 하는데, 잘 쳐줄게."

웃기고 있네! 콘소 같이 작은 동네에 관광 안내소가 있다고? 그리고 공무원이 불법환전을 소개해주냐? 에티오피아의 사람들은 하나같이 착하고 순박했지만 유창한 영어로 관광객들에게 먼저 다가오는 사람들만은 믿을 수 없었다. 그런 사람치고 사기꾼이 아닌 이들은 한 번도 본 적 없으니 말이다.

그가 추천한 숙소가 저렴해서 묵기는 했지만 그는 역시 뭔가 바라는 게 있는 듯 자꾸 우리 주변을 떠나질 않는다. 그에게서 정보를 얻어내려는 준영 오빠와 다르게 나는 자꾸만 짜증이 나서 저 사람 좀 빨리 가라 그러라고 신경질을 부렸다. 그 남자도 저 여자가 뭐라고 말하는 거냐며 험악한 표정을 지었고, 중간에 낀 준영 오빠는 많이 곤란했을 거다.

순 박 한 행 복

케냐와의 국경도시 모얄레까지는 다행히도 버스가 있었다. 우리가 도착한 다음다음날이 콘소 마켓이 서는 날이라 그날 버스가 아주 많다고 했다. 동네에서 가장 좋아 보이는 호텔로 들어가자 마당에 버스들이 잔뜩 주차되어 있다. 이날 우리는 에티오피아에서 처음이자 마지막으로 버스표를 예매할 수 있었다.

다음날 아침, 모얄레행 버스를 타기 전에 동네에서 약간 떨어진 콘소의 마켓을 구경하러 갔다. 투루미의 마켓을 보고 왔기 때문인지 이곳의 마켓 풍경에는 별 감흥이 느껴지지 않는다. 그래도 여기서 오랜만에 제대로 된 인제라를 먹을 수 있었다. 인제라를 먹고 있자니 식당 아주머니가 와서 우리에게 자꾸 관심을 가진다. 자신에게 뭔가 줄 것이 없냐는 것이었다. 돈을 주면 제일 좋아하겠지만 그건 좀 그렇고…. 그때 한국에서 가져 온 자개로 만든 핸드폰 액세서리가 떠올랐다. 핸드폰을 가지고 있을 리 없는 아주머니에게 그걸 주자 어디에 쓰

Ethiopia

는 거냐고 한다. 어떻게 할까 고민하다가 아주머니의 팔찌에 걸어드렸다. 돈 되는 걸 드린 게 아니라 실망할 줄 알았더니, 너무 좋아하면서 환하게 웃으신다. 그 순박한 모습에 나까지 기분이 좋아졌다.

인제라를 먹고 나오자 두 가지 문제점이 생겼다. 첫 번째는 우리가 타야 할 버스가 사라졌다는 거고, 두 번째는 커피 파는 곳이 없다는 것이었다. 에티오피아에 커피 안 파는 동네도 있단 말야? 에티오피아 여행의 가장 큰 행복인 길거리 커피가 없다니, 그 절망감은 말로할 수 없었다. 거기다 버스까지 없어져 버렸으니.

알고 보니 버스는 먼저 마을 입구에 가서 기다리고 있었다. 버스를 찾아가 짐이 잘 실려있는지 확인하고 버스 앞에서 파는 커피까지 한 잔 마셔주고 나니 그제서야 마음이 평온해졌다. 버스를 다시 찾은 것보다 커피를 마실 수 있다는 것이 사실은 조금 더 기뻤다.

버스는 정해진 시간에 승객들을 싣고 모얄레로 떠났다. 에티오피아에서는 이례적인 일이었다.

안녕, 에티오피아

에티오피아, 모얄레 ^{Ethiopia, Moyale}

"지금은 버스를 고칠 수 없으니 하루 자고 가라고."
"그럼 당신이 숙박비를 내줄 거야? 환불해 달라니까!"
"그래, 환불해 준다니까. 두 명당 30버르씩 말야."

　또, 또 이런다. 버스 주인은 완강하게 나왔고 나와 준영 오빠를 비롯해 현지인 승객들까지 버스 주인을 잡아먹을 듯한 기세로 달려들어 항의했다. 어쩐지 일이 너무 쉽게 풀린다 했지. 역시 문제가 생기는구나!

　모얄레를 향해 잘 달리던 버스는 갑자기 중간의 야벨로라는 동네에서 멈춰 섰다. 워낙 익숙한 일이라 나와 준영 오빠는 버스 안에 멍하니 앉아 있는데, 어쩐지 밖의 분위기가 심상치 않았다. 그리고 보니 버스에는 우리 둘밖에 없고 나머지 사람들은 모두 밖에 나가 있었다.

　나가보니 생각보다 문제가 컸다. 버스가 고장 났는데 오늘은 고칠 수 없으니 이 동네에서 하루 자면 내일 모얄레까지 태워다 주겠다는 것이었다. 사람들이 잔뜩 몰려 환불을 요구하자 턱없이 적은 돈을 돌려주겠다고 한다. 야벨로는 콘소와 모얄레의 중간에 있는 동네였다. 당연히 반값인 50버르를 환불해줘야 하는데, 이 버스 주인 독하다. 승객들이 그의 주위를 빙 둘러서서 폭력사태라도 일으킬 태세로 소리쳐 대는데도 눈 하나 깜짝 안 한다.

몇몇 현지인들은 적은 돈을 환불받아 떠났지만 나와 준영 오빠, 그리고 같은 버스에 타고 있던 폴란드 남자는 끝까지 남아 그를 닦달했다. 결국 2시간이 지나고 나서야 그는 포기하고 50버르씩을 환불해줬다. 현지인들조차 이뤄내지 못한 쾌거(?)였다.

스치는 인연이라도 좋다, 여행길의 만남이라면

우리 셋은 바로 트럭을 히치하이킹해서 모얄레까지 가기로 했다. 우리 주변에서 계속 어슬렁거리던 남자가 선뜻 나서서 자기가 트럭을 잡아준다고 한다. 그의 도움으로 50버르에 트럭을 잡을 수 있었지만, 당연하게도 이 남자, 돈을 요구한다.

에티오피아 여행의 막바지라 이제 더 이상 돈이 없었다. 우린 돈이 없다고, 트럭 하나 잡아준 것 가지고 그렇게 많이 달라 하냐고 말했지만 역시 만만치 않다. 그때 폴란드인이 비장한 표정으로 주머니를 뒤졌다.

"Ok, I'll give you my last precios birr(좋아, 당신에게 내 마지막 보물인 버르를 주겠어)."

그리고 그가 꺼낸 건 1버르짜리였다. 남자는 어이없다는 표정을 지었지만 나는 까르륵 웃으며 덩달아 1버르를 꺼냈다. 그때 폴란드 남자의 말이 얼마나 웃겼는지 토씨 하나 틀리지 않고 기억한다. 알고 보니 그는 모얄레에 도착해 숙소를 잡고 밥을 먹을 돈밖에는 남지 않았다고 한다. 그래서 그렇게 기를 쓰고 우리와 함께 환불을 받은 것이었다.

결국 그 남자는 2버르밖에 받지 못한 채 나가떨어졌고 우리는 트럭에 올라탔다. 사실 이 폴란드 남자와는 초면이 아니었다. 진카에서 우리 때문에 가이드에게 버림받았던 남자가 그였고, 투르미 가는 길에도 만났으며 투르미에서도 만난 사이였다. 우리를 처음 만났을 때 '곤니찌와'라고 했다가 한국인이라는 말에 바로 '안녕하세요'라고 대답한 그는 삼성에서 일하던 사람이라 한국에 자주 갔다며 헤어질 때는 '위하여'라고 소주잔을 들어보이는 제스처를 취해 우리를 웃기기도 했다. 우리가 투르미까지 160버르에 왔다는 말에 자신은 250버르를 내고 왔다며 분통을 터트렸고, 한국음식이 대한 이야기, 한글처럼 특이하고 멋진 글자는 없다는 이야기도 함께 나눴다. 하지만 어쩐지 코드가 맞는 것 같지 않아 동행하자는 말은 한 번도 하지 않았다. 그 역시 그렇게 생각했던 건지, 이후에 케냐에서도 한 번 만났지만 서로 통성명조차 하지 않고 헤어졌다.

원래 두 명이 앉아야 하는 자리에 세 명이 끼어 탄 채로 모얄레까지 달렸다. 지나가는 풍경들이 이제까지와는 다르게 다가왔다. 그 어

디에도 가공되거나 개발된 모습이 보이지 않았던 진정 때묻지 않은 자연을 지닌 에티오피아의 산과 초원들. 이제 내일이면 이런 풍경을 더 이상 볼 수 없는 거구나.

또 한 명, 새로운 동행을 만나다

모얄레에 도착해 숙소를 잡았는데, 숙소 마당에서 떠들고 있자 옆방에서 한 동양인 남자가 칫솔을 입에 물고 밖으로 나온다. 시끄러운 소리에 나와 본 모양이었다. 눈이 딱 마주쳐버린 우리는 한동안 아무 말도 안 하고 있다가 엉거주춤 인사를 했다. 그가 잘 안 되는 영어로 더듬더듬 말을 걸었다.

"아 유 재패니즈?"

"아임 코리안. 유, 재패니즈?"

고개를 끄덕인다. 나는 두말할 것 없이 폴란드인과 대화 중이던 준영 오빠를 불렀다. 나는 영어를 잘 못하고 그 남자도 마찬가지인 것 같았다. 일본인보다 일본어를 잘 하는 준영 오빠가 나설 차례다.

준영 오빠와 일본어로 이야기하기 시작한 그는 내일 우리와 함께 국경을 넘어 케냐의 수도 나이로비까지 같이 가기로 했다. 그의 이름은 마키. 탄자니아까지 한 달여의 여정을 함께 하게 될, 아프리카에서 만난 또 다른 소중한 인연이었다.

기 다 려 줘 , 에 티 오 피 아

아침 일찍 일어나 국경 검문소로 향했다. 육로로 국경을 넘어보는 것도, 외국에서 외국으로 가보는 것도 처음인 나는 잔뜩 흥분했지만 의외로 싱거웠다. 이쪽 국경에서 출국 도장을 받고 저쪽 국경에서 입국 비자를 받으면 되는 간단한 절차다.

케냐로 넘어가기 전, 문득 뒤를 돌아보았다. 이제 에티오피아를 떠나면 언제 또 올 수 있을까? 그렇게 짜증나고 불편했던 에티오피아인데도 떠난다고 생각하자 급격하게 아쉬운 마음이 들어찼다. 물도 제대로 안 나오고 전기도 잘 안 들어오지만, 에티오피아에는 그 모든 불편함을 잊게 할 정도의 매력이 있었다. 버스는 비좁고 불편했으며 선풍기조차 없는 숙소는 잠도 못 잘 정도로 더웠지만, 에티오피아에서 얼

은 소중한 경험들을 생각하면 그 정도는 기꺼이 감수할 수 있었다.

끝없이 관광객을 속이고 등쳐먹지만 사실은 순박하고 착한 사람들. 버스는 불편하고 온 몸이 진동할 정도로 열악한 비포장도로지만 너무나 아름다운 자연 경관들. 정전이 될 때마다 우리 앞에 펼쳐지는 아름다운 별빛들. 그리고 무엇보다도 세계에서 가장 맛있고 세계에서 제일 싼 길거리 커피. 말로써 설명한들 거기서 오는 감동들이 제대로 표현될까?

에티오피아를 다녀와 본 사람만이 알 것이다. 아니, 에티오피아를 떠나온 사람만이 그곳의 매력을 기억할 수 있다. 모든 힘든 순간들이 그러하듯 그 속에 있을 때는 그것이 진정 행복한 시간이라는 것을 대부분의 사람들이 알지 못한다. 그러다 떠나온 후에야 떠올리는 것이다. 힘들고 지치고 불편했어도 그 모든 하루하루가 정말 아름다운

시간들이었구나. 그 모든 순간들이 내 기억 속에서 반짝반짝 빛나고
있구나.

아르바민치와 진카에서 시달릴 때, 트럭 히치를 하며 가격협상을
할 때, 벌레에 물려 온 몸을 벅벅 긁을 때마다 생각했었다. '빨리 떠나
고 싶다! 이놈의 나라, 다시는 오나 봐라.' 하지만 나는 지금 에티오피
아가 너무나도 그립다. 아디스 아바바의 슈크림이 너무나도 먹고 싶
고 길거리 커피가 정말 그립다. 부채를 나눠주며 순박하게 웃는 사람
들 사이에서 나도 웃으며 함께 부채질이나 하고 앉아 있었으면 좋겠
다. 더 이상 먹고 싶지 않다고 생각했던 시큼털털한 인제라마저도 다
시 먹고 싶다.

한참 동안 에티오피아 쪽을 쳐다보던 나는 겨우 마음을 정리하고
몸을 돌렸다. 안녕, 내 생애 최고의 기억 에티오피아. 언제가 될지 모
르지만 꼭 다시 찾아올게. 그때까지 나를 기다리고 있어줘. 지금처럼
천연의 모습 그대로, 때 묻지 않은 모습 꼭 그대로.

영원한 아프리카로 변치 말고 날 기다려주렴.

더 이상 인제라는 싫어!

모알레에서 마지막으로 먹은 인제라는 맛있었다. 시큼털털한 인제라는 이제 더 이상 보기 싫다고 생각했었는데, 마지막 인제라가 좋은 인상을 남겨줘서 다행이다. 하긴 에티오피아에는 어딜 가나 인제라밖에 없었으니 슬슬 질릴 때도 됐다. 그래서 함께 식사를 하던 폴란드인이 인제라의 인상에 대해 물었을 때 나는 조금도 망설이지 않고 바로 대답했다.

"처음에는 맛있었죠. 하지만 두 번, 세 번, 삼 주…. 더 이상 인제라는 싫어요!"

내 감상을 들은 폴란드인은 웃으면서 자기가 한국에 갔을 때 그랬다고 했다. 항상 회사 식당에서 밥을 먹으면 밥과 국이 나오는데, 반찬이 자주 바뀐다지만 매일 그걸 먹고 있자니 미칠 지경이었다고. 에이, 그래도 인제라보다는 밥이 낫잖아? 지극히 주관적인 관점으로 그렇게 생각하는 나였다.

이때는 알 턱이 없었다. 내가 한국으로 돌아와서 제일 먹고 싶어지는 음식이 인제라가 되리라는 것을. 한국에 인제라 식당 차려볼까 진지하게 고민하게 될 거라는 사실을 말이다.

Part 3

천국은 많지 않지만
천사는 어디에나 있다

케냐 Kenya 우간다 Uganda
르완다 Rwanda 브룬디 Brundi

사막의 낙타마을

케냐, 모얄레 ^{Kenya, Moyale}

케냐로 들어서자 확실히 에티오피아보다 선진국이라는 느낌이 팍팍
들었다. 일단은 제대로 된 환전소가 있는 게 아닌가! 준영 오빠와 마
키 상, 그리고 나는 여기서 환전을 했고 그 사이 폴란드 남자는 먼저
떠나버렸다. 솔직히 말하면 그가 먼저 간 것이 조금 기뻤다. 마음이
잘 맞지 않는 사람과 계속 함께 다녀야 한다면 그것만큼 불편한 일이
없다. 다행히도 마키 상은 어제 만난 사이인데도 묘하게 죽이 잘 맞았
다. 우리는 어느새 케냐 다음에 우간다도 함께 갈까, 아예 남아공까지
같이 할까 하는 이야기를 나누고 있었다.

케냐 수도 나이로비까지는 저렴한 버스도 있지만 일주일에 한 번
있는데다가 게릴라의 공격을 받을 위험이 있다고 했다. 대신 여행자
들이 자주 이용하는 건 로리(대형트럭). 언제나 운행하고 좀 돌아서 가
긴 하지만 위험은 덜한 편이라고. 우리 역시 트럭을 이용하기로 했는

데, 사실 이때 나는 엄청나게 긴장한 상태였다. 준영 오빠가 전해 준 모얄레-나이로비 구간의 무시무시한 악명 때문이었다. 원래는 1박 2일 걸리는 거리인데 길이 험해서 2박 3일에 3박 4일은 기본이라는 둥, 정말 오래 걸린 사람은 일주일 걸리기도 했다는 이야기들을 들으니 당연히 무서울 수밖에 없었다.

　나이로비까지의 여정이 언제 끝날지는 우리가 탄 트럭의 상태에 달려 있다. 제발 트럭 상태가 좋아야 할텐데…. 로리야, 부탁해!

길이 험한 건지, 인심이 험한 건지

나이로비 가는 길은 과연 험했다. 가도 가도 끝없는 반사막 지대가 펼쳐진다. 준영 오빠와 마키 상은 일본어로 정보를 교환 중이었기 때문에 나는 멍하니 메마른 나무들을 쳐다보고 있었다. 마키 상과 마음이 잘 맞는 건 사실이었지만 그와 일행이 되고 나서 사실 나는 엄청 심심해졌다. 준영 오빠가 야속하게도 마키 상과 계속 일본어로 대화했던 것. 나도 좀 껴달라고!

　한참을 달리던 버스는 한 동네에서 멈춰 섰다. 트럭 안에 앉아 있겠다는 나를 두고 준영 오빠와 마키 상은 밖으로 나간다. 잠시 후 돌아 온 준영 오빠가 흥분한 목소리로 바깥의 상황을 전해줬다.

　"윤하야, 나와 봐라. 밖에 낙타가 수백 마리다!"

　"뻥치지 말아요. 무슨 낙타가 떼를 지어 다닌다고 그래?"

　"진짜라니까. 윤하야, 오빠 못 믿니!"

그야, 준영 오빠는 뻥의 대가였으니까. 에티오피아에 가면 고추에 뿔만 달고 돌아다니는 원시부족들이 잔뜩이라는 이야기도 뻥이었고 말이다.

결국 성화에 못 이겨 창밖을 빼꼼 쳐다본 나는 깜짝 놀랐다. 이번만큼은 뻥이 아니었다. 오빠 말처럼 수백 마리까지는 아니었지만, 사막에는 백 마리는 족히 되어 보이는 낙타 떼가 모여 있었다. 이집트에서 낙타를 본 적이야 있지만 이렇게 떼로 모여 있는 건 처음이었다.

모두 옆의 마을에서 키우는 낙타들인 모양이었다. 이 마을에서 간단히 식사를 하고 다시 트럭에 올라탔다. 그런데 트럭 운전수가 우릴 짜증나게 한다. 밥 먹고 있는데 자꾸 "허리 허리, 노 타임, 노 타임"하면서 보챘던 것이다. 넌 밥 다 먹었다 이거냐? 우리도 밥 좀 먹자!

국경에서 수도 가는 길이라 그런지 유난히 검문이 많았다. 몇 번이나 여권을 꺼내 보여줬는지 모르겠다. 그러던 중 어떤 경찰이 옐로카드, 즉 황열병 예방주사를 맞은 증명서를 보여달라고 한다. 카이로에서 받은 옐로카드가 드디어 빛을 발하는구나! 얼른 꺼내서 보여줬다.

그런데 이 경찰이 황당한 말을 한다. 케냐에서 발급한 옐로카드를 보여달라는 것. 우리 세 사람은 모두 당황해서 한 순간 얼어버렸다. 그리고 잠시 후, 우리는 격하게 싸우고 있었다.

"이건 WHO에서 발급한 겁니다! 국제적인 거라고요!"

"케냐에서 발급받은 게 아니면 안 돼."

"황열병 주사를 안 맞으면 케냐에 들어올 수도 없는데 어떻게 케냐에서 받은 카드가 필요하다는 겁니까? 게다가 황열병 주사는 맞은

지 일주일 후에 효력이 있단 말입니다."

"어쨌든 케냐에서 발급받은 것만 된다니까."

자꾸 말도 안 되는 소리를 하는 경찰에게 우리 중 영어를 제일 잘하는 준영 오빠가 목에 핏대를 올려가며 항의했다. 그들도 우리가 말한 사실들을 다 알고 있었을 거다. 만만한 여행자에게 돈이나 뜯자는 수작임이 분명했다. 결국 한참을 실랑이한 끝에 경찰은 엄청 선심 쓰는 듯 말했다.

"이번 한 번은 특별히 봐주겠어."

웃기는 소리 하고 앉았네! 재수 옴 붙어라, 이 나쁜 놈!

경찰보다 우리를 더 짜증 나게 한 건 운전기사였다. 그는 우리 때문에 시간이 지체됐다며 끝도 없이 불평을 늘어놨다. 계속 짜증 내고, 심지어는 울먹거리기도 하며 우리 화를 돋운다. 속된 말로 하자면 정말 찌질한 남자였다. 마키 상은 평화로운 말로 그를 달래려 했지만 화가 난 준영 오빠는 그 운전기사와 싸울 뻔했다.

더 황당한 일은 새벽이 깊었을 때 일어났다. 새벽 3시쯤 외딴 마을에 차를 세우더니, 운전석 뒤쪽의 작은 공간에 앉아 있던 나와 준영 오빠더러 나오라고 하는 것이었다. 그러더니 자기가 그 자리로 들어가서 눕는 것이 아닌가. 우리와 함께 차를 타고 온 아줌마는 눈치 빠르게 조수석에 누워버렸다. 그래, 이렇게 오랫동안 운전하는데 운전기사도 잠깐 자야겠지. 납득은 갔지만 이해하고 싶지 않은 상황이었다.

결국 앉을 자리마저 빼앗긴 우리는 밖으로 나와 거리를 서성거리다가, 마침 근처에 차를 파는 아주머니가 있어 그곳에 앉아 차를 한잔씩 마셨다. 아주머니는 어린 아기와 함께 길거리에서 사는 모양인지 옆에 담요를 깔아놓고 있었다. 그런데 이 아주머니가 우리를 깜짝 놀라게 한다. 농담이 아니라, 정말 미국인보다 영어를 더 잘하는 게 아닌가. 그냥 길에서 커피 파는 아주머니인데?

두세 시간 정도 앉아서 잡담을 하고 있자니 트럭 시동 거는 소리가 들려왔다. 운전사는 쌩쌩해진 모습으로 운전석에 앉았지만, 우리는 죄다 초췌한 표정을 지으며 트럭에 타자마자 곯아떨어졌다.

적 도 를 지 나 , 드 디 어 나 이 로 비 로

한참을 자다가 추워서 깼다. 트럭은 이제 반사막 지대를 지나 고산지대를 달리고 있었다. 높은 고도 때문인지 바람이 꽤 쌀쌀하다. 나는 옷깃을 여미며 잠이 덜 깬 목소리로 물었다.

"오빠, 적도는? 아직 적도 안 지났어요?"

모얄레에서 나이로비 가는 길에 적도가 있다는 말을 들은 나는 잔뜩 기대하던 참이었다. 말로만 듣던 적도에 내가 가보다니! 물론 "윤하야, 그거 아니? 적도에 가면 적도 따라서 빨간 선 그어져 있다!" 라는 준영 오빠의 얼토당토않은 뻥을 믿은 건 아니지만, 적어도 관광객을 위해 '여기는 적도입니다' 라는 표지판 정도는 있지 않을까 생각했던 것이다.

"적도? 벌써 지나왔을 걸? 여기가 근처인 것 같은데. 고산지대라서 안 더운가봐."

기대감이 크면 실망도 그만큼 큰 법, 나는 엄청나게 좌절한 표정을 지었다. 적도에 도착하면 작열하는 모래사막이나 울창한 밀림이 있으리라고 상상했던 것이다. 적도가 얼마나 더운지 몸으로 느꼈다가 돌아가면 친구들에게 잘난 척 이야기해주려고 했었는데!

내 기대야 어떻든 적도 부근은 시원했고 우리 트럭은 달리고 달려 점점 나이로비에 가까워지고 있었다. 아프리카에서 위험하기로는 남아공의 요하네스버그와 쌍벽을 이룬다는, 위험한 도시 나이로비로.

갑시다, 남아공까지

케냐, 나이로비^{Kenya, Nairobi}

나이로비에 도착할 무렵, 우리는 다시 트럭 기사와 싸워야 했다. 우리가 탄 트럭은 소를 싣고 가는 중이었는데, 기사가 교외에 있는 자기들 작업장에 내려줄 테니 시내까지 알아서 찾아가라고 했던 것. 우리는 죽어도 안 된다고, 반드시 나이로비 시내에 내려줄 것을 요구했다. 그러는 중 준영 오빠는 다시 운전기사와 싸웠다. 그런데 오빠가 화가 나서 어깨를 잡자 그가 갑자기 울먹거리는 것이 아닌가.

"그가 날 때리려고 했어!"

어깨 한 번 잡은 것 가지고, 아저씨 과장이 너무 심하잖아요? 어쨌든 그게 효과가 있었는지 그는 우리를 나이로비 시내에 내려주겠다고 했다.

잠시 후, 시내에 내려주긴 했지만 시내가 아니다. 우리가 내린 곳은 딱 보기에도 위험해 보이는 거주구역이었다. 나이로비의 악명에

대해 익히 들어 온 우리는 이 순간만큼 돈을 아끼지 말자며 택시를 탔다. 아무리 돈이 좋다지만 그래도 안전이 우선이다. 돈 좀 아끼겠다고 객기를 부렸다가는 쥐도 새도 모르게 사라질 수도 있었다.

택시에 탄 우리는 잠시 후 드디어 시내에 도착했다. 30시간 동안 못 씻고 24시간 동안 굶은 거지꼴로 부산만큼 번화한 대도시 나이로비에 입성한 것이다.

이 얼마 만에 만나는 번화한 도심인가!

난 어쨌든 씻고 싶었지만 준영 오빠와 마키 상의 생각은 달랐다. 일단 먹어야 한다는 것이다. 치사한 운전기사가 자기는 군것질거리를 계속 사오면서 우리에겐 밥 먹을 시간도 안 주는 바람에 24시간 동안 쫄쫄 굶은 상태였다. 결국 짐만 들여놓고 모래먼지를 뒤집어쓴 초췌한 몰골로 근처의 식당에 들어갔다.

준영 오빠와 마키 상은 각각 무난하게 스튜와 커리를 시켰지만 난 괜히 도전을 해보고 싶었다. 직원에게 추천메뉴를 가져다 달라고 했더니 소스에 버무린 감자튀김을 가져다준다. 물론 맛있긴 했지만 만 하루를 꼬박 굶은 사람이 먹을 만한 음식은 아니었다. 잔뜩 실망해서 먹긴 했지만 사실은 기분이 좋았다. 이제 더 이상 인제라를 먹지 않아도 되는구나!

숙소로 돌아와 씻으러 들어간 순간의 감동은 더 했다. 샤워기다! 게다가 뜨거운 물이 콸콸 나온다! 아, 뜨거운 물로 씻는 게 이렇게 행

복한 일이었다니…. 피부가 빨갛게 익을 때까지 씻은 나는 행복감에
가득 찬 표정으로 나왔다. 그때의 기분은 감동이라기보다는 거의 컬
처쇼크 수준이었다. 이후 한국에 돌아와서도 따뜻한 물에 씻다 보면
가끔 그때의 기분이 생각나서 감사하게 된다. 아프리카 여행은 나에
게 많은 교훈을 남겨주었고, 그 중 제일인 것은 역시 당연하다고 생각
하며 누리고 있던 문명의 혜택에 대해 감사하는 마음이었다.

"그럼 이 표로 결정할까요?"

"… 윤하야. 좀 더 생각해보지 않을래?"

"왜요? 이게 제일 싼 것 같은데. 날짜도 딱 맞고요."

"금방 매진될 것 같지도 않은데 급하게 살 필요 없잖아. 우간다에
다녀온 다음에 사도 되지 않을까? 혹시 무슨 일이 있을지 모르니까."

준영 오빠의 말에 나는 그런가, 싶어 고개를 끄덕였다. 우리는 한국 가는 비행기표를 사기 위해 여행사에 들어와 있었다. 며칠 내 돌아다니다가 가장 싼 표를 구해서 막 결제를 하려던 참이었다. 하지만 듣고 보니 오빠 말도 맞는 것 같다. 우간다 다녀오는 길에 무슨 일이 생길지 모르는데, 이렇게 빡빡하게 날짜를 잡아 비행기표를 사놓으면 괜히 마음만 조급할 것이었다. 어차피 한국에 빨리 가고 싶은 것도 아니었고 말이다.

에티오피아에서 힘든 여행을 끝마치고 도착한 나이로비는 나에게 천국이나 다름없었다. 깨끗한 숙소, 온수가 콸콸 나오는 욕실, 맛있는 음식에 그럭저럭 빠른 인터넷과 저렴한 국제전화까지! 에티오피아에서는 빨리 한국에 돌아가고 싶다는 생각을 수백 번도 더 했지만 케냐에서는 오히려 그 반대였다. 한국에 있는 거나 마찬가지인 생활을 누리면서 돈은 덜 들고 자유로운 기분까지 만끽하고 있으니 한국에 돌아가고 싶다는 생각이 들 리 없었다. 아니, 오히려 그 반대였다. 나는 한국에 돌아가고 싶지 않았다. 계속 여행을 했으면 좋겠다고 생각하고 있었다. 계속 여행할 구실, 혹은 계기가 없기 때문에 망설이고 있는 것뿐일지도 몰랐다.

새 로 운 여 행 의 시 작

내게 그 계기를 마련해 준 것은 바로 석이 오빠였다. 그날도 온통 일본인뿐인 숙소에서 일본어 대화들을 들으며 멍하니 앉아 있는데, 숙소에 새로 온 동양인 두 사람 중 한 사람이 나에게 말을 걸었다.

"한국인이세요?"

준영 오빠의 경상도 사투리 외에 엄청 오랜만에 듣는 한국말이다. 나는 반가움을 감추지 못하고 활짝 핀 표정으로 대답했다.

"네! 한국인이세요?"

석이 오빠는 2년째 여행 중이고 놀랍게도 그 중 1년 4개월을 아프리카에서 보내는 중이라고 했다. 1년 4개월 동안의 아프리카라니. 상상하기도 힘들다. 서아프리카에서부터 내려와 남아공을 찍고 올라가는, 말 그대로 아프리카 일주를 하는 중이란다.

준영 오빠와 석이 오빠는 서로가 다녀 온 지역에 대한 정보를 교환하느라 바빴지만 곧 있으면 한국으로 돌아갈 예정이었던 나는 석이 오빠가 말하는 남부 아프리카에 대한 이야기들을 별로 새겨듣지 않고 있었다. 그런데 석이 오빠가 르완다에 대해 이야기할 때는 갑자기 관심이 동했다. 먹는 이야기였다.

"르완다의 웬만한 식당은 다 뷔페식이에요. 음식 자체는 평범한데 한 접시에 먹고 싶은 만큼 담아도 되고 가격은 1.5달러 내외에요. 저랑 제 친구랑 둘 다 구두쇠라 제대로 못 먹고 다니다가, 르완다에서는 그거 먹으려고 아침부터 쫄쫄 굶고 배터지게 먹어댔다니까요."

기막히게 맛있는 것도 아니고 소스라치게 특이한 요리가 있다는 이야기도 아니었는데 이상하게도 나는 그 말에 혹했다. 꼭 르완다에 가서 나도 매일매일 뷔페식 레스토랑에서 배를 채우고 싶었다. 아아, 그렇게 할 수 있다면 나는 세상에서 가장 행복한 사람이 될 텐데!

별것도 아닌 그 뷔페식 레스토랑 이야기가 내 마음에 불을 붙였다. 사실, 여행을 계속하고 싶은 열망에 합리적인 근거가 되어줄 구실을 찾고 있던 당시의 나에게는 그 어떤 이야기라도 자극적으로 들렸을 것이다. 이때부터 한국에 돌아가야 한다는 마음과 계속 여행하고 싶다는 마음이 내 속에서 격렬하게 싸우기 시작했다.

눈치 빠른 준영 오빠는 내 혼란스러운 마음을 알아차리고는 '이때다' 싶었던 모양이다. 그날 저녁, 여전히 고민하는 나에게 조심스럽게 말을 건넸다.

"윤하야, 한 달만 시간을 낼 수 없겠니? 한 달이면 남아공까지 충분히 갈 수 있대."

"……."

"여기 온 김에 탄자니아에 가서 킬리만자로도 보고, 세계에서 제일 크다는 빅토리아 폭포도 보고 가야지! 딱 한 달이야. 계속 같이 여행하지 않을래?"

당시의 나에게 그보다 매력적인 제안은 없었다. 준영 오빠의 제안은 내 마음 속에 폭풍 같은 갈등을 일으켰다. 3주만 여행할 거라고 생각했던 나는 한국에서 정리하지 않은 일들이 너무나도 많았다. 돌아가서 해결해야 할 일들이 산더미 같았다. 제대로 준비도 안 되어 있다. 앞으로 가야 할 나라들이 어떤 나라인지는커녕, 최종 목적지인 남아공까지 가기 위해서 어떤 나라들을 지나쳐야 하는지조차 모른다.

책임져야 할 일들을 무시해버리고 계속 여행하는 게 맞는 일일까? 내가 밟고 서 있는 땅이 어떤 기반 위에 세워졌는지도 모르는 채, 이대로 그저 길을 가는 게 과연 의미 있는 일일까?

걱정과 불안과 마지막 남은 책임감이 뒤섞여 마음속을 혼란스럽게 했다. 하지만 그 모든 것들을 덮어버릴 정도로 여행에 대한 갈증 역시 심했다.

갑시다, 남아공까지

다음날, 국제 전화 센터에 가서 집으로 전화를 걸었다. 언제 돌아오냐고, 보고 싶다고 말하는 엄마에게 어렵게 말을 꺼냈다.

"엄마. 나 한 달만 더 여행하면 안 될까?"

"그래!"

화끈할 정도로 간단명료한 대답에 오히려 내가 당황했다. 엄마를 설득시키기 위해 준비해 온 수십 가지 구실들이 무색해지는 순간이다.

"네가 언제 또 아프리카에 가보겠니? 이번 기회에 보고 싶은 거 다 보고 와. 더 넓은 세상을 경험해 보고 견문도 넓히고, 많은 것을 배워오렴. 네가 얼마나 많이 자라서 돌아올지 엄마는 벌써 기대된다."

그래, 우리 엄마는 이런 분이었지. 남들 다 가는 배낭여행을 3학년이 되도록 못 가냐며 이집트에 떠밀어 보낸 분. 혼자 여행가기 무섭다는 말에 늙은 엄마도 혼자 갔다 왔는데 젊은 애가 뭘 겁 내냐며 오히려 혼을 내시던 분. 친구들은 그런 우리 엄마가 항상 부럽다고 했었다. 나도 이 순간만큼은 엄마가 세상에서 제일 자랑스러웠다. 우리 엄마야말로 모든 딸들이 부러워할 만한 엄마라는 생각이 들었다.

"너 카메라 잃어버렸다고 했지? 아빠가 통장에 돈 넣어준다고 하니까 카메라도 새로 사. 괜히 다른 사람들한테 사진 찍어달라고 민폐

끼치지 말고. 알았지?"

내가 전생에 얼마나 착한 일을 많이 했길래 이렇게 좋은 부모님 아래서 태어난 걸까. 정말 감사합니다, 엄마, 아빠. 엄마와 아빠의 딸로 태어난 건 분명 하늘의 축복일 거예요.

홀가분한 기분으로 국제 전화 센터를 나와 옆의 인터넷 카페로 들어갔다. 준영 오빠에게 다가가 어깨를 톡톡 건드리니 초조한 표정으로 돌아본다. 어떻게 됐어? 같이 가는 거야? 오빠의 표정이 꼭 그렇게 묻는 것 같다. 나는 환하게 웃으며 오빠에게 손을 내밀었다.

"같이 갑시다, 남아공까지."

오빠는 나보다도 더 환하게 웃으며 내 손을 꼭 잡았다. 이렇게 해서 나는 예정에 없던 아프리카 종단의 두 번째 여정을 시작하게 되었다.

늦은 밤, 포장마차에서 맛보는
소박한 행복

우간다, 캄팔라 ^{Uganda, Kampala}

"고릴라다!"

"오빠, 고릴라는 좀 아니잖아요. 그냥 원숭인데? 앗, 엄마 원숭이가 아기 업고 다닌다!"

"저기도 있다!"

캄팔라 가는 버스 안에서 우리는 잔뜩 흥분해 있었다. 숲속을 통과해 가던 중 한 무리의 원숭이들을 본 것이다. 그들은 도로로 나와 태연하게 돌아다니고 있었다. 대단한 일이라도 생긴 것 마냥 신기해하는 건 우리뿐이었다. 현지인들은 오히려 우리가 재밌다는 듯 웃으며 쳐다보고 있었다. 이거야 원, 동방에서 온 촌놈이 돼버린 기분이다.

버스는 축축하고 안개 낀 숲속을 한참 달려 캄팔라에 도착했다. 방금 전과는 달리 쨍하게 해가 떠 있다. 길은 바짝 말라 있었고 포장 상태도 좋다. 드디어 나의 끌낭이 캐리어로서 빛을 발하는구나! 끌낭

뒤쪽에 숨어 있던 손잡이를 잡아 빼자 마키 상이 감탄한다.

"정말 캐리어구나."

"하이! 캬리아 우만데쓰!(네! 캐리어 우먼입니다!)"

내 말에 두 사람 모두 웃었다.

불운은 뜻밖의 행운과 함께 오는 법

숙소가 많이 있다는 택시파크(버스 정류장) 근처에 도착하자 정신이 혼미해졌다. 아, 다시 카이로에 돌아온 기분이다. 이런 말도 안 되는 교통혼란과 미어터지는 인파라니!

택시파크 인근을 빈틈없이 가득 메운 버스와 사람들은 정말 카이로 저리 가라 할 정도였다. 카이로가 혼돈의 도시라면 여기는 혼돈의 도가니다. 차는 많고 사람은 더 많았다. 차를 피하다 보면 사람과 부딪히고 사람을 피하려면 한 발짝도 걸을 수가 없다. 커다란 배낭까지 메고 있으니 온 데 다 부딪히는 건 당연한 일이었다.

간신히 인파를 헤쳐 숙소에 도착하자 진이 다 빠져버렸다. 이제 좀 맘 편하게 쉴 수 있겠구나, 싶었는데 우리가 모르는 새 가방 안에서 대형 참사가 일어나고 있었다.

"이게 뭐야?"

각종 아프리카 정보가 담긴 준영 오빠의 보물 프린트 뭉치가 검게 변해 있다. 구수하면서도 약간 지린내가 나는 것이 분명한 간장의 소행이다. 우리의 소중한 보물단지였던 식량가방 안에서 간장이 쏟아

져 분말스프, 마늘, 통조림과 파스타까지 모두 간장칠을 하고 있었다.

정신없는 거리를 헤치고 겨우 숙소에 도착해 쉬려는데 간장 쏟아진 가방을 정리해야 하는 상황, 생각해보면 엄청 짜증 나야 맞는 일일 텐데 이때는 뭐가 그렇게 좋은지 간장 때문에 얼룩이 진 마늘을 들고 깔깔 웃기만 했다. 새로운 여정에 대한 설렘으로 마음이 들뜬 내겐, 뭐든 재밌게 느껴질 뿐이었다.

환전도 하고 동네도 둘러볼 겸 밖으로 나왔다. 여기서 예기치 못한 난관에 봉착했다. 토요일이라 모든 환전상이 문을 일찍 닫은 것이었다. 돈은 있는데 현지돈이 없어 아무것도 할 수 없는 상황이 현실로 다가왔다. 길거리에 돌아다니는 불법 환전상들은 환율이 너무 안 좋았다. 내일은 일요일이기 때문에 더더욱 환전하기 힘들어질 것이다.

조급한 마음으로 돌아다니던 우리 눈에 드디어 문을 연 환전상이 한 군데 들어왔다. 마침 문 닫기 10분 전이라고 한다. 신이 도우신 거로구나! 우리는 조금이라도 환율을 높여 받아 보려고 온갖 말들로 직원을 설득했지만 그는 완고하다. 마키 상이 창구에 얼굴을 들이밀고 다급하게 소리쳤다.

"I love you!"

"Yeah, I love you too."

직원은 천연덕스럽게 대답하고 단 1실링도 틀리지 않게 환전을 해줬다.

행복한 아프리칸 포장마차의 밤

두 사람은 오늘 저녁 반드시 '마토케'를 먹겠다며 벼르고 있었다. 우간다의 주식인 마토케는 설익은 초록 바나나를 삶아 소스에 버무린 것으로서, 바나나를 싫어하는 나는 질색하며 도망갈 만한 음식이었다.

일요일 오후의 캄팔라는 생각보다 조용했다. 어제의 그 지옥 같은 혼란스러움은 어디론가 자취를 감추고 적막함만이 거리를 채우고 있다. 지나다니는 사람도, 차도 거의 없고 문을 연 가게도 찾아보기 힘들다. 덕분에 여유롭게 숙소 근처 여기저기를 구경 다닐 수 있었지만 음식을 파는 곳조차 거의 없어 엄청나게 배가 고팠다. 나는 그냥 근처 가게에서 빵을 사먹으면 된다고 생각했지만 두 사람, 무슨 일이 있어도 마토케가 먹고 싶은 모양이었다.

결국 마지막으로 들른 가게에서 방금 마지막 마토케가 다 팔렸다는 이야기를 듣고 나서야 포기했다. 두 사람은 굉장히 실망한 모양이었지만 나는 속으로 안도하고 있었다. 다행이야. 바나나를 안 먹어도 돼서.

바나나를 안 먹게 된 건 행운일지 몰라도 오늘이 일요일이라 식당이 다 닫았다는 건 절대 다행인 일이 아니었다. 밥 파는 식당이 닫았는데 스파게티 파는 식당이라고 문을 열었을 리 없다. 마토케 식당이 모조리 문을 닫았다는 건 식당 자체가 죄다 일요일 휴업이라는 이야기였다. 한참을 헤맸지만 식사를 해결할 만한 곳이 보이지 않았다.

아침에 샌드위치를 먹은 이후로 쫄쫄 굶은 우리들은 기운이 쑥 빠져 숙소로 돌아왔다. 사람의 행복이란 포만감이 전제되어야 하는

건데. 배가 고프니 아무 생각도 안 나고 우울해졌다. 에티오피아에서는 그렇게 굶었으면서 어떻게 잘도 돌아다닌 걸까?

다행히도 해가 진 후 다시 밖으로 나갔던 두 사람이 희소식을 가지고 돌아왔다. 숙소 뒤쪽에 포장마차가 잔뜩이라는 거였다. 나가보니 정말 길거리 음식들이 골목 한 쪽에 쫙 깔려 있었다. 닭꼬치, 소고기꼬치, 차파티에 생선튀김에 감자튀김까지 있고 가격마저 싸다. 옆에는 작은 맥주가게까지 있다. 갖출 건 다 갖췄구나!

취향에 맞게 여러 가지 음식을 사고 맥주까지 샀다. 맥주 이름은 폼 나게도 '나일 스페셜 Nile Special'. 낮에는 사람 코빼기도 안 보이더니 다들 어디서 나타난 건지 포장마차 주변에는 많은 사람들이 모여 있었고 어김없이 나일 스페셜을 한 병씩 들고 있다. 사람들은 장기 비슷한 게임을 하고 있는 두 남자 주위에 둘러서서 국가대항 축구경기라도 보는 듯 진지한 표정으로 게임을 관전한다. 그들의 장기 빅매치에 관심 없는 사람은 옆 테이블에 앉은 아저씨뿐인 것 같다. 아저씨는 이미 거나하게 취한 건지 우리를 향해 크게 웃어 보이며 우리 테이블에 맥주를 몇 병 시켜줬다. "웰컴 투 우간다!" 그런 비슷한 말을 하는 것 같았지만 잘 알아들을 수는 없다. 우리도 아저씨에게 호응해주며 함께 맥주를 마셨다.

밤바람이 시원하게 불어오고 구수한 음식냄새가 가득한 밤의 골목. 그리고 맛있는 맥주. 아프리카를 여행하면서는 종종 이런 작은 일들에 행복감을 느낀다. 낮에는 온갖 일들로 사람 짜증나게 만들다가도 저녁때가 되면 소소한 일로 사람을 행복하게 해주는 아프리카의 밤이 천천히 깊어져 갔다.

고 구 마   맛 이   나 는   바 나 나 ? ?

월요일의 캄팔라는 상상을 초월할 정도로 혼잡했다. 우리가 도착했던 토요일이나 한가로웠던 일요일에 비할 바가 아니다. 택시파크 근처는 차와 사람으로 뒤덮여 땅이 안 보일 정도이다. 택시파크 밖으로 나가는 버스, 안으로 들어가는 버스가 입구를 꽉 메워 도대체 저 차들이 움직일 수나 있는 건가 싶다. 신기하게도 버스들은 작은 틈이 있어도 금방 들이밀면서 조금씩 조금씩 앞으로 나아간다. 사람들은 또 그 좁은 차와 차 사이를 어찌나 잽싸게 비집고 다니는 건지.

가뜩이나 어지러운 택시파크를 더 정신없게 만드는 건 한 쪽을 빠듯하게 매운 노점상들이었다. 각종 신기한 과일에서부터 생활용품, 전자기기, 미용용품을 파는 노점상들까지 없는 게 없다. 택시파크 위쪽으로 올라가는 계단참에도 노점상들이 빼곡히 들어서 있다.

르완다 비자를 받기 위해 잠시 대사관에 들렀다가 택시파크 위쪽 동네를 한참 동안 돌아다녔다. 길거리를 헤매던 중 뭔가 향긋한 냄새가 풍겨온다. 구운 바나나다. 한 아주머니가 숯불 화로 위에 바나나를 구워 팔고 있다. 바나나를 구워 먹다니! 하긴 이 나라 사람들의 주식이 바나나를 삶은 것이니 구워 먹는다고 해서 그렇게 이상할 건 없다. 바나나를 싫어하는데도 불구하고 이상하게 그 구운 바나나가 먹고 싶었다. 냄새가 너무나도 달콤하다.

두근두근하는 마음으로 한 입 베어 물으니 온 몸으로 달콤함이 흘러들어오는 것 같았다. 군고구마 맛이다. 어떻게 구운 바나나에서 고구마 맛이 나는 거지? 진짜 맛있다! 이후 다른 나라들에서도 종종 구운 바나나를 간식으로 먹을 수 있었다. 한국에 돌아와서도 그 맛이 그리워 후라이팬에 한 번 구운 적이 있었는데, 도통 그 맛이 나질 않았다. 숯불에 굽는 게 포인트인가?

이날 저녁도 숙소 뒤의 포장마차에서 먹으며 내일은 진자에 당일치기로 다녀오자고 이야기했다. 나일강 원류와 빅토리아 호수를 볼 수 있다는 진자. 얼마나 멋있으려나.

다음날 진자로 향한 우리는 땅을 치며 후회했다. 왜 지금까지 캄팔라에 머물렀던 걸까. 진자에 묵으면서 캄팔라에 당일치기로 다녀왔다면 훨씬 좋았을 텐데!

문명의 샘, 나일강이 시작되는 곳

우간다, 진자 Uganda, Jinja

"그래서, 여기까지 왔는데 나일강 원류를 안 보고 돌아가겠다고요?"

"……."

"5천 실링이면 2달러 좀 넘는 정도잖아요! 2달러가 아까워서 나일강 원류를 안 본다고요?"

두 남자는 단호하게 고개를 끄덕인다. 이 짠돌이들!

두 사람의 고집이 이해가 안 되는 것도 아니었다. 우리가 묵고 있는 캄팔라의 숙소가 1만5천 실링이고 그 방을 셋이서 함께 쓰고 있으니 5천 실링이면 하루 숙박비나 다름없는 돈이다. 하루 식사를 해결하고도 남는 돈이기도 했다. 그런 걸 생각하면 어마어마하게 비싼 것이었지만 나일강 원류를 보기엔 아낄 만한 돈이 아니다. 하지만 그렇게 생각하는 건 나뿐인 모양이었다.

"윤하야, 들어가 봤자 뭐가 있겠니. 나일강 원류라고 하니 대단하

게 들리겠지만 사실은 그냥 호수잖아."

인도에서도 입장료가 비싼 타지마할에 들어가지 않았다는 준영 오빠 입장에서 보면 당연히 그럴 거다. 마키 상도 연신 고개를 끄덕이며 설득하는 듯한 표정으로 날 쳐다봤다. 이런 상황에서 끝까지 우겨봤자 나만 나쁜 사람이 되는 거다. 내 입장을 굽히지 않고 설득해 안에 들어간다고 해봤자 기분이 좋지도 않을 것이다.

결국 요금소 앞에서 한참을 실랑이하다가 발걸음을 돌렸다. 매정한 사람들. 지독한 짠돌이들! 우간다에서는 하루 숙박비지만 그래봤자 2달러 정도인데, 그게 그렇게 아까워?

나일강을 거슬러 온 여정

결국 안으로 들어가는 것은 포기했지만 나는 두 사람에게 제대로 삐져서 내내 뽀로통한 표정을 지었다. 준영 오빠는 날 달래주려는 요량인지, 아니면 자기도 조금은 아쉬웠는지 길 옆의 수풀을 쳐다보며 중얼거렸다.

"여기 어디서 볼 수 있을 것도 같은데."

나일강 원류로 가는 길 옆쪽으로는 나무와 풀들이 우거져 바로 옆에 강이 있음에도 불구하고 잘 보이지 않았다. 잘 뒤져보면 나일강 원류가 보이는 좋은 목을 찾을 수 있을 것도 같다. 그래, 여기까지 왔는데 그냥 갈 수야 없지. 멀리서나마 나일강 원류를 보겠다는 집념에 수풀 속을 헤집으며 나일강 원류가 보일 만한 곳을 찾기 시작했다. 하지만 그 큰 호수는 쉽사리 자신의 모습을 보여주지 않는다.

몇 번이나 허탕을 치고 또 높이 자란 풀들을 제치는데 호수가 살짝 보인다. 아래로 내려가면 더 잘 보일 것 같은데. 위험한 비탈을 후들거리며 내려가서 고개를 배꼼이 내밀고 나서야 나일강 원류가 완전하게 그 모습을 드러냈다.

"준영 오빠, 마키 상! 여기서 나일강 원류가 보여요!"

금방이라도 넘어질 듯한 비탈에 서서 고개를 쑥 내민 채 나일강 원류를 감상하고 나서야 길 위로 돌아왔다. 그래, 이렇게라도 본 게 어디야.

애써 자신을 위로하며 다시 시내를 향해 걷는데, 어느 순간 길 옆으로 탁 트인 공터가 나타났다. 어라, 설마. 미심쩍은 표정을 지으며

공터로 들어갔던 나는 어이가 없었다. 나일강 원류의 전경이 눈앞에 떡하니 나타나는 것이 아닌가! 이렇게 허탈할 수가. 5천 실링의 입장료를 낼 필요도, 위험하게 비탈길을 내려갈 필요도 없었던 것이다.

나일강 원류는 준영 오빠의 말대로 그저 호수일 뿐이었고 특별히 아름답지도 않았지만 그 풍경은 묘하게 감동적이었다. 여기서 발원한 나일강이 이집트까지 흘러 찬란한 문명의 토대가 된 거구나. 이곳이 있기에 척박한 이집트 땅에 사람이 살게 된 것이고 피라미드와 아부심벨도 지어진 것이겠지. 내가 이집트에 가고 싶다고 생각했던 것은 나일강이 이룩한 것을 보고자 하는 마음이었으며, 그렇게 따지자면 이 호수는 내가 여행을 시작하게 원인 - 나는 알지 못했으나 사실 가장 근본에 있는 원인이었다.

'고마워요. 그 멀고 먼 길을 흘러줘서.'

5천 실링을 내지 않길 잘했다고 좋아하는 두 남자 옆에서, 나는 아무도 알지 못하도록 마음속으로 호수에게 감사했다.

나를 반성하게 만든, 미소가 예쁜 소녀

나일강 원류의 다음 코스는 아프리카에서 가장 크다는 빅토리아 호수. 마을 근처에서 길을 몰라 두리번거리고 있자니 현지인 아이가 선뜻 나서서 안내해 주겠다고 한다. 소녀는 더듬거리는 영어 몇 마디로 가는 동안 주변에 대해 설명을 해줬다. 웬만한 나라 하나만한 빅토리아 호수가 생각보다 멋있지 않아 아쉽게 발길을 돌리는데, 소녀가 자

꾸 우리 뒤를 졸졸 따라온다. 너도 돈 달라고 그러는 거니? 너처럼 어린 애가 벌써? 괘씸하다는 생각에 눈살을 찌푸리는데 소녀가 수줍게 웃으며 물었다. 'Sweet' 없냐고.

아프리카 여행 2개월째, 이런 저런 사람들에게 시달리며 나는 어느새 관광객에게 먼저 다가와 도와주는 아프리카인들을 모두 꿍꿍이가 있는 속물로 싸잡아 생각해 버리고 있었다. 얼굴이 붉어지며 부끄러움이 몰려왔다. 카이로에서 아에시를 공짜로 주신 아저씨, 항상 대가 없는 도움을 주었던 아디스 아바바의 사람들, 정말 좋은 사람들이 많았는데 나는 왜 호객꾼에게 시달린 것만으로 속 좁은 생각을 했던 걸까. 소녀에게 사탕이라도 하나 주면 좋았겠지만 가지고 있는 건 자일리톨 껌뿐이었다. 껌을 건네받은 소녀는 몇 번 씹더니 미묘한 표정을 지었다. 그래도 좋은지 소녀는 그제서야 웃으며 떠나갔다.

시내로 돌아오니 버스 정류장 뒤쪽에 시장이 열려 있었다. 각종 채소, 곡물, 과일에 먹을거리들도 팔고 있다. 시장에서 가장 넓은 구역을 차지하는 것을 역시 이 사람들의 주식인 초록색의 설익은 바나나 마토케이다. 저녁 찬거리를 사러 나온 아주머니들의 모습은 한국과 별로 다르지 않다. 과일과 사무사(튀김만두)를 간식삼아 먹고 캄팔라행 버스에 몸을 실었다. 또 다시 캄팔라로 돌아가는구나. 그 생지옥으로!

캄팔라에 가까워지자 입이 떡 벌어질 정도로 심한 교통체증이 우리를 맞이했다. 명절 귀성차량들 저리가라 할 정도로 꽉 막힌 도로를 벗어나 우리 버스는 차가 다녀도 되는 건지 의심스러운 좁은 골목골목을 달렸다. 열댓 번 정도 창문에 머리를 부딪히고 나서야 버스는 우리를 택시파크에 내려줬다.

마음을 씻어주는 마법의 호수

우간다, 부뇨니 호수^{Uganda, Lake Bunyoni}

"앗!"

마키 상이 갑자기 당황한 표정을 지으며 뒷주머니를 뒤적거린다. 일본어로 말해서 알아들을 수는 없었지만 무슨 일인지 짐작이 갔다. 지갑을 소매치기 당한 것이다.

　올 것이 왔구나! 혼잡하고 정신없는 캄팔라의 택시파크 부근을 지날 때마다 우리는 항상 초긴장한 상태였다. 그래도 그렇지, 하필 캄팔라를 떠나기 위해 배낭까지 싸들고 나온 오늘 소매치기를 당하다니. 다행히도 여권이나 카드 등 중요한 물건은 무사했지만 지갑 안에는 상당량의 현금과 국제학생증이 들어 있었다고 한다. 잔뜩 상심한 마키 상, 하지만 경찰에 신고해봤자 지갑을 찾을 수 있을 리 없었다. 이렇게 사람이 많은데 도대체 누가 가져갔는지 어떻게 알겠는가.

　캄팔라를 떠나 카발레로 향하기 위해 짐을 꾸려 나온 우리는 결국 중간에 환전소를 들렀다가 다시 버스 정류장으로 향했다. 방금의 일도 있고, 배낭이 무거운 여행자들은 좋은 표적일 것이었기 때문에 잔뜩 신경이 곤두섰다. 버스 정류장에 도착하긴 했지만 한시름 놓기 엔 아직 이르다. 아프리카에서는 버스 정류장에 도착해서부터가 시작 이기 때문이다.

1달러 더 받고, 1달러 더 깎기 위해

버스의 호객꾼들은 저마다 자기 버스를 타라고 난리였지만 어느 쪽도 만족스러운 가격을 제시하지 않고 협상을 하는 것은 고도의 인내심을 요구한다. 에티오피아에서부터 느낀 거지만 아프리카의 호객꾼들은 정말 독하다. 항상 "이 돈 내려면 내고, 안 낼 거면 말고"라는 식이기 때문이다. 높은 가격을 부르고 버팅기다가 발길을 돌리려 하면 알아 서 가격을 깎아주는 이집트와는 정말 다르다. 그건 여행자뿐만 아니 라 현지인들도 마찬가지여서, 같은 버스를 탄 사람들도 저마다 다른 가격을 낸 경우가 허다했다. 가격표는커녕 매표소도 없는 아프리카의 버스 터미널들. 버스마다 돌아다니며 행선지가 어디인지, 가격이 얼 마인지 물어야 한다. 지붕이 없기 때문에 비라도 오는 날이면 더욱 우 울하다. 가격흥정이 전혀 필요 없는 카이로의 최신식 토루고만 터미 널이 그립구나!

알고 보니 지금은 이스터 연휴 기간이라 먼 길을 떠나는 사람들 이 많아서 버스비가 더 비싸다고 했다. 그래서 가격 흥정도 제대로 이루어지지 않은 것이다. 굳이 싼 가격으로 깎는 사람을 태우지 않아도 타려는 사람은 많으니까. 어떻게든 깎아보려고 애를 썼지만 1달러가량 깎아주고 그 이상 흥정하려 하면 오히려 화를 낸다. 어쩔 수 있나. 오늘 안에 캄팔라를 떠나려고 배낭까지 싸들고 나왔는데. 이번에는 이 정도에서 타협하기로 하고 버스에 몸을 실었다. 숙소나 버스에서 흥정을 할 때 항상 그렇듯 일단 들어가고 나면 바가지를 썼더라도 마음이 탁 놓인다. 쓴 돈에는 연연하지 않기. 지나간 일에 자꾸만 신경 쓰지 않기. 그런 마음가짐은 즐거운 여행을 위해 필수가 아닐까? 아프리카가 아닌 그 어디를 여행하더라도 말이다.

하지만 몇 시간 후 나의 마음속에는 그런 여유로움이 싹 사라지게 되었다.

덜컹거리는 비포장도로 위의 악몽 같은 시간

카발레 가는 길을 떠올리면 아직도 소름이 돋는다. 그때의 일이 나에게 완전히 트라우마로 박혀버린 모양이다.

화장실이 문제였다. 소변이 급한데 이놈의 버스는 당최 멈출 생각을 안 하는 것이었다. 잠깐 멈췄다 싶으면 승객 몇 명을 내려놓고 금세 달리기 시작한다. 그때마다 달려가서 "토일렛!" 하고 외쳐보지만, 조금만 기다리라는 대답뿐이었다. 내가 남자였다면 경범죄 한번 저지르는 셈 치고 아무데서나 노상방뇨를 했을 거다. 그 정도로 상태가 심각한데도 버스 운전기사는 내내 평온한 표정으로 "웨이트, 웨이트"라고 할 뿐이었다.

그래. 큰 거가 아닌 게 어디야. 설사라도 도졌으면 이미 일을 저질렀을 거야. 마음 굳게 먹고 심호흡하자. 참을 수 있어. 금방이야. 참자!

마음속으로 몇 번이고 나 자신을 다독였지만 돌아오는 건 덜컹거리는 버스의 진동뿐이었다. 길이 어찌나 험한지 엉덩이가 좌석에서 10cm 정도 떨어질 정도로 버스는 점프를 해댔다. 그때마다 단말마의 신음을 흘리며 주먹을 꽉 쥐는 게 내가 할 수 있는 전부였다. 마음 같아서는 진짜 크게 소리 지르고 싶었다. "너네들은 화장실도 안 가냐!"

버스는 출발한 지 7시간이 지나서야 휴게소 비슷한 곳에 멈춰 섰다. 버스가 멈추자마자 또 다시 운전기사에게 달려가 절박한 표정으로 외쳤다. "토일렛 오케이?" 그는 그제서야 고개를 끄덕인다. 100m 달리기 기록이 25초인 나는 태어나서 가장 빠른 속도로 화장실까지 달려갔다. 하지만 화장실에 도착한 순간 몇 초 정도 어이가 없어 멍하니 서 있어야 했다. 이게 화장실이라고? 사방으로 벽이 세워져 있을 뿐인 그 공간은 바닥이 조금 기울어져 있고 낮은 곳에 홈이 패여 있어 분비물(?)이 그곳으로 흘러들어가게 만들어진 곳이었다. 수세식 화장실을 기대한 건 아니지만 적어도 프라이버시가 보장된 구멍 정도는 있을 줄 알았는데.

다행히도 제일 먼저 화장실에 도착한 나는 부끄럼 없이 일을 보고 나올 수 있었다. 잠시 후 들어 온 한 무리의 사람들(그 사람들도 나와 같은 버스를 타고 꽤 오랫동안 참은 듯 했다)은 남이 보든 말든 그 자리에서 스스럼없이 바지를 내린다. 만약 사람들이 많이 들어찼을 때

왔다면 나의 부끄러움이 생리적 욕구를 이겨 몇 시간 정도 더 자학의 길로 들어섰을지도 모르겠다.

충격의 바나나 내장탕

다음날 아침, 부뇨니 호수까지 가는 차를 알아보기 위해 향한 버스 정류장에서 아침을 먹기 위해 식당 안으로 들어섰다. 관광지가 아닌 카발레의 허름한 식당에서는 당연히 영어가 통하지 않는다. 이럴 때는 다른 사람들이 먹는 걸 유심히 살펴봐야 한다. 마침 옆 사람이 뭔가 국물이 있는 듯한 음식을 먹고 있다. 그 음식의 이름이 뭔지는 몰라도 된다. 우리는 식당 주인에게 그가 먹는 음식을 손가락으로 가리켜 보였다.

멀리서 볼 때는 몰랐는데 막상 그 음식이 우리 눈앞에 놓이자 상당히 곤란해졌다. 이건 뭐라고 해야 하나. 바나나 내장탕? 마토케와 양, 곱창처럼 생긴 고기들이 뒤섞인 데다 색깔은 탁한 갈색이었다. 나와 준영 오빠는 그 신기한 조합의 음식에 도전했지만 마키 상은 고개를 설레설레 젓고는 오래되어 보이는 차파티를 한 장 시킨다.

밥을 먹고 나와 차를 알아보려는데, 분명히 마타투가 있다는 이야기를 들었건만 사람들이 모두 달려들어 마타투가 절대 없으니 반드시 택시를 타야 한다며 비싼 가격을 부른다. 우리가 캄팔라에서 카발레까지 온 가격을 1시간 정도 걸리는 부뇨니 호수까지 가는 데 제시하는 것이다. 아무리 깎으려 해봐도 씨도 먹히지 않는다.

"그냥 르완다로 넘어갈까?"

부뇨니 호수의 물가도 상당히 비싸다고 들었는데 차비마저 이렇게 비싸니 모든 의욕이 없어졌다. 부뇨니 호수는 그냥 포기하고 르완다로 바로 넘어갈까, 우리 셋은 심각하게 고민하기 시작했다. 자포자기한 심정으로 서 있는데 어디선가 솔깃한 말이 들려왔다.

"내가 1만 실링에 태워다 주겠어."

다른 사람들이 부르는 값의 반을 부르는 남자였다. 반가운 말이었지만 한편으론 당황스러워 눈을 동그랗게 뜨고 그를 쳐다봤다.

"부뇨니 호수까지 1만 실링이라는 건가요?"

"예스."

"1인당이 아니라 차 한 대 값이라는 거죠? 중간까지 가는 게 아니라 부뇨니 호수에서 내려줄 건가요? 짐이 있다고 돈을 더 내라고 하지도 않을 거고?"

"예스."

내리고 나면 돈을 더 달라고 할 건 아닌지, 이상한 곳으로 데려갈 건 아닌지 계속 물어봤지만 그는 우리에게 사기를 치려고 하는 게 아니었다. 정말로 우리 셋을 부뇨니 호수까지 데려가는데 다른 사람들보다 훨씬 파격적인 요금만 받겠다고 하는 것이었다. 두 번 고민할 필요 없이 그의 차에 올라탔다. 정말 가지 못할 줄 알았는데, 어떻게든 희망은 생기는 거구나!

숙소까지의 거리, 카누를 타고 40분

"아아아악! 오빠, 제발 앉아! 앉으라구! 배 뒤집혀, 안 돼, 안 돼애!"
나는 카누를 붙들고 호수가 떠나가라 비명을 질러댔지만 준영 오빠와 마키 상, 심지어 카누의 사공마저 내가 웃긴 구경거리라도 되는 듯 낄낄거릴 뿐이었다. 이 사람들이 진짜. 내가 정말 무서워하고 있다는 거 보면 몰라?

우리는 부뇨니 호수의 어느 섬에 있다는 숙소로 가기 위해 카누에 올라탔다. 잔잔한 호수 표면과 살랑살랑 불어오는 바람, 주위의 아름다운 풍경들, 간혹 지나가며 인사하는 다른 카누들…. 마음이 풍요로워질 만한 요소들이 내 주위를 둘러싸고 있었지만 나는 얼굴이 새하얗게 질려 카누의 양쪽 난간을 꽉 붙들고 있었다.

너비가 사람 하나가 앉을 만큼 좁은 카누는 반 이상이 물에 잠겨

있어서 카누의 난간과 호수표면이 지나치게 가까웠다. 게다가 맨 앞에 앉은 준영 오빠가 사진을 찍겠다며 일어서는 바람에 카누는 금방이라도 뒤집힐 것처럼 요동을 쳤다. 앉아 있음에도 불구하고 다리가 후들후들 떨리며 등골이 싸늘해진다. 배가 뒤집히면 어떡하지? 짐이 다 젖을 텐데. 카메라도 못 쓰게 될 텐데. 무엇보다 난 수영할 줄 모르잖아. 0.01초 만에 오만가지 생각을 다 떠올린 나는 이성을 잃은 채 거의 울듯이 소리쳤다. 준영 오빠는 매정하게도 사진을 몇 장 더 찍은 후에야 다시 자리에 앉았다. 오빠도 배가 뒤집힐 것 같았던 건 인정한다며 한 마디 한다.

"짐이 물에 빠지면 곤란하잖아. 컴퓨터도 있는데."

짐이 문제가 아니라 내가 문제라고요, 오빠!

마법 같은 정신의 충전소, 부뇨니 호수

뜨거운 햇볕이 내리쬐는 호수 한가운데에서 솔솔 불어오는 바람은 참 고마웠지만 그만큼 난감하기도 했다. 맞바람이라는 게 문제였다. 결국 40분 동안이나 노를 저어 겨우 숙소에 도착할 수 있었다.

도시와 동떨어져 섬 위에 지어진 숙소에서는 고즈넉한 분위기가 묻어나왔다. 숙소 건물들은 드문드문 지어져 있고 그 사이를 울창한 나무와 수풀들이 메우고 있다. 한 쪽은 호수, 한 쪽은 숲이니 산책만 해도 멋진 경치를 잔뜩 감상할 수 있을 터였지만 날이 너무 더웠다. 게다가 한참이나 배를 타고 온 우리는 로비에서 체크인을 한 후 그대로 자리를 잡고 앉았다. 아무도 움직이자는 말을 하지 않는 걸 보면 이곳에서 잠시 쉬자는 것에 암묵적으로 동의한 모양이었다.

호수의 정경은 섬 꼭대기에 있는 로비에서도 잘 보인다. 쨍쨍한 햇살이 밖의 풍경 전체를 눈부시게 채우고 있다. 꽤 더워보였지만 약간 어두운 로비 안으로는 햇빛 대신 바람만 한가하게 들락거렸다. 넓게 펼쳐진 호수의 전경과 가끔 찾아오는 이름 모를 새들을 구경하며 흐뭇한 미소만 지으면 되는 시간. 아무리 세상 팍팍하게 사는 사람이라도 이곳에서라면 마음을 비운 채 여유로워질 것만 같았다. 이 마법 같은 공간은 여기까지 오며 겪은 여러 가지 사건으로 꽉꽉 차 있는 머리에 여유 공간을 만들어주고 있었다.

"여기 오길 정말 잘 한 것 같아요."

마키 상에게 한국어를 가르쳐 주고 있던 준영 오빠와 열심히 한글을 받아 적던 마키 상 모두 고개를 끄덕였다. 부뇨니 호수는 가난한

배낭여행자에겐 좀 부담스러운 공간이기도 했지만, 지친 심신을 달래고 또 다음 여정을 위한 재충전을 하기에는 꼭 알맞은 곳이기도 했다.

숙소에서 파는 음식은 비쌌지만 달리 밥 먹을 곳이 없었기에 이날 저녁은 오랜만에 사치를 하기로 했다. 비싸지만 맛있는 음식들로 배를 든든히 채우고 맥주까지 한 병씩 마시고 나자 점점 더 이곳이 좋아진다. 언제까지고 머무르며 낮에는 한가하게 호수나 쳐다보고 밤에는 맛있는 식사와 함께 맥주를 마시며 신선놀음을 한다면 얼마나 좋을까! 하지만 이런 곳에 오래 머무는 것은 지갑사정에는 물론 여행자의 마음에도 좋지 않을 것이다. 우리는 휴양객이 아니라 여행자이니까. 새로운 곳에서 새로운 것을 보고 새로운 사람을 만나러 나온 거니까. 고립된 곳에서 포근한 자연에 감싸여 마치 속세를 잊은 양 지내는 것은 하루 이틀로 충분하다.

전기가 들어오지 않는 도미토리로 돌아와 촛불을 밝히고 약간 눅눅한 침대 속으로 들어갔다. 내일은 이곳을 떠나야 한다. 또 40분 동안 노를 저어 육지에 나가야 하고 카발레까지 가는 차비를 조금이라도 줄이기 위해 실랑이를 해야 할 것이며 어느 지붕 아래서 몸을 뉘여야 할지 고민하게 될 것이다. 하지만 그 모든 일들이 오히려 기대가 되는 것은 부뇨니 호수가 부리는 마법 덕분일까. 아니면 내가 점점 '진짜' 여행자가 되어가고 있는 걸까.

다음날, 호수가 내다보이는 샤워장에서 언제나처럼 찬물로 씻고 짐을 챙겼다. 또 다시 공포의 카누를 타야 했지만 맞바람이 아니라 어제보단 낫다. 육지로 돌아오자 시끌벅적하게 사람들이 모여 있었다. 시장이 열린 모양이다. 여기저기서 물건을 사고파는 사람들이 목청

크게 떠들어대고 몇몇 사람과는 부딪히기도 했다. 점심식사로 선택한 내장탕 비슷한 음식은 비려서 먹기 힘들다. 조용한 숲속에서 맛있는 식사를 할 수 있던 어제 저녁과는 한참 다른 상황이었지만 그 사실이 나를 슬프게 하지는 않았다. 자연 속의 내가 아무 걱정 없이 부유하는 해파리 같았다면 사람들 속의 나는 자주 화내지만 또 자주 웃는 변덕쟁이 '황윤하' 그 자체였다. 내 존재를 강하게 긍정해주는 이 공간, 이 사람들이 너무나도 좋았다.

점심은 제대로 먹지 못했지만 간식으로 튀김빵 같은 것을 먹으며 사람들과 시시덕거렸다. 옆에서 팝콘을 파는 사람이 한번 먹어보라며 팝콘을 한 주먹 건네준다. 배가 고프면서도 포만감이 느껴지는 건 분명 위장 속으로 들어간 음식들 때문만은 아니었을 거다.

서울이 산 속에 있다면?
산골수도 키갈리

르완다, 키갈리^{Rwanda, Kigali}

우간다의 국경을 넘어 르완다의 수도 키갈리까지 가는 길의 풍경은 굉장히 익숙했다. 끝없는 산과 끝없는 밭. 사람들이 다르게 생겼다는 것만 빼면 영락없는 강원도다. 르완다는 '천 개의 언덕의 나라'라고 불리기도 한다는데, 그만큼 산이 많았다. 아니, 산밖에 없다고 말하는 게 더 정확할 거다. 우기가 다가오려는 건지 가는 동안 비가 부슬부슬 내렸다. 물안개가 뿌옇게 낀 수많은 산동네들을 지나 몇 시간 후 우리는 흠뻑 젖은 르완다의 수도 키갈리에 도착했다.

꿈 에 도 그 리 던 뷔 페 식 당 을 찾 아

다른 나라들을 이동할 때는 땅이 워낙 넓다 보니 국경에서 수도까지

가는 데만 하루 꼬박 걸리고는 했었는데 르완다는 작은 나라라 비교
적 이른 시간에 키갈리에 도착할 수 있었다. 우리가 도착한 다라다라
(미니버스) 정류장은 키갈리의 가장 낮은 곳에 있는 모양인지 주변이
모두 산으로 둘러싸여 있다. 아니나 다를까, 시내로 가는 다라다라를
탔더니 경사가 높은 길을 꼬불꼬불 올라가 산꼭대기에 내려준다.

　높은 곳에서 내려다 본 키갈리는 정말 사방이 산으로 이루어진
도시였다. 산의 비탈을 따라 마을이 형성되어 있고 그런 산들이 여러
개가 모여 만들어진 도시. 작은 동네도 아니고 한 나라의 수도가 이렇
게 산에 걸쳐 형성되었다는 사실이 신기하면서도 이해하기 힘들었다.
지금까지 봐왔던 아프리카 나라의 수도들이 모두 평평했던 반면 키갈
리의 시내는 한 발짝을 걷더라도 올라가거나 내려가야 했다.

　우리가 찾아가려는 숙소가 산 아래 있음에도 불구하고 시내까지

올라온 가장 큰 이유는 환전이었지만, 사실 나는 환전에는 전혀 관심이 없었다. 키갈리에 도착하는 순간부터 계속 나를 설레게 하는, 아니 르완다에 들어오기 전부터 머릿속으로 수십 번도 더 상상했던 그곳에 드디어 갈 수 있다는 생각으로 들떠 있을 뿐이었다. 바로 케냐에서 만난 석이 오빠가 극찬을 하던 뷔페 식당Self-serviece Restaurant이었다.

웃기게 들리겠지만 그 뷔페 식당이야 말로 내가 남아공행을 결심하게 만든 일등 공신이었다. 부끄럽게도 나는 그 누구에게도 지지 않을 식탐의 소유자였던 것이다. 준영 오빠와 마키 상이 키갈리에서의 일정에 대해 진지한 대화를 나눌 때에도 나는 옆에서 성대한 저녁을 먹을 생각에 침만 꼴깍꼴깍 삼키고 있었다.

석이 오빠가 알려준 시내의 뷔페 식당으로 향하는 동안 굉장한 기대감에 부풀어 있었지만 김이 팍 새는 소식을 접해야 했다. 뷔페 식은 점심때만 한다는 것. 심하게 실망한 표정으로 침울해하고 있는데 한 남자가 우리에게 다가왔다.

"식당을 찾고 있으면 내가 안내해 줄까요?"

실로 기운이 팍팍 솟는 제안이다. 우리는 아직 무거운 배낭을 들고 있어서 직접 식당을 찾아 나서기엔 힘든 상태였다. 프랑스어권인 르완다에서 유창한 영어로 먼저 말을 걸어 온 이 남자가 약간 의심스럽긴 했지만 우리에겐 선택권이 없었다. 다행히 그는 우리를 제대로 된 식당으로 안내해 줬고 별 다른 팁을 요구하지도 않았다. 아프리카의 착한 사람들은 자주 나를 부끄럽게 만든다. 그만큼 많은 빈도로 실망시키기도 한다면 변명이 될까?

Kenya, Uganda, Rwanda, Brundi

고기 한 점 집을 때마다 추가요금이라니

뷔페 식당의 음식은 특별하게 맛있지 않았지만 한 접시 꽉꽉 채워 담아 온 그 모양새만 보아도 마음이 흐뭇해졌다. 많이 담는답시고 나름대로 노력한 거였는데 주위의 현지인들을 보니 거의 탑을 쌓아 먹는다. 항상 뷔페 식당을 이용하는 사람들이다 보니 음식 담는 기술이 현란할 정도이다.

이후 르완다를 여행하면서 항상 뷔페 식당을 이용했고 그때마다 한 번에 두 끼 분량의 식사를 해치웠다. 살이 찌지 않을까 하는 걱정은 조금도 들지 않는다. 여기는 아프리카. 다른 동네로 이동을 했는데 변변찮은 식당이 없을 수도 있고 버스를 타고 가다가 고장이라도 나면 몇 시간 동안 아무것도 없는 곳에서 쫄쫄 굶을 수도 있다. 먹을 수 있을 때 최대한 먹어두고 어쩔 수 없을 땐 굶는 것이 내가 터득한 생존 법칙이었다.

"이게 뭐야?"

계산서를 본 준영 오빠가 당황하며 말한다. 무슨 일인가 싶어 배꼼 쳐다 본 나도 놀라고 말았다. 밥값이 어마어마하게 많이 나온 것.

산 아래의 숙소 근처 뷔페 식당에서 밥을 먹은 우리는 어제처럼 또 양껏 담아와 든든하게 배를 채운 참이었다. 가격은 1인당 1,200르완다 프랑. 그러니 세 명이서 먹은 값으로 3,600프랑이 나와야 하건만 계산서에는 훨씬 높은 가격이 적혀 있었다. 점원에게 따지자 태연하게 대답한다.

"고기는 한 조각까지만 공짜고 그 이상은 한 조각당 200프랑이니까요."

속았다! 안 그래도 석이 오빠에게서 뷔페 식당의 한 접시는 보통 고기 한 조각이 포함이고 그 이상이면 돈을 더 내야 한다는 이야기를 들은 적이 있었다. 그래서 고기를 집어 올 때 몇 번이고 점원에게 더 떠가도 되냐고 물어 봤었는데, 점원은 괜찮다며 고개를 끄덕였던 것이다. 그야, 물론 괜찮긴 하겠지. 돈을 더 내면 아무 문제없으니까!

제대로 말해주지 않은 점원이 나쁘다고 몇 번이나 따졌지만 당연히 씨도 안 먹힌다. 어쩔 수가 없다. 이건 명백히 우리 잘못이었다. 눈물을 머금고 비싼 값을 치뤄야 했다. 한 번의 부주의로 인해 하루 방값에 맞먹는 가격이 날아가다니.

난민촌이 되었던 고급 호텔

이날은 관광 안내소에 가기로 했지만 한 가지 큰 문제가 있었다. 관광 안내소는 어제 갔던 시내, 즉 산꼭대기에 있고 우리 숙소는 산 아래 있다는 것이었다. 시내가 있는 쪽을 쳐다보기만 해도 한숨이 나오는데 저기를 걸어 올라가야 한다니. 그냥 올라가는 게 아니라 등산이라고 불러야 할 지경이었다. 나는 등산을 진짜 싫어한다고, 절대 걸어서는 못 간다고 온갖 생떼를 다 부렸지만 두 사람은 확고했다. 이런 문제에 있어서 우리는 항상 2대 1이 된다. 결국 나는 잔뜩 투덜거리며 시내 쪽으로 발걸음을 옮겨야 했다.

　예상했던 대로 반 정도 올랐을 때 내 체력은 바닥을 보이기 시작했다. 두 사람이 손을 잡고 끌어 줬으니 망정이지, 안 그랬다면 중간에 항복하고 주저앉았을 판이다. 겨우겨우 도착한 관광 안내소에서는 고릴라 관련 영상을 틀어주고 있었다. 이곳에서 고릴라 투어를 주선해주기도 하는 모양이었지만 그 어마어마한 가격은 엄두도 내지 못할 정도였다. 가난한 배낭여행자인 우리가 이곳에서 얻은 쓸 만한 정보는 밀 콜린스 호텔의 위치. 영화 '호텔 르완다' 의 배경이 된 키갈리의 고급 호텔이었다.

　잠시 걸은 후, 밀 콜린스 호텔에 도착했다. 지금은 르완다를 찾는 부유한 관광객들이 주로 묵는 고급 호텔로 기능하고 있지만 십여 년 전의 내전 당시에는 1,200여 명이 피신해 있던 피난처였다. 당시의 호텔은 지배인이었던 폴이 후투족, 투치족 가리지 않고 받아들여 난민

수용소나 다름없었는데, 수도가 끊겨 풀장의 물을 식수로 쓰고 방이 모자라 복도에까지 사람들이 가득 들어차 있었다고 한다. 지금의 밀 콜린스 호텔은 정원이 깔끔하게 정돈되어 있고 풀장에도 깨끗한 물이 채워져 있다. 화려하지는 않지만 정갈한 고급스러움을 풍기는 이 호텔에서 더 이상 그때의 분위기는 찾아볼 수 없다.

정원이 내다보이는 테라스에는 몇몇 백인들이 한가롭게 앉아 커피를 마시며 신문을 보고 있다. 나는 르완다 내전에 대해 표면적인 이야기만 알고 있었기에 별 생각이 없었지만, 한국에 돌아와 더 자세한 이야기를 알고 나서 사진을 보니 문득 그 백인들이 어느 나라 사람들인지 궁금해졌다. 만약 벨기에인들이라면, 그들은 어째서 르완다에 그런 끔찍한 참사가 일어났던 건지 알면서 그곳에 앉아 있는 것이었을까?

긴 역사 속에서 비추어 보면 최근이라고 할 수 있을 16년 전, 1994년의 르완다에서는 4개월 동안 백만 명이 학살당하는 참극이 일어났다. 르완다 내 소수부족인 투치와 다수부족인 후투 사이의 갈등이 문제였다. 원래 그들은 서로가 투치족인지 후투족인지 신경 쓰지 않고 잘 지내왔지만, 제국주의가 팽배한 시대에 아프리카로 진출한 서구에 의해 서서히 갈등을 겪기 시작했다.

르완다를 식민지로 삼은 벨기에는 식민 지배를 더 원활하게 하기 위해 소수인 투치족에게 권력을 주어 그들이 사회적 우위에 있도록 만들었고 그 과정에서 많은 후투족들이 차별을 받으며 두 부족 간에 골이 생긴 것이다. 1960년대에 벨기에가 떠난 이후에도 갈등은 계속

되어 마침내 1994년, 이전에도 서로 죽고 죽이는 사이였던 후투족과 투치족 사이에 전쟁이 일어났다. 후투족이 투치족이라면 남녀노소 가리지 않고 죽이는 일방적인 학살이었다. 곪을 대로 곪은 종기가 툭 터진 것이었다.

백만 구의 시체가 쌓이고 수백만의 난민이 생길 동안 서구 열강들은 물론 UN마저 수수방관하며 그 누구도 그들을 돕겠다며 나서지 않았다. 석유가 나오는 중동 땅에서 분쟁이 일어났을 때는 오지랖 넓게도 평화와 정의를 외치며 끼어든 그들이 말이다. 그들이 도왔다면 이토록 사태가 심각해지진 않았을 거라며 지탄하는 이들이 많지만, 무엇보다도 내전이 일어날 만한 직접적 배경을 형성시킨 벨기에가 가장 책임이 크다는 말들이 많다. 물론 오랜 옛날의 일이고, 서로 안 좋은 감정을 품게 만들었다 하더라도 그토록이나 잔인해지도록 서로를 부추긴 건 그들 자신이었다. 하지만 그 일에 대해 벨기에가 어떠한 책임은커녕 사과조차 하지 않은 것이 과연 정당한 일일까?

한가로운 백인들이 찍힌 밀 콜린스 호텔에서의 사진 한 장은 지금의 내게 많은 씁쓸함을 안겨준다. 그것은 그 백인들을 향한 것이기도 하지만 한편으론 나 자신을 향한 것이기도 하다. 이 사진을 찍을 당시의 나는 분명 아무 생각도 없었다. 그저 영화의 배경이 된 곳이라 해서 방문했던 것이고, 르완다 내전에 대해서는 그런 일이 있었다는 것만 알 뿐이었다. 내가 그 내전에 대해 알고 갔다면 이 밀 콜린스 호텔에서, 넓게는 르완다 전체에서 좀 더 많은 것을 느꼈을 지도 모른다.

하지만 한편으로는 아무것도 모르고 갔기에 편견 없이 더욱 많은 것을 보고 느꼈을지도 모른다는 생각 또한 들고는 한다.

밀 콜린스 호텔을 보고 시내에서 내려오는 길, 거주구역 사이로 나 있는 길을 이용하다 보니 동네 꼬마들이 또 잔뜩 따라붙는다. 아프리카 어디에서나 흔한 경험이었지만, 이 아이들이 다른 거라면 '헬로' 대신 '봉쥬' 라고 소리친다는 거였다. 코찔찔이 꼬마서부터 공 차는 아이들까지 모두 한 목소리로 "봉쥬! 봉쥬!"라며 손을 흔들어댄다. 나도 어색한 발음으로 "봉쥬"하며 화답했다. 어느 나라나 아이들은 모두 해맑아 보이기 마련이지만, 르완다에서는 내전을 겪은 어른들과 내전 이후에 태어난 꼬마들의 표정은 확연하게 차이가 났다. 어른들도 잘 웃었지만 아이들의 천진난만한 웃음과는 비교가 안 된다. 그래도 이제는 모두가 불안감 없는 표정으로 웃을 수 있다는 것에 그들은 감사하고 있지 않았을까.

소박한 수도의 밤

키갈리에서는 이틀 밤만 보낼 생각이었지만 의외의 복병이 우리의 이동을 저지했다. 숙소에 도착하자마자 거행한 대규모 빨래가 아직도 마르지 않은 것이었다. 하긴 키갈리에 도착한 이후로 햇볕이 나는 걸 제대로 본 적이 없다. 먹구름이 잔뜩 낀 하늘에서는 간혹 이슬비가 내렸고 해가 잠깐 나더라도 여우비가 내리기 일쑤였다. 그런 탓에 이틀 내내 널어놓은 빨래는 막 짜서 널었을 때보다도 더 축축해진 것 같았다.

좀 눅눅한 정도라면 짐을 싸서 이동을 감행했겠지만 이런 상태로는 도저히 움직일 수 없었다. 어차피 비도 많이 와서 짐을 싼다 하더라도 배낭을 들고 나가기는 힘들 듯 하다. 오늘은 하늘이 주신 휴일이라 생각하고 푹 쉬기로 했다.

오후가 되면서 빗줄기가 잦아들어 점심을 먹으러 시내로 올라갔다. 오늘은 다라다라를 타고 간다. 절대 그 등산을 다시 할 수 없다며 완강히 버티는 나에게 두 사람은 의외로 쉽게 동의했던 것이다. 두 사람도 시내까지 올라가는 길이 힘들긴 했던 모양이다.

시내에서 적당히 시간을 죽이고 내려왔을 때는 시간이 꽤 늦어 사방이 캄캄했다. 키갈리의 가장 높은 곳에서 바라본 야경은 신기한 모습이었다. 아프리카 내에서 그리 못 사는 나라가 아닌 르완다의 수도 야경이라면 화려한 네온사인이 번쩍일 만도 하건만 키갈리의 야경은 차분한 민가의 불빛들로만 이루어져 있었다. 평면적으로 넓게 퍼지지 않고 산에 걸쳐 오밀조밀하게 모여 있는 민가의 불빛들. 새카만 어둠은 산과 집의 모습을 감추어 버리고 불빛만 남겨놨기에 마치 별들이 땅과 비슷한 높이로 낮게 뜬 듯한 모습이었다. 그 낮은 별들 속에는 우리가 묵는 숙소, 어제 사기를 당한 식당, 자주 가는 구멍가게도 있을 것이며 별보다 더 반짝거리는 눈을 가졌던 아이들도 있을 것이었다.

우리는 천천히 그 별빛들을 향해 내려갔다. 비에 젖은 거리를 밟을 때마다 서늘한 기운과 함께 그리운 듯, 진한 흙내음이 피어올라왔다.

눈물을 묻고 웃는 사람들

르완다, 기콩고로 Rwanda, Gikongoro

지도를 아무리 뚫어져라 쳐다봐도 비슷한 이름을 가진 건물이 보이지 않는다. 버스가 내려준 장소에서 한참 동안 케냐의 석이 오빠가 그려 준 지도를 이리저리 돌려봤지만 아무래도 이곳의 지형과 지도가 맞지 않았다. 하는 수 없다. 아까부터 계속 우리에게 관심을 보이던 남자에게 저렴한 숙소를 추천해 줄 수 있냐고 물어 그를 따라갔다.

　숙소에 도착해 다시 지도를 살펴보던 우리는 그제서야 단단히 헛 짚었다는 것을 깨달았다. 석이 오빠가 그려준 지도는 기콩고로 아래의 큰 도시 부탈레의 지도였다. 부탈레에 머물면서 당일치기로 기콩고로에 다녀오라고 한 것인데 우리는 기콩고로에서 내린 것이었다. 석이 오빠가 적어 준 부탈레의 저렴한 숙소, 식당 정보가 모두 쓸모없게 되어버렸지만 크게 아쉽지는 않았다. 우리 모두는 기콩고로를 꽤 마음에 들어하고 있었다. 잠깐 돌아봤을 뿐이지만 산골마을의 조용하

고 평화로운 분위기는 마음을 편안하게 해줬다. 고도가 높아 날씨도 선선해서 잠깐 쉬어 가기에는 딱 알맞은 곳이었다.

햇볕 빛나는 시골길, 미소 짓는 사람들

늦잠 자기로는 그 누구에게도 지지 않는 나지만 이날 아침에는 일찍 일어나 외출준비를 했다. 기콩고로에서 약간 떨어져 있는 무람비의 학살 기념관에 가기로 했던 것이다. 자전거 택시나 오토바이 택시를 이용하면 얼마 안 걸리지만 걸어가면 한 시간 정도의 거리. 나와 함께 여행 중인 짠돌이 두 남자라면 당연히 걸어가자고 할 만한 거리였고 나도 굳이 돈을 들여 택시를 타겠다는 생각이 들지는 않았다. 돈 없는 여행자들은 걷는 것에 익숙해져야 한다. 그 사실은 가끔 서러움으로 다가오기도 하지만 더 많은 순간 새로운 풍경과 여유와 평화로 마음 속에 들어차기에 견딜 수 있다.

더운 낮 시간에 걷는 걸 피하기 위해 일찍 출발한 우리는 석이 오빠가 그려준 지도를 짚어가며 천천히 무람비 기념관으로 향했다. 지도 한쪽 끝에 작게 써진 석이 오빠의 메모가 보였다. '오토바이 택시 이용. 아침 일찍(안 더울 때) 걸어간다면 약간 낭만적일 수도?'

석이 오빠의 메모대로 무람비 가는 길은 고즈넉하니 산골마을다운 분위기가 흘렀다. 마을 안을 걸으면서는 오토바이 택시나 자전거 택시가 자꾸 타라고 따라오기도 했지만 대부분의 사람들은 웃으며 손을 흔들어줬다. 마을을 벗어나 산길로 접어드니 동네 꼬마들로 보이

는 아이들이 줄줄이 따라오며 "봉쥬! 봉쥬!" 하며 손을 흔든다. 오전의 뜨겁지 않은 햇살, 고지대의 시원한 바람, 적당한 나무그늘, 밝게 웃으며 인사하는 꼬마 아이들…. 평화롭다는 것은 바로 이런 거겠지. 요즘 들어 계속 큰 도시만 전전했던 우리는 이 산골마을의 정취에 한껏 젖어 길을 걸었다.

작은 산골마을 무람비의 비극

1시간여를 걸어 도착한 무람비에서 탁 트인 공터와 하늘이 우리를 맞아줬다. 넓은 공터 가운데로 나 있는 길의 끝에는 원래 초등학교였던 건물에 지은 무람비 기념관이 있었다. 15년 전의 대학살로 인한 희생자들을 추모하기 위해 지어진 곳이었다.

르완다의 학살사건에는 여러 가지 이야기가 얽혀있지만 다른 어떤 것들보다도 사람들의 머릿속에 각인된 사실은 백만 명에 달하는 무시무시할 정도로 많은 희생자의 숫자일 것이다. 어떤 단체는 희생자가 80만 명이라고도 하고 더 적게 잡아 50만이라고 하는 곳도 있지만 그 수를 정확히 알 수는 없다. 르완다 전 지역에 걸쳐 일어난 투치족을 대상으로 한 무차별적 학살이었고, 아무렇게나 매장되어 아직도 발견되지 않은 시체가 워낙 많기 때문에 그 희생자의 수를 정확히 알아낸다는 것은 불가능한 일이다.

그 어마어마한 규모의 대학살을 작은 산골마을 무람비 역시 비켜갈 수 없었다. 당시에 이 초등학교로 피신해 있던 수많은 사람들은

모두 죽임을 당해 근처의 땅에 아무렇게나 매장되었다고 한다. 그 유
골들을 발굴한 후 이곳은 초등학교 대신 기념관으로 쓰이게 된 것이
었다.

이런 이야기들은 대강 들어서 알고 있었지만 사실 나는 이 나라
의 그런 슬픈 역사가 몸으로 느껴지지 않았다. 키갈리의 정말 친절하
고 밝았던 사람들, 평화로운 분위기의 산골마을 기콩고로와 무람비.
그런 일이 있었다 해도 아주 오랜 옛날 일이 아니었을까 생각될 정도
로 르완다의 사람들과 분위기는 평화로움 그 자체였다. 혹 이 사람들
은 그때의 일을 다 잊은 것 아닐까? 아니면 그 수많은 사상자의 수는
과장되고 부풀려진 것이었을까?

무람비 기념관 앞으로 들어가니 한 여자가 우리를 맞이했다. 프
랑스어를 주로 쓰는 다른 르완다 사람들처럼 그녀 역시 영어는 서툰
듯 했다. 그녀는 우리에게 따라오라고 하며 기념관의 책임자로 보이
는 사람에게 우리를 데려갔다.

책임자는 중년의 남자였다. 그는 우리에게 프랑스어와 영어 중에
어떤 게 편하냐고 물어본 다음 영어로 무언가를 설명해주기 시작하였
다. 영어실력이 짧은 나는 잘 알아들을 수 없었지만 제노사이드, 후
투, 투치 혹은 밀리언 등의 영어 단어가 들리는 것으로 보아 르완다
학살 사건과 이 무람비에서 있었던 사건에 대해 설명해주고 있는 모
양이었다.

짧은 설명이 끝난 후 방금 전의 여자가 우리를 안내했다. 새로 지
은 추모관의 건물 뒤로 원래 초등학교였던 몇 개의 건물들이 쭉 늘어
서 있었다. 여자는 그 중 한 곳으로 우리를 데리고 가 원래는 교실이

었을 방문을 열쇠로 열었다.

　방을 열자마자 먼저 느껴진 것은 냄새였다. 옷장의 좀약 냄새 같기도, 약품 냄새 같기도 한 특이한 냄새가 나는 방으로 우리는 얼굴을 들이밀었다.

평화의 이면이 드러난 순간, 고개를 떨구고 말았다

방 안의 풍경은 충격적이었다. 하얀 약품으로 칠해놓은 유골들이 마치 전시해놓은 듯 방 안에 빼곡히 누워 있었다. 15년 전, 이 초등학교에서 학살당했던 희생자들의 유골이었다.

　충격받은 우리의 모습에 아랑곳하지 않고 여자는 다음 교실도 열어주었다. 그곳에서도 똑같은 광경이 펼쳐졌다. 그 다음 방, 그 다음 방…. 모든 방들에는 유골들이 누워 있었다. 어린아이들만 누워 있는 방도 있었고 이따금 유족들이 가져다놓은 듯한 꽃다발들도 보였다. 어떤 유골들에는 총격의 흔적이 고스란히 남아 있기도 했고, 필사적으로 아이를 지키려고 껴안고 있는 엄마와 아이의 유골도 있었다. 사진이나 영상자료에 설명을 덧붙인 것들과는 비교가 안 되는, 그때의 대참사를 있는 그대로 느끼게 하는 모습들. 우리는 왜 석이 오빠가 유명한 학살 기념관들이 아닌 이 작은 무람비 마을의 기념관에 가보라고 했는지 알 것 같았다.

　적나라한 진실과 맞닥트린 나는 마음이 불편해졌다. 어디선가 들

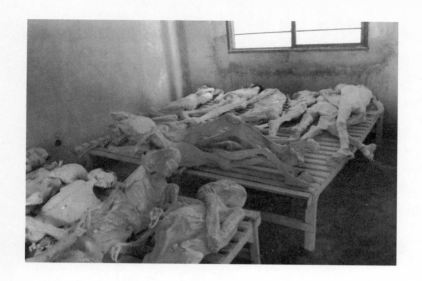

었던 구절이 머릿속에 떠올랐다. 어떤 진실은 사람을 불편하게 한다. 이제서야 그 말의 의미를 제대로 이해할 수 있었다. 한국에서 TV나 인터넷으로 접했다면 돌아서면 잊혀질 슬픔과 동정심만을 느꼈을 르완다의 대학살 사건. 하지만 이렇게 정면으로 마주하고 나니 슬픔보다는 충격과 거부감이 더 컸다.

정체를 알 수 없는 감정들이 마음속을 떠돌고 이제는 그만 이곳을 떠나고 싶다고 생각할 때쯤, 여자는 또 하나의 방문을 열어줬다. 잠깐 문을 열었다 닫아주기만 했던 여자는 갑자기 우리들을 쳐다보고 섰다. 그녀는 서툰 영어로 조용하게 말했다.

"This is my Family."

우리들은 모두 입을 다물었다. 잘못한 것도 없는데 죄책감이 밀려오는 기분을 느껴본 적 있는가. 입 밖으로 낸 적 없는 머릿속 생각만으로도 한없이 부끄러워 본 적 있는가.

　이 여자는 매일 이렇게 여기를 찾아오는 관광객들에게 문을 열어
주며 매일 자신의 친구와 가족들을 마주할 것이다. 그때의 일을 애써
잊으려 하지도, 외면한 채 살아가려 하지도 않는 것이다. 진실을 회피
하기는커녕 매일매일 진실과 함께 살아가는 그녀는 우리를 보며 무슨
생각을 했을까.

4 월 ,　잔 인 한　우 기 가　시 작 되 고　있 었 다

기념관을 나오니 변함없이 푸른 하늘이 눈에 들어왔다. 거짓말처럼
아름다운 하늘. 저쪽 민가에서 활짝 웃으며 손을 흔들어주는 현지인
들. 뒤늦게 슬픈 감정이 느껴졌다. 한 치의 오염 없이 그저 맑고 순수
해 보였던 르완다의 평화. 그제서야 르완다의 평화로운 분위기가 다
르게 느껴졌다.

　사람들이 옛 기억을 잊어서 평화로울 거란 생각은 정말 터무니없
는 것이었다. 우리에게 웃어 준 한 사람 한 사람, 손을 흔들어주고, 대
가 없이 도움을 주고, 반가이 맞아준 한 사람 한 사람, 그 사람들 모두
가 저 기념관 안의 여자와 같은 사람들이었다. 옛날의 그 비극을 되새
기며, 온 몸으로 기억하며, 다시는 그런 일이 돌아오지 않길 바라며
서로를 평화롭게 대하려 애쓰는 사람들이었다. 이웃을 미움과 증오로
대하기보다 친절과 따뜻함으로 대해야 한다는 것을 그 누구보다도 뼈
저리게 느낀 사람들이었다. 그런 사람들 위에 겨우 쌓아올려진 평화

였다.

하지만 그들이 이 평화를 위해 치른 대가는 너무나도 컸다.

이날 오후 우리는 르완다를 떠나 부룬디로 들어갔다. 우리의 가는 길을 소나기가 배웅해준다. 본격적인 우기의 시작을 알리는 소나기였다.

다른 어떤 곳들보다도 잔인하게 느껴질 르완다의 우기가 시작되려 하고 있었다.

그래, 다시 4월이다.

매년 4월이면 우기가 시작된다.

그리고 매년 4월이면

날마다 잊혀지지 않는 공허함이 우리 가슴 위로 내려앉는다.

매년 4월이면 난 기억한다.

얼마나 빨리 삶이 끝나는지를.

매년 4월이면 난 기억한다.

살아있음을 느낀다는 게 얼마나 행운인지를.

- 영화 *'Sometimes in April'* 中

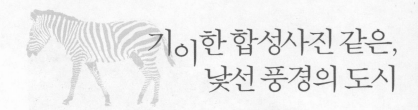

기이한 합성사진 같은,
낯선 풍경의 도시

부룬디, 부줌부라^{Burundi, Bujumbura}

버스비를 협상하는 것은 힘들지만 택시비를 협상하는 것은 더욱 힘들다. 가격을 속이는 일이 없는 정직한 르완다 사람들 사이에서 며칠 동안 긴장이 풀렸던 탓인지, 부룬디에서의 가격협상은 우리를 너무나도 피곤하게 만들었다.

"부줌부라까지 3시간인데 그렇게 비싼 돈을 내라고요?"

"부줌부라 가는 길은 굉장히 험한 데다 나는 다시 이 동네로 돌아와야 한다니까. 이 시간에 가면 오는 길은 밤일텐데, 밤에는 게릴라도 나타나서 위험하다고. 그 정도 내는 건 당연한 거 아냐?"

"맞아! 맞아!"

택시 기사의 말에 주변 사람들이 큰 목소리로 동조했다. 오랜만의 동양인을 구경하려는 건지 우리 주변에는 어른 아이 할 것 없이 많은 사람들이 모여 있었다. 아무리 생각해도 부당한 가격이었지만 어

쩔 수 없다. 적당한 선에서 타협하고 그의 택시에 올라탔다.

택시는 꼬불꼬불한 산길을 달렸다. 부룬디가 아프리카 내에서도 빈국이라고 들어서 잔뜩 긴장했었지만 도로 상태는 유례없이 좋아 단 한 번도 비포장도로가 나오는 일이 없었다. 사람들이 없었다면 유럽의 도로를 달리는 기분이었을 것이다. 깨끗하게 포장된 아스팔트 도로의 양옆으로는 종종 마을이나 노점상들이 나타났다. 나무로 아무렇게나 지어진 좌판 위에 직접 수확한 과일이나 채소 혹은 야생 동물들을 늘어놓은 모습은 아스팔트 도로와 어울리지 않아 마치 합성 사진을 보는 듯하다. 빈부격차가 심한 나라인 걸까? 사람들은 웃고 있었지만 그 풍경은 먹구름이 잔뜩 낀 하늘과 어우러져 묘하게 우울해 보였다.

아, 인제라!

밤이 다 되어 도착한 부룬디의 수도 부줌부라에는 충격적인 현실이 우리를 기다리고 있었다. 택시 기사에게 저렴한 숙소에 데려다 달라고 했더니 40달러짜리 호텔에 데려다 줬던 것. 우리로서는 엄두도 못 낼 가격이다. 그 택시기사는 도시를 돌고 돌아 수많은 숙소를 보여줬지만 대부분 30달러 혹은 20달러씩 하는 곳들뿐이었다. 20달러 하는 숙소는 심지어 전기도 들어오지 않는다. 이해할 수 없는 물가였고 받아들이기 힘든 현실이었다. 가까스로 10달러짜리 숙소를 찾았지만 그나마도 방을 두 개 잡아야 했다. 항상 셋이서 8~9달러 정도 되는 방 하나를 썼던 우리에겐 예기치 못한 지출이었다.

숙소에는 식당도 있었지만 차마 가격을 물어볼 엄두가 나지 않았다. 부엌을 써도 된다는 허락을 받고 들어갔는데 어디선가 익숙한 냄새가 난다. 약간 고소한 듯하면서 시큼한 냄새다.

"윤하야, 이거 인제라 냄새 아니야?"

그렇다. 그 시큼한 냄새의 정체는 에티오피아에서 질릴 정도로 먹고 막판에는 거의 울면서 먹었던 인제라였다. 알고 보니 이 숙소는 에티오피아 사람들이 운영하는 곳으로 에티오피아 식당도 겸하고 있다고 했다. 그리고 보니 로비에서 흘러나오는 노래도 에티오피아에서 자주 들었던 음악이다. 숙소 주인은 우리가 에티오피아를 거쳐 왔다는 사실에 반가워하며 좀 더 살갑게 대해줬다.

호화 주택과 비포장도로가 한데 공존하는 곳

부룬디에서는 관광객에게 3일짜리 트랜짓 비자밖에 주지 않아서 우리가 도시를 돌아볼 기회는 하루뿐이었다. 하지만 숙소를 나와 10m 정도 걸었던 나는 항복하고 방으로 돌아왔다. 배탈 때문이었다. 웬만하면 나갔겠지만 이번에는 제대로 걸렸다. 방에서 화장실까지의 거리도 위험천만하게 느껴질 만큼 심한 배탈이었다.

배탈이 좀 나아질 때쯤 되어서 준영 오빠와 마키 상이 돌아왔다. 뭔가 재밌는 걸 보고 왔냐고 물었지만 역시 모든 물가가 비싸다는 안 좋은 소식밖에는 들을 수 없었다.

"탕가니카호라는 큰 호수가 있다고 해서 그거라도 보러 가려고. 이젠 좀 걸을 수 있겠니?"

아직도 배가 쿠룽쿠룽 거렸지만 따라 나가기로 했다. 부룬디에서 허락된 시간이 좀 길었다면 모르겠지만 내일은 바로 국경을 넘어야 한다. 모처럼 한 나라라도 더 보기 위해 부룬디에 들어왔는데 숙소에 누워만 있다가 갈 수는 없는 일이었다.

엊저녁에는 어두워서 몰랐는데 우리 숙소는 부자동네 한가운데 위치해 있었다. 마치 청담동의 주택가 길을 걷는 것처럼 주위에는 예쁜 주택들이 늘어서 있었고 정원은 나무와 꽃들로 잘 꾸며져 있다. 아프리카에 와서 처음 보는 풍경이 낯설었다. 물론 다른 나라들도 수도의 거리는 잘 정비되어 있고 높은 빌딩들이 즐비했지만 이런 분위기의 주택가는 본 적이 없다.

주택가를 빠져나오자 익숙한 흙길이 우리를 맞이했다. 우기 때문에 물이 불어난 하천은 무시무시한 기세로 흐르고 있었고 그 하천 주위로 숲이 우거져 있다. 하천을 따라 좀 더 걸으니 뭔지 모를 작물을 키우는 듯 푸른 땅이 너르게 펼쳐져 있고 언제나와 같은 아프리카 사람들의 모습이 군데군데 눈에 띄었다. 허름한 차림으로 삶은 계란을 싸게 파는 꼬마, 폐차 직전의 차를 몰고 다니는 남자, 머릿수건을 두르고 일하는 나이든 여자와 국적불명의 옷을 입고 삽질하는 노인. 익숙한 풍경에 조금 마음이 놓인 기분이었지만 여전히 왠지 모를 위화감이 떠나질 않는다.

하천을 따라가면 강이 나올 거라고 생각했지만 물이 불어서인지 호수는 멀리서만 보이고 가까이 접근할 수가 없다. 결국 가장 가깝다고 생각되는 곳에서 호수를 쳐다보기만 했다. 옆에서는 현지인 몇몇

이 삽과 곡괭이를 들고 물길을 트다가 흥미로운 시선으로 우리를 구경하고 있었다.

합 성 사 진 같 은 도 시

시내 쪽이라고 추정되는 방향으로 하염없이 걷던 우리는 뜻밖의 장소에서 호수를 보게 되었다. 고급스러워 보이는 식당이다. 군 장교로 보이는 남자 몇몇이 비싸 보이는 술을 마시며 고급 담배를 태우고 있다. 식당에 양해를 얻고 호수 가까이 다가가자 호숫가를 지키고 있는 군인들이 보인다. 사진을 찍어도 되냐는 질문에 대충 대답한 그들은 철책 너머에서 벌어지는 축구 시합을 구경하는 데 정신이 팔려 있었다. 연습 시합이라도 하는 모양이다. 축구장은 시설이 아주 좋지는 않았지만 잔디도 잘 깔려있고 골대도 깔끔했다. 또 다시 묘한 기분과 함께 위화감이 들었다.

　　시내로 들어서자 그런 느낌은 더 심해졌다. 높은 건물이라곤 찾아볼 수 없는 거리엔 말끔하게 정장을 빼입은 사람들과 가판대조차 놓지 못하고 물건을 파는 사람들이 뒤섞여 있다. 허름한 건물들에서 장사를 하는 가게들 내부는 하나같이 패스트푸드점을 연상시키는 깔끔한 인테리어였고, 천막을 친 조촐한 식당에서는 한 무리의 사람들이 서류를 들고 뭔가 이야기하고 있다. 부줌부라로 오면서 느낀 것처럼, 거리의 모든 풍경은 따로 떨어져 있던 것을 뒤섞어 붙여놓은 합성사진 같았다.

이걸 어떻게 이해해야 할까? 깔끔한 고급 주택가 옆에서 농사를 짓는 사람들, 너른 밭 한가운데의 고급 식당과 잘 정비된 축구장, 그 어느 도시보다 허름해 보이는 건물들 속의 깨끗한 가게들. 빈부격차가 심한 거라고 생각하기엔 걸리는 점이 너무 많다. 아디스 아바바에서 도시 속의 판자촌을 발견했을 때와는 다르다. 이곳에서는 빈과 부의 풍경이 한데 섞여 서로 어떤 경계선도 긋고 있지 않았다. 내가 계속해서 느껴왔던 위화감의 정체는 바로 경계선의 부재였던 모양이다.

부룬디에서 허락된 시간은 단 3일. 3일은 내가 이 도시의 이질적인 모습을 이해하기엔 지나치게 짧은 시간이었다. 시간이 허락한다 하더라도 이 이상한 도시에 더 이상 있고 싶은 생각이 들진 않았지만 말이다. 물가가 비싼 탓도 있었지만 도시의 이해할 수 없는 풍경들은 자꾸만 나를 혼란스럽게 만들었다.

다음날 아침 일찍 짐을 꾸려 숙소를 나왔다. 밤새 또 비가 왔던 건지 도로는 축축하게 젖어 있다. 그래도 이날 아침은 오랜만에 해가 나와 날이 밝다. 부룬디에서 처음 보는 맑은 날씨다. 어쩌면 부룬디에서 머무는 내내 먹구름이 꽉 끼어 모든 풍경이 흐릿하게 보인 것도 나의 혼란에 일조했던 것인지 모르겠다.

Part 4

천혜의 자연과
오래된 도시의 마법 속으로

탄자니아 Tanzania 말라위 Malawi
잠비아 Zambia 짐바브웨 Zimbabwe

45시간 동안 기차, 타 보셨나요?

탄자니아, 키고마 Tanzania, Kigoma

날씨는 오랜만에 쨍쨍하다. 르완다에서는 빨래가 마르지 않을 정도로 날씨가 축축했고 부룬디에서도 내내 흐린 날이었는데 이날은 참 오랜만에 햇빛을 볼 수 있었다. 하지만 오랜만의 햇살을 마냥 반가워할 순 없었다. 해는 우리를 익혀버리겠다는 기세로 내리쬐고 있었다.

"환전을 할 수 없다고요? 그럼 ATM은 있나요?"

"ATM이 뭔데?"

"은행 말이에요."

"없어."

"그럼 키고마 가는 버스는 언제 오나요?"

"몰라. 기다리다 보면 올 거야."

"어디서 기다려야 하는데요?"

"대충 이 근처에서."

미치고 팔짝 뛸 노릇이다. 부룬디와 탄자니아의 국경에 있는 이름 모를 작은 마을에서 키고마까지 가려면 2시간 정도 더 버스를 타야 하는데 버스는 언제 올지도 모르고 어디서 설지도 모른다고 한다. 무엇보다 가장 큰 문제는 탄자니아 돈이 없다는 거였다. 곤란해하고 있는 우리에게 부룬디에서 함께 버스를 타고 온 캐나다인 테렌스가 다가왔다.

"내가 버스비를 내줄게요. 키고마에 도착하면 그때 돈을 줘요."

그의 친절한 제안 덕에 돈 문제는 해결됐지만 언제 올지 모르는 버스를 기다려야 하는 것에는 변함이 없다. 우리는 남자가 '대충 이 근처'라고 말한 곳에 가방을 내려놓았다. 변변한 나무그늘조차 없어서 아무 바닥에나 털썩 주저앉아 뜨거운 땡볕의 공격에 그대로 노출되어야 했다. 지치고 피곤하긴 했지만 이 상황 자체는 당연하게 받아들여졌다. 여긴 아프리카니까.

여긴 아프리카, 이젠 이런 여행도 익숙해

동양인 여행자에게 제일 먼저 다가오는 건 항상 그렇듯이 어린아이들이다. 이 마을의 꼬마들은 경계심이 많은지 가까이 다가오지는 않고 주위에서 머뭇거리다가 우리가 웃으면 함께 웃어주고 카메라라도 들이대면 기겁을 하고 도망쳤다. 많은 아이들이 갓난아기를 보자기에 업은 채 그렇게 우리 주위를 맴돌았다. 꼬마가 꼬마를 업고 있는 모습은 처음엔 신기했지만 이젠 익숙한 풍경이 되어버렸다.

　두 시간쯤 지났을 때 드디어 조그만 미니버스가 도착했다. 여기 저기 서 있던 사람들이 일제히 짐꾸러미를 안아들고 버스로 달려든 다. 버스 문이 열리자마자 눈 깜짝할 사이에 자리가 다 차버렸다. 짐 을 꾸리느라 어영부영하던 우리는 버스 근처에 갈 기회조차 없었다. 버스 일을 돕는 사내는 친절하게도 우리 배낭을 트렁크에 우겨넣어 자리를 만들어줬다. 이미 사람들이 꽉꽉 들어찬 버스 안에 마련된 자 리는 앉을 수 있을지 의심스러울 정도로 좁았지만, 사람들의 말에 의 하면 이게 키고마로 가는 오늘의 마지막 버스라고 한다. 선택의 여지 가 없었다. 온 몸이 꽉 끼어 고개나 간신히 돌릴 수 있을 만한 자리에 엉덩이를 비집고 들어갔다.

　탈 때는 '이쯤이야 뭐!'라고 호기롭게 생각했지만 30분이 지나자 땀이 삐질삐질 난다. 버스 안은 꽉 찬 배낭에 억지로 물건을 우겨넣고 간신히 지퍼를 잠근 것 같은 상태였다. 다리가 마비되는 건 아닐까 싶을 정도로 꽉 끼어 있었지만 움직이기는커녕 다리를 주무를 만한 공간도 없었다. 게다가 모래먼지는 어찌나 심하게 불어대는지!

겨우겨우 키고마에 도착했지만 제대로 걸을 수도 없을 정도로 다리가 저려왔다. 트렁크에 있던 배낭을 꺼내 본 우리는 그 처참한 모습에 충격을 받았다. 까맣던 가방이 황토색이 될 정도로 모래를 뒤집어쓴 것! 저만큼의 모래가 내 몸에도 덕지덕지 묻어 있겠지? 아니나 다를까, 마키 상의 흰 티셔츠가 군데군데 누렇게 변해있다. 어디 모래판에서 뒹굴며 싸우고 왔다고 해도 믿겨질 만한 행색이었다.

테렌스가 추천해준 저렴한 숙소에 짐을 풀고 나니 드디어 긴장이 풀린다. 드디어 오늘의 일과가 끝났구나! 여행을 하다 보면 정말 이 순간만큼 행복한 때가 없다. 온갖 힘든 일들을 다 겪고 우여곡절 끝에 숙소에 도착해서 짐을 푸는 바로 이 순간 말이다.

외국인이라 다행이야

탄자니아의 수도 다르 에스 살람으로 가려면 키고마에서 2박 3일 동안 기차를 타야 한다. 탄자니아의 넓은 영토 안에서도 키고마와 다르 에스 살람은 각각 서쪽 끝과 동쪽 끝에 위치해 있었다. 가장 빠르고 편한 교통수단은 단연 침대기차였다.

일주일에 한 번 떠나는 기차를 타기 위해 기차역으로 향한 순간 한 발 늦었다는 사실을 깨달았다. 아침 일찍 서둘러서 나온 건데도 이

미 엄청난 인파가 기차역 안을 꽉 메우고 있다. 남자와 여자가 다른 줄에 서 있고 기차등급에 따라서도 또 다른 줄에 서 있어 어느 줄에 서야 할지 도통 감이 잡히지 않는다. 줄도 서기 전에 그 광경에 기가 꺾여 버스로 도시마다 끊어 끊어 이동할까, 하는 소심한 방안에 대해 심각하게 의논했다. 그래도 시도는 해봐야지. 일단 어느 줄에 서야 하는지라도 알기 위해 역무원에게 다가갔다.

"어느 줄에 서야 하나요?"

"몇 명이죠?"

"세 명. 남자 둘, 여자 하납니다."

그 남자는 고개를 끄덕이더니 다른 직원 몇 명을 불러 뭐라뭐라 이야기를 한다. 잠시 후 놀라운 일이 일어났다. 우리 손에 기차표를 한 장씩 쥐어주는 게 아닌가! 이 인파가 기차표를 사려는 사람들이 아니거나, 외국인에게 특별히 친절을 베풀었거나 둘 중 하나였다. 어느 쪽이든 일이 잘 풀린 건 다행이다. 우리는 그 와중에도 가격협상하는 것을 당연히 잊지 않았다. 아쉽게도 잘 되지는 않았지만.

남 녀 가 나 뉘 어 타 는 기 차

"오빠!"

"윤하야!"

누가 봤으면 이산가족 상봉이라도 한 줄 알았을 거다. 하지만 나는 정말 딱 그 심정이었다. 이집트 이후로 자는 시간 외에 일행들과 떨어진 적 없는 나는 몇 시간 내내 혼자 있어야 하는 시간이 너무나도 지루했다. 몇 번이나 준영 오빠와 마키 상이 있는 남자칸으로 갈까 하다가 맘먹고 걷기 시작했지만 10분을 걸어도 나오지 않는다. 기차가 길기도 했지만 자리를 잡지 못하고 바닥에 앉은 사람들이 너무 많아 걷기가 힘들다. 이 기차가 설마 블랙홀로 가는 통로는 아닐까 싶을 때쯤 되어서야 준영 오빠를 만날 수 있었다. 그나마도 오빠가 있는 칸에 도착한 것이 아니라 오빠가 나를 찾으러 오는 도중에 만난 것이었다.

준영 오빠와 마키 상이 있는 칸에 가서 앉아 있으니 옆으로 접시를 든 남자가 왔다 갔다 한다. 마침 저녁시간 때라 우리도 식사를 주문했다. 준영 오빠와 마키 상은 모르겠지만 기차칸을 지나쳐왔던 나는 저 밥의 정체를 알고 있었다. 식당칸이 따로 있는 게 아니라 몇몇 사람들이 침대 한 칸을 차지하고 앉아 보온통의 밥을 담아와 나르고

있는 것이었다. 아프리카 기준으로 봤을 때 그다지 비위생적인 것 같
지도 않고 달리 밥을 먹을 곳도 없었기 때문에 그 사실은 굳이 이야기
하지 않기로 했다.

하지만 얼마 후… 역시 얘기할 걸 그랬나 보다. 잠시 정차한 기차
역에서는 엄청나게 많은 노점상들이 꼬치나 스튜 등을 팔고 있었다.
기차칸에서 파는 것보다 훨씬 싼 가격으로!

기차칸 밥도 맛있긴 했지만 남의 떡이 더 커 보인다고, 노점상에
서 꼬치를 몇 개씩 사와 먹는 사람들이 그렇게 부러워 보일 수가 없
다. 내일부터는 절대 기차칸 밥을 먹지 말아야겠다고 혼자 속으로 다
짐했다.

평화로운 기차 생활, 그때가 그립다

기차에서의 생활은 단조로웠다. 창밖으로 지나가는 풍경을 멍하니 쳐
다보다가 잠깐 정차하면 내려서 군것질하고, 행상하는 아주머니에게
서 산 귤을 까먹으며 우리끼리 시시덕거리고, 졸리면 자고, 또 일어나
서 바깥 풍경만 하염없이 쳐다보고. 기차 밖의 풍경은 똑같아 보이는
초원의 연속이었지만 우린 그마저도 신기하게 쳐다보며 시시껄렁한
농담을 해댔다. "기린이라도 한 마리 뛰어다닐 것 같다." "사자 한 마
리쯤 돌아다닐 것 같지 않아?"

끝없이 지루했고 온 몸이 찌뿌듯한 나날들이었지만 가끔 그날들
이 그립기도 하다. 어디서 잘지, 어디서 밥을 먹을지 고민하지 않고

그저 서로의 얼굴을 바라보며 수다나 떨면 되었던 시간. 아무 일도 하지 않았지만 그 순간 자체로도 추억이 되는 시간. 몇 시간 만에 기차 내의 생활에 익숙해져 그때는 어떤 설렘도 없었지만, 지금에 와서 떠올리면 가슴이 두근거린다.

이틀째 밤에는 비가 많이 내렸다. 기차는 다르 에스 살람을 코앞에 두고 한참 동안 정차했다. 많은 현지인들은 버스를 이용하기 위해 무거운 짐을 들고 내려 빗속을 헤치고 사라졌다. 이럴 때는 급할 것 없는 한가한 여행자라는 사실이 도움이 된다. 그들이 잔뜩 소란을 피우는 중에도 우리는 언젠가 출발하겠지, 생각하며 잠을 청했다.

아침이 되어 기차가 움직이고 오후 2시, 우리는 예정보다 9시간 늦게 다르 에스 살람에 도착했다. 타이밍 좋게도 비가 점점 잦아들고 있을 즈음이었다.

인연은 강물처럼 흘러, 만나고 또 이별하고

탄자니아, 다르 에스 살람 Tanzania, Dar es Salaam

"일단 밥부터 먹자."

누가 먼저 말을 꺼냈는지는 모르지만 우리는 모두 그 말에 동의했다. 빗줄기가 약해졌다고는 하지만 아직 꽤 내리고 있어 밖을 돌아다닐 수 있을 정도는 아니었다. 무엇보다 이전 날 저녁 때 이후 기차가 정차한 적이 없어 아무것도 먹지 못하고 있었다. 숙소를 찾아나서려면 일단 배부터 채워야 할 것 같았다.

기차역 내의 작은 구멍가게에서는 고기와 감자, 콩이 들어간 듯한 정체 모를 밥을 팔고 있다. 이 음식의 이름이 뭔지, 무슨 고기가 들어간 건지는 전혀 상관없다. 입으로 들어갈 수 있는 거면 됐지, 뭐.

의외로 맛있는 밥을 한 톨도 남김없이 싹싹 긁어먹고 차까지 한 잔 마신 후에야 비가 그쳤다. 밖에는 밤새 내린 비로 여기저기 물웅덩이가 고여 있다. 이런 때 나의 끌낭은 무용지물이다. 끌고 갈 수 있는

길에서는 여지없이 진가를 발휘했지만 짊어 매야 할 때에는 보통 배
낭보다 훨씬 무겁고 불편한 애물단지가 되어버린다.

한가로운 저녁, 커피 한 잔과 짧은 이별

숙소에 짐을 두고 다르 에스 살람의 거리로 다시 나왔다. 숙소까지 갈
때도 느낀 거지만 참 한적하다. 원래 이렇게 조용한 도시인가?

"맞다, 오늘 일요일이잖아!"

생각해보니 일요일이었다. 여행하는 중에는 날짜 감각은 정확해
지지만 요일 감각은 무뎌진다. 뒤늦게 깨닫긴 했지만 어쨌든 일요일
이라는 건 별로 좋지 않았다. 일요일에는 거의 모든 인터넷 카페와 환
전상, 슈퍼마켓들이 문을 닫는다. 몇몇 인터넷 카페를 전전했지만 예
상대로 모두 닫혀 있었다. 설상가상으로 비까지 내린다. 비를 피하기
위해 급하게 아무 건물의 처마 밑으로 달려갔다.

비를 피하기에 충분할 정도로 넓은 공간에는 우리 말고도 꽤 많
은 현지인들이 있었다. 한가한 주말, 할 일 없이 산책 나온 듯한 그 사
람들도 갑작스런 비에 피신한 모양이다. 한 아주머니는 보온통에 담
아 온 커피를 팔고 있다. 에티오피아의 추억이 떠오른다. 어딜 가나
보온통을 들고 커피 파는 여인들이 꼭 두셋씩 있었지. 그때를 떠올리
며 우리도 현지인들과 함께 커피 한 잔의 여유를 즐겼다. 에티오피아
에서 마시던 것처럼 맛있지는 않았지만 비오는 날 처마 밑에서 현지
인들과 함께 어울려 마시는 커피는 각별했다.

현지 사람들과 어울릴 때 가장 좋은 건 생생하고 정확한 정보를 얻을 수 있다는 거다. 사람들의 말을 들어보니 역시 일요일에는 시내의 인터넷 카페들이 거의 열지 않는단다. 저 멀리로 가면 연 곳이 있지만 위험한 지역이라 가지 않는 게 좋을 거라고 걱정 섞인 조언도 해준다. 친절한 그들은 뭐든지 하나라도 알려주고 싶은 듯 저 앞의 식당은 비싸다, 저 뒤쪽에 좋은 식당이 있다, 이 옆의 건물은 아프리카에서 제일 좋은 클럽이라며 이야기를 늘어놨다. 클럽 이야기를 할 때는 특히 자랑스러운 표정이었다.

오늘은 인터넷을 하기 그른 듯 하니 다음 목표를 위해 움직이기로 했다. 부두로 가서 잔지바르 가는 배편을 알아봐야 한다. 부두에 가까워져 가던 중, 마키 상이 조심스럽게 말을 꺼냈다.

"난 다르 에스 살람에서 기다릴게. 역시 잔지바르까지는 무리인 것 같아."

"마키 상, 진심이에요? 같이 가요! 여기까지 함께 왔는데."

"미안, 윤하 짱. 다녀와서 다시 만나요."

관광 휴양지로 유명한 잔지바르의 물가와 잔지바르까지 왔다 갔다 하는 뱃삯이 마키 상에겐 아무래도 부담되는 모양이었다. 다음 목적지인 말라위로 가려면 어차피 금요일에나 기차를 탈 수 있으니 다르 에스 살람에서 기다리겠다고, 우리끼리 천천히 보고 오라고 한다. 섭섭했지만 그의 선택을 존중할 수밖에 없었다. 서로 일정이 맞아 동행한 사람이니 목적지가 다르면 헤어지는 것은 당연한 일이었다. 길 위에서 만나고, 길 위에서 헤어지고, 또 다른 길에서 다시 재회하는 것. 여행을 오래 하려면 익숙해져야 하는 일이지만 함께 했

던 사람과 보장되지 않은 만남을 약속하며 헤어지는 것은 쉬운 일이
아니었다.

작은 강줄기들이 흐르듯,
우리 인연도 그렇게 흘러

이튿날 아침, 숙소 식당 쪽으로 나 있는 창문을 배꼼 내다보니 바닥에
널브러져 있는 묵직한 배낭이 눈에 띈다. 숙소에 새로운 손님이 온 모
양이다. 그런데 배낭 옆에 앉아 있는 사람들의 얼굴이 낯익다. 케냐에
서 같은 숙소에 머무르며 종종 함께 밥을 먹으러 다녔던 일본인 소 상
과 유지 상이었다.

　　반가운 재회를 마치고 이야기를 나눠보니 마침 이후의 일정이
우리와 비슷하다. 그들도 말라위로 간다는 것이었다. 마키 상이 말라
위로 가는 기차를 타기 위해 금요일까지 기다린다고 하자 기차는 일
주일에 두 번, 화요일과 금요일에 있으니 내일도 탈 수 있다고 한다.
서로 맞춰서 함께 가보려고 일정에 대해 계속 의논했다. 금요일까지
다르 에스 살람에서 우릴 기다리는 건 어떠냐, 화요일 날 간다면 말
라위에 먼저 도착해 우리가 나중에 합류하면 어떠냐 등등. 잠깐의 고
민 끝에 후자로 결정 났다. 마키 상은 소 상, 유지 상과 함께 화요일
기차로 말라위에 먼저 가 있고 우리가 나중에 그곳에서 합류하기로
한 것이다.

　　일정 이야기를 끝마쳤으니 이제 각자의 볼 일을 위해 움직여야

한다. 소 상, 유지 상은 숙소에 체크인하고 마키 상은 우간다에서 소매치기 당했을 때 잃어버린 국제학생증을 만들러 시내로 나갔다. 나와 준영 오빠는 금요일에 떠나는 기차표를 사기 위해 타자라^{TAnzania-ZAmbia RAilway} 기차역으로 향했다.

말라위로 갈 때 이 타자라 철도를 이용할 생각이었지만 엄연히 말하자면 타자라 철도는 그 이름에서도 알 수 있듯 말라위가 아닌 잠비아까지 가는 국제열차이다. 하지만 철도를 타고 잠비아의 국경을 지나기 전에 내리면 근처에 있는 말라위 국경까지도 금방 갈 수 있어서, 다르 에스 살람에서 말라위 국경까지 가기에는 제일 편하고 빠른 교통편이라고 할 수 있었다. 1박 2일 동안 기차를 타야 하며 운이 나쁠 경우 한두 시간에서 열몇 시간까지 연착할지도 모른다는 것만 빼면 말이다.

정확한 정보에 의하면 타자라 철도는 학생 할인이 된다고 한다. 매표소 창구의 여직원에게 다가가 당당하게 국제학생증을 내밀며 물었다.

"학생 할인되죠?"

"노."

무뚝뚝한 여직원은 단칼에 대답하며 고개를 저었다. 그럴 리가 없는데.

"분명히 된다고 들었습니다."

"안 돼요."

"다른 사람한테 물어보기라도 해줘요."

"안 돼요."

"할인 받았다는 사람을 여러 명 봤습니다. 확인이라도 한 번 해보시죠."

끈질기게 물고 늘어진 후에서야 그녀는 귀찮다는 듯 수화기를 들었다. 현지어로 뭐라 뭐라 말하던 그녀는 2층의 역장 사무실에 올라가보라고 한다. 역장 사무실로 가보니 다른 고객을 상대하느라 또 한참을 기다리게 한다. 잔지바르 가는 배 시간이 다가오는데…. 겨우 우리 차례가 되어 들어가자 역장은 국제학생증을 5초 정도 쳐다보고는 매표소에 전화해놓을 테니 가서 할인받으면 된다고 말한다. 이렇게 금방 끝날 걸 그렇게 오래 기다렸다니! 마치 병원에서 한참을 기다려 진료를 받았는데 "감기네요. 처방전 드릴 테니 약 받아가세요"라는 말을 들은 듯한 기분이었다. 어쨌든 할인을 받았으니 그나마 다행이다.

다시, 이렇게 우리 둘이

표를 예매하고 나니 정말 배 시간이 빠듯하게 다가왔다. 30분 안에 숙소에 도착해 짐을 들고 부두까지 향해야 한다. 이럴 때는 아프리카에서 일상적으로 일어나는 연착이 이번에도 예외 없길 바라는 수밖에 없다. 숙소까지 향하는 다라다라가 만차라서 몇 번이나 놓치는 동안 입안이 바싹바싹 말라들어갔다. 문득 이집트에서의 둘째 날이 떠올랐다. 버스 시간은 다가오는데 교통체증 때문에 택시가 걷는 것보다 느리게 이동하던 그때.

"윤하야, 진정해. 잔지바르 가는 배는 보통 제 시간에 출발 안 한

다더라. 탈 수 있을 거야."

간신히 다라다라를 탄 후 준영 오빠는 날 안심시키기 위해 계속 말을 걸고 있었다. 두 달 전 카이로에서 그랬던 것처럼. 카이로에서의 상황이 다르 에스 살람으로 옮겨왔을 뿐 다른 점이 없다. 난 준영 오빠와 함께 있고, 예정된 시간은 다가오고, 길은 답답할 정도로 막힌다. 딱 한 가지 다른 것이라면 나와 준영 오빠가 지금은 동행이라는 것이었다.

나는 아직도 카이로에서 내가 타야 했던 그 버스의 시간을 기억한다. 7시 45분 시와행 버스. 딱 1분 지난 7시 46분에 버스 터미널로 뛰어 들어갔지만 버스는 이례적으로 연착이었다. 연착이 없기로 유명한 터미널이었는데도 말이다. 이번에도 그때와 같기를 바랐다. 제발, 부디 잔지바르 가는 배를 무사히 탈 수 있기를!

"어, 움직인다. 이제 출발하려나 봐요."
"그러게. 바깥에 나갈까?"
에어컨 바람이 빵빵한 선실에 앉아있던 우리는 계단을 올라 갑판으로 나왔다. 다르 에스 살람이 조금씩 멀어지기 시작한다. 한껏 여유로운 표정으로 난간에 몸을 기댄 채 다르 에스 살람의 풍경을 감상했다. 때 맞춰 바닷바람도 시원하게 불어온다.

숙소에 도착한 후 일행들과 제대로 인사할 새도 없이 가방을 둘러메고선 부두까지 뛰었다. 다행히도 제 시간에 탈 수 있었지만 배는 예정된 시간을 30분이나 넘기고 나서 출발했다. 이럴 줄 알았으면 사람들이랑 인사나 제대로 하고 나올걸. 특히 마키 상은 때마침 자리를 비

워 마지막으로 얼굴조차 보지 못했다. 오랫동안 함께 한 정든 사람인데 작별인사조차 제대로 하지 못하다니. 나중에 말라위에 가면 정말 다시 만날 수 있을까? 혹여 일정이 틀어진다면, 아프리카를 종단하는 모든 사람들의 마지막 목적지인 남아공에서나마 만날 수 있을까?

"윤하야, 우리 또 둘이 되었구나!"

"그러게요. 처음으로 돌아간 것 같아요."

서로를 마주 보며 실없이 웃었다. 여행 초반에 그러했듯 다시 둘이 되었다. 아직 어색한 사이였지만 서로 친해지려 노력했던 이집트, 서로의 여행방식과 생활패턴에 대해 알아가고 맞춰가느라 티격태격하기도 했던 에티오피아가 떠오른다. 이젠 서로가 많이 적응했다지만 아직까지도 적절한 타협점을 찾지 못한 부분은 분명히 있었다. 길 위에서 만난 두 사람이 어떻게 꼭 같은 한 마음일 수 있을까. 대부분의 경우 준영 오빠가 양보하고, 가끔은 내가 양보하면서 마찰을 최대한 줄여나갈 뿐이지. 그리고 보면 마키 상은 우리들 사이의 중화제 같은 역할이기도 했다. 마키 상과 말이 통하지 않는 나는 종종 스트레스를 준영 오빠에게 풀곤 했지만, 한국어로 진행되는 말다툼 사이에서 그가 곤란해 할 것을 생각하면 욱하던 성질도 다스리게 되었다. 3명이다 보니 어떤 일을 결정할 때는 꼭 2대 1의 상황이 되어 자기 의견을 주장하는 대신 조용히 다수를 따르게 되기도 했다.

마키 상이 떠난 자리는 컸고, 그 자리를 허전함과 긴장감이 동시에 메웠다. 이제는 저녁으로 밥을 먹을 것이냐 생선을 먹을 것이냐 같은 사소한 문제로도 한바탕 싸우는 일이 잦아지겠지. 내가 힘들다고 투정부리는 일도 늘 것이고 준영 오빠가 날 다그치는 일도 많아질 것이다. 그러다가 어느 순간에 같은 길을 걷는 여행자를 만나면 다시 셋이 될 수도 있다. 그리고 언쟁의 여지가 있는 수많은 일들에 대해 또다시 다수결을 사용할 수 있을 것이다.

배는 수많은 승객들과 나와 수천 가지 생각들을 실은 채 점점 잔지바르와 가까워져 갔다. 어느새 수평선 너머로 동아프리카 최고의 휴양지인 잔지바르 섬이 그 아름다운 자태를 드러내고 있었다.

니모의 친구들을 찾아서

탄자니아, 잔지바르, 능궤 해변 Tanzania, Zanzibar, Nungwi beach

잔지바르에서 만난 첫 도시 스톤타운의 첫인상은 활발하다는 것이었다. 이집트를 떠난 이후로 이만큼 관광이 활성화된 도시는 처음이다. 배에서 잔뜩 쏟아져 내리는 관광객들과 선착장 앞에서 각종 기념물을 파는 사람들, 택시 호객꾼들도 어김없이 나타난다. 많은 도시들에서 느낀 활기가 생명력을 띄고 있는 치열한 종류의 것이었다면 스톤타운의 활기는 축제 분위기와 같았다. 모두가 즐거워 보이고 모두가 행복해 보인다. 무슨 일을 하든 다들 여유 있게 웃고 있었으며 살기 위해 아등바등하는 사람은 없는 것처럼 보였다. 그것은 잔지바르의 찬란한 태양과 어떤 보석보다도 아름답게 반짝이는 바다가 일으키는 착시현상인지도 몰랐다.

　　대부분의 관광객들은 택시 호객꾼을 따라 갔고 우리들에게도 택시 호객꾼이 달라붙었다. 그들을 모두 떨쳐내고 좀 한적한 곳으로 간

다음 한가롭게 앉아 있는 아저씨에게 길을 물었다. 택시 호객꾼이나 그 비슷하게 보이는 사람에게 말을 걸면 무조건 안 가르쳐 주거나 자기 택시로 데려갈 것이었기에 되도록 상관없어 보이는 사람에게 말을 걸어야 했다.

"다라다라 정류장이 어디에요?"

"길이 복잡하니 내가 데려다 주겠소."

친절한 아저씨는 우리를 정류장까지 안내한다며 앞장섰다. 처음에는 잘 됐다고 생각하고 그를 따라갔지만 가면 갈수록 왠지 기분이 이상하다. 그가 우리를 정류장으로 데려다 주는 게 아닐지도 모른다는 생각이 든다. 예상은 적중했다. 그는 골목골목을 돌더니 어딘지 모를 공터에서 기다리고 있는 남자 앞에 섰다.

"이 친구는 택시 기사에요. 택시를 태워줄 거요."

"우리는 택시 필요 없어요. 다라다라 정류장을 알려줘요."

"눙궤 해변까지 간다고 했죠? 거기까지 가는 다라다라는 아주 냄새 나고, 좁고, 불편해요. 마을이 아니라 그 근처의 먼 곳에다 내려줄 거구요. 우리 차는 깨끗해요. 원하는 곳 바로 앞까지 데려다 주겠소."

"우릴 속였군요. 다라다라 정류장이 어딘지나 알려줘요!"

계속 실랑이를 해봤지만 당연히 길을 알려주지 않는다. 택시 기사는 우리의 말을 들은 척 만 척하며 자꾸만 자기 혼자 가격흥정을 한다. 반값이 넘게 택시 가격을 깎아줬지만 그나마도 비싸다. 2만 실링. 다라다라가 1,600실링인 것에 비하면 엄청나게 비싼 가격이었다. 우리가 상대하지 말자는 심정으로 자리를 뜨자 그가 자꾸 따라오며 떠들어댄다.

"당신들은 관광을 하러 온 거잖소. 왜 굳이 불편한 다라다라를 타려고 하죠? 내가 싼 가격에 능궤까지 편하게 데려다 준다고."

"안 탄다고요!"

"오, 마이 프렌드. 나중에 후회하지나 마시오."

결국 그도 잔뜩 감정이 상해 우리를 떠났다. 그의 말대로 우리는 잔지바르에 관광객으로서 온 것이었다. 이 아름다운 휴양지 잔지바르에서라면 약간의 사치를 하며 편안하고 즐거운 시간을 누려주는 것이 예의라고 생각했다. 하지만 낭비를 하러 온 것은 아니었다.

스톤타운을 느끼고 싶다면 다라다라를 타세요

그들을 뿌리친 것까진 괜찮았지만 안내자 없이 길 찾기란 쉬운 일이 아니었다. 골목을 지나면 또 다른 골목이 나오고 그 골목을 지나면 다시 새로운 골목이 나온다. 얼기설기 얽혀 있는 스톤타운의 골목들은 그 모퉁이를 돌 때마다 다른 풍경을 보여줬다. 과연 동네 자체가 세계문화유산으로 등재될 만할 정도로 아름답다. 하지만 이곳에 처음 와서 길을 찾는 여행자에겐 골치 아픈 미로이기도 했다.

골목 안을 빙글빙글 돌다가 겨우 큰 길에 도달하니 바로 다라다라 정류장이 보인다. 잔지바르의 다라다라들은 다른 곳의 것처럼 봉고차만한 크기의 미니버스가 아니었다. 트럭 뒷칸을 개조해 앉을 자리를 마련하고 천막을 친 것이었다. 능궤 해변으로 향하는 116번 다라다라에 올라타고 잠시 후 우리의 다라다라는 스톤타운을 벗어났다.

길 옆으로 열대우림이 우거져 있고 간혹 작은 마을들도 보인다. 탁 트여 있는 트럭 뒤칸으로는 연신 시원한 바람이 불어왔다. 어디론가 행상을 가는 건지 무거운 짐을 인 사람들이 중간중간 올라탄다. 야자열매나 목재 등을 트럭천장에 싣기 위해 잠시 정차하기도 하고, 간혹 학교에 갔다가 돌아가는 아이들도 다라다라에 올라탔다. 다라다라는 택시 기사의 말처럼 더럽거나 불편하지 않았다. 아름다운 풍경들이 스쳐지나가고 바람도 살랑살랑 불어 에티오피아에서 트럭을 히치해 탔던 것이 떠오른다. 그 시간들이 기억나자 더욱 즐거워진다. 지금 향하고 있는 능궤에는 근사한 일들만 잔뜩 기다리고 있을 것 같은 기분까지 들었다.

너무나 아름다워서 비현실적인 바다

"윤하야, 오리발 차면 절대 안 빠진다니까. 자, 손 놓고 물장구 쳐봐!"
"정말이죠? 정말 오리발 끼고 있으면 물에 안 빠지는 거 맞죠?"
"그럼! 걱정 말고 한번 해봐."
"…안 돼. 못 하겠어요."
"나 참…."

능궤 해변에서의 마지막 날, 우리는 스노클링을 하기 위해 배를 타고 먼 바다까지 나와 있었다. 능궤 해변에서 물장구도 치고 아기자기한 마을을 산책하며 구경하고 밥 때 되면 맛있는 걸 먹고 하이라이트로 아름다운 석양을 보는 것도 좋았지만 이렇게 아름다운 바다를

앞에 두고 산호초나 열대어 한번 감상하지 않을 수는 없었다. 마침 해변에서 놀고 있을 때 우리에게 다가온 한 남자가 먼 바다에서의 스노클링을 제안했다. "빅 터틀이랑 니모 친구들이 잔뜩 있다고." 비싼 가격이 아니라면 거절할 이유가 없는 제안이었다. 비싼 가격이라면 싼 가격으로 깎으면 되는 제안이기도 했다. 남자는 가격협상을 자꾸 하자 난감해 했지만, 마지막에는 둘 다 납득할 만한 선에서 가격을 정하고 웃으며 악수할 수 있었다.

아침 일찍 일어나 스노클링을 떠나는 배에 오르자 우리 말고도 많은 수의 외국인들이 먼저 기다리고 있었다. 꼬마 아이와 할아버지까지 같이 온 가족, 연인끼리 온 사람들과 친구끼리 온 사람들이 모두 들뜬 표정으로 앉아 있다. 배는 몇몇 사람이 더 올라탄 후 출발했다. 좀 더 먼 바다를 구경할 마음에 배의 지붕 위로 올라가니 일꾼인 듯한 남자가 활짝 웃으며 환영해준다.

"Welcome to first class!(일등석에 오신 것을 환영합니다!)"

가는 길은 비도 오고 맞바람도 심하게 불어 오래 걸렸지만 불안하거나 초조한 마음이 느껴지지 않았다. 그 정도로 나의 기대감은 컸다. 아름답게 펼쳐진 산호밭 위로 니모의 사촌이나 육촌쯤 되는 물고기들이 잔뜩 헤엄치고 바닥엔 불가사리들이 깔려 있겠지? 거북이가 있다는 말은 아무리 생각해도 뻥인 것 같지만, 운이 좋다면 혹 볼 수 있지 않을까? 하지만 나는 한 가지 중요한 사실을 간과하고 있었다. 내가 태어나서 한 번도 스노클링을 해보지 않았다는 것.

물에 들어가긴 했지만 배의 사다리를 꼭 잡고 놓지 못하던 나에

게 선원들이 낄낄 웃으며 구명조끼를 던져줬다. 아니, 있으면 있다고 진작 말해주지! 구명조끼를 입고 나서야 나는 사다리를 놓을 수 있었다. 그 바다에서 구명조끼를 입고 있는 건 나와 5살도 안 된 꼬마 아이뿐이었다.

부끄러움에 온 몸이 새빨개지는 듯 했지만 그것도 잠시였다. 굳이 물안경을 끼고 들여다보지 않아도 훤히 들여다보일 정도로 맑은 잔지바르의 바다 속에는 정말로 니모의 사촌들이 떼를 지어 헤엄치고 있었다. 좀 더 멀리로 헤엄쳐 가니 깊은 바다 속으로 아름다운 산호초 밭도 보인다. 이집트의 다합에서 스쿠버 다이빙을 할 때는 그저 예쁘다고만 생각했던데 비해 잔지바르의 바다는 그야말로 환상적이었다. 다합에서는 주위에 다이버들이 꽤 많았지만 이곳에는 우리 배의 사람들밖에 없다는 것도 한 몫 했을 것이다. 나는 거북이가 없는 데 실망할 겨를도 없이 눈 돌릴 때마다 보이는 화사한 풍경들에 감탄하기 바빴다. 여기에 거북이까지 있었다면 감동해서 울었을지도 모르겠다.

구명조끼의 힘을 얻어 진이 빠질 때까지 헤엄친 후에야 다시 배 위로 돌아왔다. 배 위에서도 바닷속 풍경은 여전히 잘 보인다. 눈부시게 아름답다는 말은 이런 곳을 위해 있는 거겠지. 눈 뜨고 보는 데도 믿기지 않는 풍경이었다. 그 누구도 이 바다를 보고 현실적이라고 말하지 못하리라. 눈에는 차마 다 담을 수 없어 마음속에 채우고도 넘쳐흐르는 잔지바르의 바다를 나는 한참동안이나 바라보았다.

아프리카에서 만난 내 인생 최초의 반딧불이

숙소에서 짐을 챙겨 마을 어귀로 나가자 마침 막 떠나려 하는 다라다라가 있어 곧바로 올라탔다. 어둑어둑 해가 지기 시작할 무렵, 다라다라는 능궤를 떠나 스톤타운을 향해 달렸다. 달리는 도중 날이 완전히 어두워지자 길 옆의 열대우림에서 별이 뜨기 시작한다. 반딧불이였다.

도시에서 나고 자란 나로서는 처음 보는 반딧불이였다. 앞으로 반딧불이를 볼 기회가 또 있기야 하겠지만, 장담컨대 이날보다 더 많은 반딧불을 볼 수는 없을 것이다. 그것은 에티오피아의 산골마을에서 봤던 밤하늘의 별만큼 많았고 훨씬 더 밝고 화려하게 빛나고 있었다. 때로 깜빡거리기도 하는 그 불빛들은 마치 나를 배웅해주는 것처럼 보였다. '잘 가, 다음에 또 와!'라고 하는 것처럼. 능궤는 나에게 일생 동안 봐야 할 모든 아름다운 것들을 다 보여주겠다는 기세로 쉴 새 없이 감동을 안겨주었다. 난생 처음 보는 새빨간 석양, 초현실적인 빛깔의 바다, 소소하게 아름다운 반딧불이까지.

"나중에 엄마 아빠 모시고 꼭 다시 올 거예요."

"그래, 꼭 그러렴."

어린아이처럼 눈동자를 빛내며 순수한 소원을 말하는 나에게 준영 오빠는 웃으며 고개를 끄덕여줬다. 다라다라가 스톤타운에 가까워질수록 열대우림들이 사라지며 반딧불이들도 모습을 감추고 있었다.

200년 묵은 미로 속으로

탄자니아, 잔지바르, 스톤타운 Tanzania, Zanzibar, Stonetown

며칠 전 다르 에스 살람을 떠날 때, 숙소에서 급하게 가방을 들고 뛰쳐나오던 준영 오빠는 유지 상에게 딱 한 가지를 물어봤다고 한다.

"스톤타운에서 좋은 숙소는?"

"플라밍고!"

그 단순명쾌한 대답 한 마디에 우리는 어디 있는지도 모르는 플라밍고 게스트 하우스를 찾아 나섰다. 유명한 숙소인 모양인지 대부분의 사람들이 알고 있어 찾아가는 길은 어렵지 않았다. 사람들이 가르쳐 주는 대로 이 골목 저 골목으로 들어가 보니 숙소가 나온다. 그곳은 나 혼자 왔으면 여기 찾는데 두 시간, 나갔다가 되돌아 올 때는 세 시간쯤 걸리겠다 싶을 정도로 골목 안쪽에 위치해 있었다.

숙소를 잡은 후 준영 오빠는 밤에 열린다는 해산물 시장을 가겠다며 잔뜩 들떠 있었지만 나는 상태가 안 좋았다. 스노클링 때 귀찮다

고 선크림을 안 바른 것이 화근이었다. 등과 목이 시뻘겋게 익어서 옷을 입고 있는 것조차 고통스러웠고 너무 열을 많이 받은 탓인지 머리도 지끈지끈 아파왔다. 누워서 쉬고 싶은 마음만 한 가득이었지만 준영 오빠는 자꾸만 나가자고 채근한다.

"여기까지 왔는데 하나라도 더 보고 가야지. 응? 빨리 일어나."

"오빠. 저 진짜 아파서 못 움직이겠어요. 그냥 쉬면 안 돼요?"

"윤하야, 또 왜 이래. 같이 나가자니까. 아직 저녁도 안 먹었잖아."

이전에도 여러 번 있었던 일이다. 준영 오빠는 밖에 나가서 구경하자고 하고, 나는 숙소에서 쉬겠다며 버팅기고. 나도 여행 나온 이상 새로운 걸 더 보고 싶다는 마음이야 당연히 있었지만 준영 오빠의 지치지 않는 강철체력에 맞춰 같은 스케줄을 소화하는 건 무리였다. 사실, 같이 나가자고 하면 따라나설 정도의 체력은 남아있으면서도 싫다고 투정부리는 경우도 꽤 많았다. 하지만 이번에는 어리광이 아니라 정말 기력이 바닥난 것이었는데, 준영 오빠는 또 내가 귀찮아서 괜히 그러는 줄로 안 모양이다.

갑자기 짜증이 확 솟구쳤다. 참을 수 없을 정도로.

"진짜 아프다니까요! 못 나간다고요!"

"넌 만날 왜 이러니? 너 생각해서 같이 나가자는 거잖아. 귀찮다고 밖에 안 나가면 여행 온 게 무슨 소용이야."

"정말 아프니까 그렇죠! 어지러워서 서 있지도 못하겠다구요!"

"…그래, 그럼 나 혼자 나갔다 온다."

준영 오빠는 지친 표정을 지으며 밖으로 나갔다. 문이 닫히자 갑자기 눈물이 마구 쏟아졌다. 베개에 얼굴을 파묻고 서럽게 울었다. 온몸이 화끈거리고 아픈데 알아주는 사람이 없다는 게 슬펐다.

한참을 훌쩍거리고 나서야 겨우 울컥했던 것이 가라앉았다. 힘이 빠져서 침대 위에 축 늘어져 있자니 여러 가지 복잡한 감정들이 느껴졌다. 준영 오빠가 아직도 좀 야속하게 느껴지지만 한편으론 미안하기도 하고, 시장이 재미없어서 후회하고 돌아오라는 심술 맞은 생각이 들다가도 이것저것 많이 구경하고 와서 평소처럼 장황한 이야기와 사진들을 보여줬으면 싶기도 했다. 조금 전에 마구 화를 내며 오빠와 싸운 일은 이미 머릿속에서 사라져 있다. 단지 잠깐의 감정으로 욱했던 것은 이렇듯 금방 가라앉기 마련이다.

준영 오빠는 생각보다 빨리 숙소로 돌아왔다. 양손 가득 먹을거리를 들고 온 오빠는 함빡 웃으며 다가와서는 평소와 같이 활기 찬 목소리로 내게 말을 걸었다.

"윤하야, 이거 봐라! 우리나라 부침개 같은 거 팔길래 사왔다."

"해산물은 많이 먹고 왔어요?"

"아니다, 생각보다 비싸고 별로 볼 것도 없어서 그냥 왔다. 내 혼자 돌아다니니까 재미도 없더라."

미안하다는 말은 하지 않았지만 오빠는 일부러 밝은 모습을 보이며 상 위에 부침개를 풀어놨다. 나도 미안하다는 말 대신 소심하게 포크를 들어 오빠가 사온 부침개를 먹었다. 우리는 서로를 쳐다보다가 실없이 피식 웃었다. 자주 싸우고 자주 삐져도 이렇게 또 금방 풀어지는 건 우리가 서로의 동행으로서 그만큼 잘 적응하고 있다는 뜻이겠지.

일 부 러 길 을 잃 으 러 오 는 곳

"너무 아파요."

"나도 아파. 너만 아픈 거 아니니까 좀 참아봐."

오빠의 말에 나는 금세 뾰로퉁한 표정을 지었다. 이런 사소한 다툼은 하루에도 몇 번씩 일어나는 일상적인 일이며 30초쯤 후면 잊어버리는 일이기도 했다.

자외선 화상을 입은 등의 상태는 어제보다 훨씬 심각해져 있었다. 좁쌀만한 물집이 등과 어깨에 다닥다닥 나서 옷이 스치는 작은 느낌에도 소름끼칠 정도이다. 가만히 있어도 화끈거리는 느낌은 말할 것도 없다. 당장 입고 있는 걸 다 벗고 냉탕에라도 들어가고 싶은 심정이었지만 잔지바르에 냉탕이 있을 리 만무한데다 오늘은 잔지바르에서의 마지막 날이었다. 세계문화유산으로 등재되어 있다는 스톤타운의 아름다운 전경을 볼 기회가 딱 하루 동안 주어진 것이다.

본격적으로 스톤타운을 구경하기 전 다르 에스 살람으로 가는 배표를 사기 위해 항구로 나왔다. 수 명의 호객꾼이 떼로 달려들어 저마다 자신의 사무실로 데려가려 했다. 그 중 한 남자를 따라가 가격을 흥정했다.

"여기가 아니라도 표 살 곳은 많아. 싫으면 관두라고."

"어딜 가도 가격은 깎아주지 않을 거야. 그냥 우리 사무실에서 사도록 해."

"당신이 음료수 한 병 대접해주면 생각해볼게."

"…오케이."

나무 그늘에 앉아 남자가 사다 준 탄산음료를 시원하게 비웠다. 이제 볼 일도 끝났으니 본격적으로 스톤타운을 탐방할 차례이다. 모든 사람이 길을 잃는다는, 길을 잃으면 잃을수록 더 아름다운 것을 볼 수 있다는 200년 묵은 미로를 말이다.

미로 속으로 들어가기 전, '머큐리 하우스'라는 간판이 눈에 띄었다. 프레디 머큐리의 고향으로 알려져 있는 스톤타운. 유독 머큐리라는 상호의 가게가 많다.

"오빠, 프레디 머큐리의 고향이 스톤타운이라는 거 알아요?"

"진짜? 그럼 저 집이 프레디 머큐리의 집이구나!"

잔뜩 흥분한 오빠는 머큐리 하우스의 사진을 찍기 시작한다. 그 모습에 깔깔 웃음이 나왔다.

"그건 그냥 카페고요! 스톤타운에 프레디 머큐리의 생가가 여러 개 있는데 다 가짜래요. 진짜 집은 아직 못 찾았다 하더라고요."

관광객들을 위해 예쁘게 꾸며놓은 식당과 카페 몇 개를 지난 후 우리는 스톤타운의 '진짜' 골목으로 들어섰다. 여기서부터 우리는 길 잃을 걱정 없이 이 골목 저 골목 쏘다니기 시작했다. 스톤타운은 모든 사람들이 길을 잃으며 아무도 길 잃을 걱정을 하지 않는 곳이다. 목적지가 있는 사람만이 길을 잃을 수 있다. 하지만 그 누구도 목적지를 찾아 스톤타운의 골목을 걷지 않는다. 이곳에 오는 사람들의 목적지는 이 길, 이 골목 그 자체이기에 모든 이들은 항상 목적지 위를 걷게된다. 혹 날이 늦어져 숙소를 목적지로 잡고 걸어도 걱정할 일이 없다. 이 골목에 있는 모든 사람들이 아주 정확한 이정표를 제시해주는 길잡이이기 때문이다.

오래된 골목의 마법에 빠지다

어느 골목으로 들어서자 여남은 명의 아이들이 토끼처럼 동그랗게 눈을 뜨고 우리를 쳐다보았다. 하얗고 검은 무슬림 옷을 입은 꼬마들은 카메라를 꺼내들자 까르륵 거리며 다른 모퉁이로 도망간다. 여자아이들이 천사처럼 맑게 웃다가 하얀 히잡을 흩날리며 사라지는 모습은 마치 신기루 같았다.

아이들을 따라가자 넓은 공터와 무슬림 학교가 나온다. 아이들의 시선이 우리에게 집중됐지만 외국인 관광객은 이제 별로 신기하지도

않다는 듯 금방 자기들끼리 하던 놀이를 다시 시작한다. 소녀들끼리
모여 재잘재잘 수다를 떨고 다 낡은 공을 차며 축구를 하는 소년들의
모습은 만국공통인 모양이다. 하지만 정갈한 무슬림 복장의 아이들이
그렇게 노는 모습은 사뭇 이색적이었다. 수업이 시작되자 넓은 공터
를 꽉 메우고 있던 아이들이 우르르 학교 안으로 들어간다. 우리도 다
른 곳으로 발걸음을 옮겼다.

　3, 4층 높이의 낮고 낡은 건물들은 좁은 골목이 꽉 차게 그림자를
드리웠지만 양지가 드러나는 곳도 자주 있다. 그런 곳은 어김없이 길
고양이들의 차지다. 꾸벅꾸벅 졸다가도 낯선 소리가 들리면 번쩍 고
개를 들고, 다시 한가롭게 낮잠을 청하는 고양이들의 모습은 스톤타
운의 풍경과 묘하게 잘 어울렸다. 사람들은 졸고 있지만 않을 뿐이지
고양이들처럼 평온하고 여유로운 표정들이었다. 관광객이라면 지겹

게 봤을 텐데도 어김없이 우리를 향해 인사를 건넨다.

　어느 골목이나 주로 그런 풍경들이었다. 고양이가 있고, 사람이 있고, 가끔 기념품 가게가 있고. 열려있는 문을 슬쩍 들여다보면 공부방인 듯한 곳에 많은 꼬마 무슬림들이 앉아 코란을 외기도 한다. 이 골목에서 저 골목으로 저 골목에서 또 다른 골목으로 아무리 옮겨 다녀도 모두 같은 풍경이다. 분명 같은 풍경인데, 전혀 다르게 느껴지는 풍경들이었다. 잔지바르에 도착한 첫날에 느낀 활기와 같은 착시현상이다.

　항구의 축제 분위기가 바다가 선사하는 착시였다면 이 골목들은 200년의 역사가 부리는 마법일지도 몰랐다. 전 세계의 수많은 젊은 도시들이 그 속을 활보하는 사람들로 인해 움직인다면 늙은 스톤타운은 그 자체로서 살아 숨 쉬고 있었다. 스톤타운이라는 늙은이는 가만히 있는 듯 꿈틀거렸고 귀찮아하는 것 같으면서도 시시각각으로 옷을 갈아입었다. 그러면서 의뭉스럽게도 아무 일도 하지 않는 척 시치미를 떼는 것이다. 힘없고 쇠퇴해 보이는 노인들은 가끔 젊은이들을 깜짝 놀래킬 만한 마법을 부린다. 그것은 오랜 시간의 대가로 얻게 된 연륜에서 나오는 것이리라. 스톤타운 역시 다른 젊은 도시들은 절대 흉내 낼 수 없을 연륜의 마법으로 자신을 찾아온 어린 인간들에게 보답했다. 200년 묵은 연륜이었다.

아무런 방향성 없이 늙은 마법사의 등허리를 밟아가던 우리는 또 한 명의 마법사를 만날 수 있었다. 무뚝뚝한 표정의 할머니가 기름냄비 앞에 앉아 튀김빵과 튀김만두 등을 만들며 누구라도 그 냄새를 맡으면 맛보지 않고서는 견딜 수 없을 유혹의 마법을 부리고 있었던 것이다. 튀김만두의 맛은 방금 마녀의 실험실에서 나온 독사과만큼이나 환상적이었지만 다시 그 골목을 찾으려 해도 어딘지 보이지 않았다. 어쩌면 그건 스톤타운이 배고픈 여행자에게 딱 한 번 보내주는 선물이었는지도 모르겠다. 늙은 스톤타운은 오늘도 배고픈 여행자들이 걷는 골목의 다음 귀퉁이에 그 할머니를 앉혀놓고 소박하지만 뿌리칠 수 없는 냄새를 풍기고 있지 않을까.

기린과 함께 달리는 열차

탄자니아, 음베야^{Tanzania, Mbeya}

탄자니아와 잠비아의 국경을 넘어 다니는 국제열차 타자라는 여행자들 사이에서 유명했다. 그 시설이 엄청 좋다거나 못 탈 정도로 열악한 것도 아니고, 차내 식당이 기막히게 맛있는 것도 아니며 유난히 빠르거나 느린 것도 아니었다. 아프리카 평균 수준의 타자라 철도가 유명한 이유는 이 열차가 국립공원을 통과해 달리기 때문이다.

케냐에서도, 탄자니아에서도 사파리를 하지 못해 한이 된 나는 기차에 탄 순간부터 잔뜩 흥분해서 눈이 빠져라 창밖을 내다보았다. 보통은 원숭이나 임팔라를 볼 수 있고 운이 좋으면 얼룩말, 기린 혹은 코끼리도 등장하며 신이 도우신 경우에는 사자까지 볼 수 있다고 하니 기대가 되는 것은 당연했다. 물론 출발하자마자 국립공원을 지나칠 리는 없었지만 잠시라도 눈을 떼면 뭐라도 지나갈까봐 불안해졌다. 내심은 기차가 멈추는 것까지 바라고 있었다. 일설에 의하면 타자

Tanzania, Malawi, Zambia, Zimbabwe

라 열차는 코끼리와 충돌해 40시간 동안 국립공원 안에 정차한 적도 있다고 한다.

이것이 진짜배기 사파리 열차!

"원숭이 지나갔다!"

"어디? 어디? 아, 나 못 봤어!"

나보다 눈이 좋은 준영 오빠는 벌써 몇 마리의 원숭이를 봤다고 좋아한다. 나는 그때마다 어딘가 기린이 있을 거라며 호들갑을 떨었다. 좀 넓은 초원이 나오기만 해도 "여기가 국립공원이 아닐까?" 하고 설레발치며 눈을 부라렸지만 애꿎은 눈만 아플 뿐이었다.

하긴, 기린을 그렇게 쉽게 볼 수 있으면 사람들이 비싼 돈 주고 사파리를 하러 갈 리 없지. 이 기차는 출발 시간대에 따라 한밤중에 국립공원을 지나치기도 한다니까 내가 운 없게 그런 기차를 탄 걸 수도 있어. 풀이 죽어서 포기할 때쯤엔 이미 밖이 어둑어둑해지고 있었다.

그때 계속 밖을 내다보고 있던 준영 오빠가 갑자기 소리쳤다.

"윤하야, 기린이다! 기린!"

"뭐? 정말? 우와, 진짜 기린이다!"

"응? 진짜 기린이라고?"

준영 오빠는 오히려 당황하며 다시 밖을 쳐다봤다. 나중에 말해 준 것이지만 이때 오빠는 기린 비슷해 보이는 기둥을 본 후 나를 놀리려고 기린이 보인다며 뻥을 쳤던 거란다. 하지만 밖에 있는 것은 진짜 기린이었다. 아니, 그냥 기린도 아닌 기린 떼였다.

그 기린을 신호로 수많은 동물들이 출현했다. 통통 뛰어다니는 임팔라 떼와 한가로이 풀을 뜯는 얼룩말 무리에 각종 새들은 옵션으로 따라 붙었다. 심지어 기린이 그 긴 다리를 쭉쭉 뻗으며 달리는 것까지 볼 수 있었다! 날이 계속 어두워져 밖이 안 보이게 될 때까지 새로운 동물이라도 나올까 싶어 밖을 뚫어지게 쳐다보았다. 염원하던 코끼리는 보지 못했지만 나는 마치 일생의 한을 푼 듯 개운한 표정을 지었다. 내가 달리는 기린을 보다니. 동물원에서는 절대 꿈도 못 꿀 광경이었다. 이때의 나는 여행을 떠나온 이후 제일 기분이 좋아 사파리를 했다는 사람이라도 만나면 "기린이 달리는 거 봤어요? 난 공짜로 봤는데!"라며 자랑할 기세였다.

탄 자 니 아 의   국 경 을   넘 어

1박 2일이 걸려 말라위 국경 근처의 마을인 음베야에 도착했다. 아직 이른 오후였지만 하루는 배에서, 하루는 기차에서 지내며 지쳐버린 우리는 하루 쉰 다음 내일 국경을 넘기로 했다.

오랜만에 제대로 된 침대에서 푹 자고 일어나니 좀 살 만하다. 오늘의 강행군을 위한 재충전이 완전히 될 정도는 아니었지만 모자란 부분은 차이 한 잔으로 그럭저럭 보충했다. 말라위를 넘어가기 전까지는 이 차이 한 잔이 우리의 마지막 식량이다. 탄자니아 실링은 딱 버스비를 낼 정도밖에 남아 있지 않았다.

준영 오빠는 낮게 드리운 나무 그늘에서 차이를 마시는 나를 찍어 보여줬다. 사진 속의 나는 머리수건을 둘둘 두르고 있다. 버스 안까지 불어오는 모래바람에 대비하기 위한 방법을 탄자니아에 다다라서야 발견한 것이었다. 피부가 검게 타고 행색도 비슷한 것이, 이제 제법 아프리카 사람처럼 보인다.

양지 바른 곳에서 노닥거리고 있자니 버스가 출발한다며 어서 타라고 한다. 몇 시간 정도를 달려 도착한 국경마을에서 마지막 남은 탄자니아 잔돈을 탈탈 털어 구운 바나나를 샀다. 바나나를 우적우적 씹으며 국경까지 걸어가자니 자전거 택시들이 우르르 몰려든다. 국경까지는 너무 멀어 걸어갈 수 없으니 자기 자전거를 이용하라는 것이었다. 돈도 다 떨어졌거니와 국경이 가깝다는 것을 알고 있었기에 그들을 무시하고 지나쳤다. 국경은 500m가량 떨어져 있을 뿐이었다.

국경을 넘기 전, 언제나처럼 잠깐 뒤를 돌아보았다. 킬리만자로와 세렝게티와 잔지바르의 나라, 탄자니아. 에티오피아가 인간적인 면모로 감동을 줬다면 탄자니아는 자연의 경이로움으로 나를 감탄케 했다. 에티오피아를 떠나올 때와 같은 생각이 머릿속을 스치고 지나갔다.

탄자니아, 너를 언제 다시 만날 수 있을까? 다시 돌아올 수 있긴 한 걸까? 다시 돌아온다 해도, 넌 그때까지 지금의 아름다움을 간직하고 있을 거니?

무수한 아쉬움과 아름다운 추억의 공간들을 등 뒤에 남기고 국경을 넘었다. 오른발 한 걸음엔 아쉬움을, 왼발 한 걸음엔 기대감을 남기면서.

운수 나쁜 날

말라위, 음주주 Malawi, Muzuzu

환전을 하고 오겠다며 야매 환전꾼들에게 다가갔던 준영 오빠는 한참이나 지난 후에 돌아왔다. 잔뜩 상심한 표정으로 옆에 털썩 주저앉더니 어렵게 말문을 연다.

"윤하야, 사기 당했다."

"뭐? 무슨 일인데요?"

"50달러를 환전했는데 5달러밖에 안 받아왔다…."

국경에서 환전을 하는 사람들이 자주 당하는 사기였다. 보는 앞에서 지폐를 세어 맞는 액수를 건네주는 척 하며 다른 지폐뭉치로 바꿔치기 한다든가 심지어는 그 나라 화폐에 익숙하지 않은 것을 이용해 1,000짜리를 줘야할 것을 100짜리로 세어 주는 경우였다. 눈 멀쩡하게 뜨고서도 당하게 되는 수법이다. 준영 오빠 역시 50달러를 환전해서 받았지만 1,000말라위 콰차라고 생각했던 게 모두 100콰차였다고 한다. 쫓아가려고 했지만 놈들은 이미 자전거를 탄 채 멀리 도망가고 있었다고.

순식간에 45달러를 잃게 되었다. 준영 오빠는 여행 1년 만에 처음 당하는 사기라며 크게 상심했다. 하지만 언제까지 이러고 있을 수는 없는 법. 액땜했다 치고 자리에서 일어났다. 오늘 안에 우리의 목적지인 은카타베이까지 가려면 빨리 움직여야 한다.

하지만 액땜은 그걸로 끝이 아니었다. 말라위쪽 출입국 관리소로 들어서자 충격적인 소식이 우리를 기다리고 있었다.

액 땜 의 연 속

"관광비자가 70달러라고요?"
아프리카 대부분의 나라들은 비자비가 50달러정도였기에 말라위도 당연히 그러리라 생각했던 건 큰 오산이었다. 말라위의 비자면제국 목록에는 수많은 나라의 이름들이 적혀 있었지만 우리나라는 없었다. 너무 비싸다고 항의하는 우리에게 일주일짜리 트랜짓 비자는 50달러라는 무뚝뚝한 대답만 돌아왔다.

"어떡하지? 탄자니아로 다시 돌아갈까?"

"하지만 이미 환전도 했고…. 은카타베이에서 마키 상이 기다리고 있을 텐데요."

환전사기를 당한 후 믿을 만한 정식 환전소에서 50달러를 더 환전했던 우리, 게다가 여기서 말라위를 빼면 일정이 꼬이며 마키 상과도 만나지 못하게 된다. 한참을 출입국 관리소의 벤치에 앉아 고민했지만 달리 방법이 없었다. 일주일짜리 트랜짓 비자를 받기로 했다. 출입국 사무소에서는 비자업무를 하지 않는다며 레터를 한 장 써줬다. 음주주의 큰 출입국 관리소에 닷새 내로 가서 이 레터를 보여주면 정상적으로 비자를 받을 수 있을 거라고 한다.

관리소를 나오자 한 무리의 뉴질랜드인들이 앉아서 택시를 기다리고 있었다. 4명이다. 몇 마디 대화 끝에 6명이 함께 택시를 타고 카룽가라는 도시까지 가기로 했다. 하지만 이 4명의 뉴질랜드인들은 택시값 협상이 잘 되지 않자 먼저 택시를 타고 훌쩍 떠나버렸다. 아, 거 액땜 한번 제대로 하네!

우리도 어찌어찌 택시를 잡아 타 카룽가까지 갈 수 있었다. 카룽가 터미널에 도착하자 정신이 쏙 빠진다. 택시에서 내리자마자 우리보다 먼저 호객꾼들이 달려와 배낭을 낚아 채간 것이다. 강도는 아니다. 배낭을 먼저 자기 버스에 싣고 여기에 꼭 타야 한다고 버팅기려는 속셈이었다. 재빠른 준영 오빠는 배낭을 사수했지만 내 배낭은 여러 현지인들의 손으로 넘어갔다. 서로 다른 버스의 호객꾼인 듯한 남자 셋이서 내 배낭을 잡고 서로 자기가 가져간다며 싸우는 모습이 가관이다.

"내 배낭 내놔요!"

"내가 차에 실어다 줄게!"

결국 승리한 남자 하나가 기어이 내 배낭을 자기 버스에 실어버렸다. 한참을 실랑이 끝에 배낭을 되찾을 수 있었지만 그 다음 단계도 쉽지 않다. 서너 대의 버스 호객꾼들이 달려와 자기 버스가 음주주까지 가는 제일 빠르고 좋은 버스라며 떠들어 댔던 것이다. 서로 경쟁이라도 하듯 알아서 가격을 푹푹 깎는다. 이상하게도 훨씬 편하고 좋아 보이는 대형버스가 미니버스보다 가격이 쌌다. 잠시 고민하던 준영 오빠는 미니버스에 타자고 했다. 미니버스가 분명 더 빠를 거라고. 수많은 호객꾼들을 뿌리치고 미니버스에 올라타자 다른 버스의 남자들이 와서 서로를 헐뜯어대기 시작했다.

"이 버스는 음주주까지 가지 않아. 이 사람은 거짓말쟁이라고!"

"아냐, 이 남자가 거짓말쟁이야! 우리 버스가 제일 빠르다니까."

"내 말을 믿어. 이 남자는 진짜 사기꾼이야. 당신들은 음주주에 가지 못할 거요."

"거-짓-말-쟁-이."

우리를 버스에 태운 남자가 상대방을 비꼬는 말투로 말했다. 다른 호객꾼이 너무 진지한 표정으로 말을 해서 정말 거짓말인가 싶었지만 같이 탄 다른 사람들에게 물어보니 음주주에 가는 게 맞단다.

이제 이 버스를 타고 음주주에 도착한 다음 은카타베이행 버스로 갈아타기만 하면 오늘의 생고생도 끝이다. 도대체 오늘 하루 동안 얼마나 많은 일들이 일어난 건지. 몸도 피곤했고 정신적으로는 더 피곤했다. 만약 이 버스가 음주주행이 아닌데 속아서 탄 거라면 그땐 정말 고래고래 소리라도 지를 것만 같았다.

잠시 후 출발한 버스는 우리를 음주주까지 무사히 데려다줬다. 하지만 이 버스에는 사실 또 다른 큰 문제가 있었다. 우리는 그것을 음주주에 도착한 다음에야 깨닫게 되었다.

"600콰차라고 했잖아! 잔돈을 더 달라고!"

"그러니까, 당신들을 버스에 태운 사람은 우리 직원이 아니라 버스 터미널에서 일하는 놈일 뿐이라고. 그가 뭐라고 말했는지는 모르겠지만 음주주까지 버스비는 800콰차야."

"당신들이 돈을 주니까 당신들 차에 태운 것 아냐? 빨리 잔돈 줘."

"노노, 미안하지만 안 되겠어."

벌써 한 시간째였다. 1달러가 조금 넘는 200콰차를 위해 우리는 한 시간째 버스 기사와 싸우고 있었다. 우리도 독하지만 운전기사도 독하다. 그는 우리의 말에 시종일관 코웃음으로 대처하며 손을 내저었다.

기력이 다 빠져버린 나는 가만히 서 있다가 문득 옆을 돌아보았다. 우리의 싸움을 구경하는 사람들이 둘러서서 낄낄거리고 있다. 그들은 엄청나게 재밌는 구경거리라도 난 듯 계속 웃으며 나에게 조언했다.

"당신 친구에게 그만하라고 하쇼. 음주주까지 버스비는 정말로 800콰차야. 당신들이 속은 거라고."

결국 30분을 더 이득 없는 싸움을 해야 했다. 물론 우리도 어느 정도 시간이 지난 후에는 그 호객꾼이 우릴 속였으며 음주주까지의 차비가 진짜 800콰차라는 것을 알아차렸지만 오기가 있어 그렇게 오랜 시간을 싸운 것이었다. 너무 늦게 도착한 탓에 은카타베이로 가는 차도 끊겨 이날은 음주주에서 묵어야 했다. 우리 버스보다 훨씬 전에 도착해있던 대형버스의 모습이 우리를 비웃는 것처럼 느껴졌다.

목숨 걸고 숙소 찾기

이제 오늘의 마지막 문제이자 가장 큰 문제인 숙소 문제가 남아 있었다. 바로 은카타베이로 향할 생각이었던 우리는 음주주에 대한 정보를 아무것도 가지고 있지 않았다. 날이 밝다면 무작정 여기저기 찾아볼 수 있겠지만 이미 주변이 캄캄했다. 생각할 수 있는 가장 좋은 선택은 터미널 사람들에게 숙소를 물어 찾아가는 것이었다. 여기저기에 물어본 후 가장 신빙성 있다고 생각되는 사람의 말에 따라 길을 찾아 나섰다.

전기가 잘 들어오지 않는 음주주의 밤은 새카맣게 어두웠다. 숙소는 터미널과 많이 멀지 않았지만 어두워서 그런지 몇십 분은 걸은 듯한 기분이었다. 불빛 하나 없는 동네를 지나 무사히 숙소에 도착했는데, 웬걸. 우리가 원하는 그런 숙소가 아니다. 그곳은 우리의 경제력으로는 엄두도 못 낼 가격을 제시하는 고급 숙소였으며 심지어 방도 없다고 했다.

어찌할까 걱정하는 우리에게 한 남자가 껄렁거리며 다가왔다. 척 봐도 동네 건달처럼 보이는 그는 '엘오비비'라는 숙소가 싸고 좋다며 데려다 주겠다고 했다. 그를 따라가기 위해 다시 배낭을 둘러메는데 숙소 주인이 조용히 우리를 불렀다.

"저 남자를 따라가지 않는 게 좋겠어요."

"왜죠?"

"별로 좋은 사람 같아 보이지도 않고, 엘오비비라는 숙소는 들어본 적도 없어요. 게다가 이 부근의 길은 강도나 살인이 자주 일어나는 곳이에요. 저 남자를 따라가는 건 좋은 생각 같지 않네요."

알고 보니 우리가 숙소를 찾아 지나온 길은 범죄가 빈번하게 일어나는 엄청나게 위험한 곳이었다. 숙소 주인의 말을 듣자 온 몸에 소름이 돋으며 등골이 싸하게 식어왔다. 아무 일도 없었기에 망정이지, 큰 배낭을 메고 무방비하게 걷던 우리는 온갖 범죄자들의 타깃이 될 수도 있었던 것이다.

결국 그 남자를 따라가는 척 하다가 따돌리고 다시 버스 터미널로 되돌아왔다. 위험한 길이라는 걸 알고 나니 정신이 바짝 곤두서며 긴장이 된다. 케냐에서 강도를 당했던 사람들의 말을 들은 적이 있는데, 그들은 보통 뒤쪽으로 살금살금 다가와 덮친다고 한다. 앞, 뒤, 옆을 계속 두리번거리며 걷다가 무사히 버스 터미널에 도착했을 때는 그야말로 숨통이 트이는 기분이었다.

이제 더 이상은 이 위험한 곳을 걸어 다닐 용기가 나지 않았다. 자포자기하는 심정으로 아무에게나 말을 걸어 싸고 괜찮은 숙소를 아느냐고 물었다. 인상 좋아 보이는 아저씨는 알긴 하지만 가는 길이 위험해 택시를 타는 게 좋겠다며, 잠시 고민하더니 택시도 위험하니 자기가 같이 타고 가주겠다고 했다. 세상에! 오늘의 액땜은 모두 이 행운을 위한 것이었단 말인가?

그 아저씨도 사기를 치지 않으리란 보장은 없었지만 그 사람이 우리에겐 마지막 희망이나 다름없었다. 아저씨는 우리를 싼 호텔까지 안전하게 태워다줬고 택시비도 공정하게 받아줬다. 눈물이 나올 정도로 고마운 분이다.

숙소는 온갖 열악한 곳을 거쳐 온 우리 입장에서 봤을 때도 심하게 불청결했지만 이건 내일을 위한 액땜이라고 생각했다. 오늘의 모든 안 좋은 일들에 대한 보상은 그 위험천만한 길을 무사히 왕복하고 친절한 아저씨를 만난 것으로 끝난 것만 같았다. 이 파란만장한 하루가 겨우 끝났다는 데 드디어 긴장을 풀 수 있었다. 밥은 아까 먹었으니 이제 씻고 자기만 하면 행복의 3대 조건이 충족되겠구나.

"으악, 차가워!"

샤워기에서는 부룬디 이후로 처음 만나는 뼛속까지 시린 찬물이 나왔다. 이것도 내일을 위한 액땜인가!

여행의 새로운 페이지를 향해

"말라위에 온 걸 환영해요."
출입국 관리소의 직원은 친근하게 웃으며 우리 여권을 돌려줬다. 여권에는 약간 흐릿한 말라위 비자 스티커가 새로 붙어 있다. 내 여권의 한 페이지가 또 채워졌다는 사실에 약간의 뿌듯함이 느껴졌다.

"어? 입국날짜가 오늘이다."

준영 오빠의 말에 나도 다시 한 번 비자를 들여다봤다. 정말. 말라위에 들어온 건 어제지만 입국수속을 받은 것은 오늘이라 입국 날짜가 오늘로 되어 있었다. 7일이 8일로 늘어난 것이다. 이런, 이럴 줄 알았으면 5일을 꽉 채운 후에 오는 거였는데.

비자를 받았으니 이제 음주주에서 할 일은 끝났다. 이제는 어제와 같은 일이 일어나지 않길 바라며 은카타베이로 향하는 일만 남았다.

출입국 관리소에서 터미널 가는 길은 활기가 넘쳤다. 쥐죽은 듯 조용하고 으시시하던 어젯밤의 풍경과는 사뭇 다르다. 터미널 옆의 시장에는 제대로 된 가게는 없지만 제법 물건을 갖춘 구멍가게들이 다닥다닥 붙어 있었고 하나같이 나이 든 할아버지들이 앉아 담배를 피우거나 가끔은 침침한 눈을 찌푸려가며 잔돈을 거슬러 줬다. 노숙 자들이 잔뜩 진을 치고 있던 터미널도 출발준비를 하는 버스들이 가 득 들어차 굉장히 붐볐다. 은카타베이행 미니버스를 타서 가격을 물 어보자 400콰차라고 한다. 어젯밤 버스 터미널의 사람들이 가르쳐 준 가격 그대로다. 말라위에는 사기꾼들도 많았지만 제대로 된 일자리를 가지고 있는 사람들은 모두 정직한 건지 어떤 식당이나 숙소, 버스나 노점상에서도 가격을 속이는 사람이 없었다.

버스에 짐을 올려놓고 어제의 그 식당에서 간단하게 점심식사를 했다. 버스로 돌아와 한가로이 앉아 있자니 어제 있었던 악몽 같은 일 들이 참 비현실적으로 느껴졌다. 그리고 보면 어제는 내 여행 중 최악 의 날이었던 것에 비해 크게 짜증이 나지는 않았었다. 이집트, 아니 에티오피아를 여행할 때만 해도 사소한 일에 벌컥 화를 내고 의기소 침해 있었는데. 난 여행에 적응한 것일까? 아니, 분명 아프리카에 적 응한 것이리라.

사람들이 들어차기 시작하고 이내 우리 버스는 은카타베이로 출 발했다. 많은 여행객들에게 아직 알려지지 않은, 숨겨진 천국이라고 감히 말할 수 있을 그곳을 향해.

천국의 다른 이름

말라위, 은카타베이 Malawi, Nkhata Bay

은카타베이에 내리자마자 수많은 호객꾼들이 달려왔다. 이 사람들은 다행히도 얌전하다. 배낭을 낚아 채거나 무조건 데리고 가는 대신 자기 숙소의 홍보물을 들고 와 아름다운 사진들을 보여주며 어필하기 시작한다. 어차피 마키 상이 어제까지 머물렀다는 숙소로 향할 생각이었기에 별로 고민할 필요는 없었다. 오늘 아침 들른 인터넷 카페에서 지금 은카타베이의 '빅 블루 스타'에 머무르는 중이며 26일에 떠날 거라는 메일을 뒤늦게 확인한 터였다. 아쉽게도 오늘은 27일. 간발의 차로 마키 상과 엇갈리고 말았다.

빅 블루 스타는 준영 오빠 버금가는 짠돌이 마키 상이 고른 만큼 가격이 저렴했다. 대신 마을에서 약간 위쪽으로 올라가야 한다. 그래도 시설은 좋다. 은카타베이의 모든 숙소는 이곳에 반한 백인들이 오픈한 것이었기에 사기를 당하거나 청결문제로 불편할 일은 없었다.

Tanzania, Malawi, Zambia, Zimbabwe

숙소 주인인 늙은 백인 남자와 만나 다른 손님들이 들을 새라 소곤소곤 가격협상을 하고 도미토리에 짐을 풀었다. 케냐를 떠난 이후 참 오랜만에 만나는 도미토리다. 가격은 저렴했지만 베란다에서는 말라위 호수의 아름다운 전경이 아주 잘 보였다. 배낭을 바닥에 대충 던져놓고 베란다에 나가 연신 감탄사를 내뱉었다. 말라위 호수가 말라위 영토의 3분의 1가량을 차지하는 아주 큰 호수라는 건 알고 있었지만 실제로 보니 경이로울 정도다. 수평선 저 너머로 아무것도 안 보이는 호수라니. 물도 굉장히 맑아 높은 베란다에서 내려다보는데도 호수 바닥의 바위와 모래까지 선명하게 보였다. 당장이라도 뛰어들고 싶을 정도로 맑은 물이었지만 오늘은 일단 마을 구경을 해 보기로 했다.

천국이 있다면 은카타베이 같은 곳이 아닐까

숙소에서 내려와 다시 마을로 돌아왔지만 구경할 거리가 별로 없다. 아프리카에는 도시라고 부르기 민망할 정도로 작은 도시들이 꽤 많았는데, 은카타베이는 마을이라고 부르기도 애매할 정도로 작은 마을이었다. 별로 길지도 않은 메인 도로 주변에 1층짜리 건물이 몇 개 있을 뿐인데, 그나마도 관광객들이 오기 시작하며 형성된 것인지 대부분이 식당이거나 가게였다.

작은 마트에 들러 군것질거리를 잔뜩 사들고 돌아와서는 베란다의 의자에 앉아 과자를 오물거리며 호수를 구경하는 것으로 이날 오

후의 시간을 다 보냈다. 탄자니아의 키고마에서 호수를 봤을 때도 바다 같다고 느꼈는데, 말라위 호수는 그 정도가 아니었다. 크기가 큰 것도 한 몫 했겠지만 그 풍경 자체가 바다의 분위기를 풍기고 있다.

물가에 있는 아름답다는 휴양지에는 대부분 관광객들이 바글거려 시끄럽기 마련인데 은카타베이는 관광객은 고사하고 현지인조차 별로 없는 작은 마을이라 평화로운 분위기가 가득했다. 관광객만 보면 호객행위하기 바쁜, 휴양지라면 어디에나 있는 호객꾼들조차 없었으며 모든 사람들이 바가지를 씌우기는커녕 땅콩 한 주먹을 사도 조금 더 얹어주는 인정을 간직하고 있었다. 은카타베이에 친절하지 않은 사람이라곤 단 한 명도 없는 것 같다는 생각마저 든다. 현지인들이 모두 평화롭고 조용하게 사는 만큼 적은 수의 관광객들 역시 마을의 분위기를 존중하려는 것인지 고성방가하며 예의 없이 놀거나 추태를 부리는 이가 없었다.

천국이 존재한다면 그 풍경은 바로 이곳과 같으리라. 저절로 그런 생각이 들었다. 잔지바르의 바다 같은 화려함도, 홍해 연안의 다합 같은 세련됨도 없었지만 이런 소박하고 자연스러운 아름다움이야말로 천국에 존재할 만한 것이 아닌가 싶었다. 아직 관광객들의 발걸음이 적어 때 묻지 않은 순수한 사람들이 좋았고 어디 한 군데 인간의 손길이 닿지 않은 그 자체의 자연이 좋았다. 이곳을 아는 한국인이 몇 명이나 될까? 아니, 전 세계 사람들 중 이곳을 아는 이가 얼마나 될까? 더구나 이 땅을 직접 밟아 본 사람은 얼마나 적을까! 좋은 곳을 나 혼자만 알고 있다는 조금은 못된 심보에 절로 웃음이 나왔다.

우리 사업 이야기 좀 할까?

"안녕. 여행자야? 어디서 왔어?"

"한국."

"오, 코리아. 좋은 나라지. 난 화가야. 저기서 그림 그리는 거 보이지? 한 번 보고 가지 않을래? 마음에 드는 그림이 있다면 싸게 줄게."

호숫가의 천막에서 그림을 그리는 현지인 청년 한 명이 말을 걸어왔다. 미안하지만 사양하겠다고 하니 그는 의외로 쉽게 포기했다. 그가 나에게 접근한 목적은 사실 그림이 아니었던 것이다.

"그건 그렇고, 우리 사업 이야기를 좀 하지 않을래?"

"사업이라니?"

"내가 하는 일이 좀 있어. 들어봤니? 말라위 골드라고…."

말라위 골드! 분명 들어본 적이 있다. 케냐에서 같은 숙소에서 묵은 사람들 중 대마초를 즐기는 몇몇 여행자들이 극찬을 하던 말라위의 대마초 품종(혹은 상표일지도 모른다)이었다. 이 남자는 그림을 그린다는 핑계로 이 숙소에 자리를 잡고 있었지만 사실 여행객들에게 대마초를 파는 사람이었던 것이다.

"아, 나는 대마초 안 피워."

"너랑 같이 온 사람이 있던데? 그 사람에게도 물어봐."

"미안해. 그 사람도 대마초 안 해."

"그렇다면 이번 기회에 한번 해봐. 정말 끝내준다고."

아프리카에 도착한 첫 날부터 느낀 거지만 우리나라에선 대형범죄 취급을 받는 대마초가 이곳에서는 굉장히 여상스러운 것처럼 거론되곤 했다. 그저 이런 제안을 자주 받기 때문만은 아니다. 이들은 정말 그것이 아무것도 아닌 것처럼, 같은 술자리에 앉은 친구에게 술을 따라주는 것만큼이나 당연하게 주위 사람에게 대마초를 권했다. 그리고 하지 않겠다 하면 몇 번 더 부추기다가 아쉽다는 표정으로 자신의 대마초에 불을 붙일 뿐이었다.

아뜰리에의 남자 역시 두세 번 정도 더 권하다가 안 통한다는 것을 깨달았는지 조금 기운 빠진 모습으로 알겠다며 고개를 끄덕였다. 뒤돌아서기 전 그는 마지막으로 한 마디를 덧붙였다.

"만약 관심이 생기면 다른 놈들에게 사지 말고 꼭 나를 찾아오라고. 알았지?"

소박한 해변, 소박한 행복

마을에서 야트막한 산을 하나 넘어가면 경치가 아주 아름다운 '치칼레 비치'가 있다는 정보에 우리는 꼭 거길 가보자고 이야기한 참이었다. 그리고 은카타베이에서의 이튿날, 우리의 하루는 자다 일어나서 군것질하고 또 자고 호수구경하는 것으로 끝나버렸다. 잔지바르를 떠나면서부터 시작된 강행군에 상당히 지쳐 있었던 것이다. 하지만 이곳에서라면 하루 정도 그렇게 보내도 괜찮다는 생각이 들었다. 항상 게을러서도 안 되지만, 항상 부지런할 수도 없는 법이다.

결국 사흘이었던 은카타베이에서의 일정을 하루 더 잡고 치칼레 비치에 다녀오기로 했다. 가는 길은 고즈넉하다. 아프리카다운 쨍쨍한 햇빛이 뜨거웠지만 그것도 말라위 호수를 더 빛나게 해주는 조명처럼 느껴졌다. 높지 않지만 가파른 산을 오르며 나무 세공을 하는 남자들과 인사하고, 바구니를 이고 가는 소녀들과도 함께 웃어주고, 때때로 뒤돌아 경치도 감상하다 보니 어느새 치칼레 비치가 눈앞이다.

"세상에!"

절로 감탄사가 터져 나왔다. 어째서 호숫가에 '비치'라는 이름이 붙었나 생각했는데, 그곳은 정말로 비치라고 부를 수밖에 없는 곳이었다. 모래사장이 있었던 것이다. 이곳이 바다였다면 이 정도 좁고 거친 모래사장에 별로 감탄하지 않았겠지만 여기는 호수였다. 그 사실을 믿을 수 없어 물을 조금 떠 혀를 대 보았지만 짠내는 전혀 나지 않는다. 비치는 양끝을 바위가 살짝 감싸고 있어 반달형이었고 세련된 호텔이나 리조트 대신 소박한 나무집 몇 가구가 모여 있었다. 그 집의

아이들인 듯한 현지 꼬마들은 별다른 도구도 없이 자기들끼리 물장구를 치며 놀고 있다. 우리들 외에 관광객은 단 한 명도 보이지 않았다.

　　내가 신나서 물속에 뛰어들자 아이들이 까르륵 웃으며 살금살금 다가왔다. 잡으려고 하니 더 크게 웃으며 도망간다. 오, 설마 나랑 술래잡기 하자는 거야? 수영은 못하지만 잠수는 잘하는 내가 물속으로 들어가자 아이들이 정신없이 웃으며 도망 다녔다. 때로는 아이들이 나를 잡으러 다니기도 하고, 같이 어깨를 잡고 기차놀이를 하다가 모래사장 옆의 바위에서 다이빙도 하며 한참을 함께 놀았다. 남자아이들은 딴에 폼 좀 잡는다고 여자아이들보다 더 높은 바위에서 온갖 묘기를 부리며 다이빙을 하거나 먼 곳까지 수영해서 갔다 오기도 했다. 아이들은 영어를 할 줄 몰라 말은 한 마디도 통하지 않았지만 우리는 작은 행동이나 몸짓만으로도 충분히 소통할 수 있었다. 아프리카에 와서도 가끔밖에 느낄 수 없는 소중한 경험이었다.

치칼레 비치를 떠나오는 길에 저녁을 먹으러 식당에 들르자 주인이 반갑게 맞아준다. 3일 내내 같은 식당에서 저녁을 먹어 주인은 우리를 기억하고 있었다. 또 다시 맛있는 음식을 날라다주며 살짝 귀띔한다. 단골 손님에게만 내놓는 것인데, 사실은 생선요리가 있으니 다음에 오면 꼭 먹으라는 것이었다. 아쉽지만 우리는 이 다음날 은카타 베이를 떠나야 했다. 마음 같아선 한 달이고 두 달이고 신선놀음하고 싶었지만 짧은 비자기간은 그것을 허락하지 않았다. 70달러짜리 비자를 받아 오지 않은 게 뼈저리게 후회되면서 한편으론 다행이라는 생각이 들었다. 관광비자를 받아 왔다면 여기서 언제까지고 눌러앉아 있다가 비자 기간이 끝난 후에도 떠나지 못해서 분명 불법체류자가 됐을 것이다.

세계 최고의 닭볶음탕을 맛보다

말라위, 리롱웨^{Malawi, Lilongwe}

"준영 상, 얼마 전에 내가 묵는 숙소 앞에서 영국 여자가 칼에 찔렸어요. 윤하 짱을 조심해서 운반하세요."

마키 상에게서 온 메일의 내용이었다. 내용 한번 무시무시하다. 지금까지 지나온 동아프리카는 모두 평화로운 곳이었지만, 소문대로 남아공을 비롯한 남쪽은 치안이 위험한 모양이다. 유유자적한 며칠을 보내느라 싹 잊고 있었던 경각심을 제대로 일깨워주는 내용이었다.

음주주의 인터넷 카페에서 인고의 시간 끝에 메일을 확인한 후 바로 말라위의 수도인 리롱웨행 버스에 몸을 실었다. 리롱웨에 도착하면 짐바브웨의 수도인 하라레로 가는 버스가 있다고 하니 그걸 타고 간 후 잠비아에 잠깐 들렀다가 남아공으로 들어갈 생각이었다. 영원히 도착할 수 없을 것 같던 남아공이 어느새 우리가 의논해야 할 여행일정 속에 들어갈 정도로 가까워졌다고 생각하니 기분이 묘했다.

리롱웨에 도착했을 때는 캄캄한 밤이었다. 리롱웨가 결코 안전하지 않다는 이야기를 익히 들어왔지만 우리가 묵기로 한 숙소는 버스 터미널 바로 앞에 있었기 때문에 별다른 걱정을 하지 않았다. 그런데 계속해서 택시 타기를 종용하던 한 남자가 솔깃한 이야기를 한다. 근처에 '코리아 가든'이라는 한국인이 운영하는 숙소가 있다는 것이었다.

"가격이 얼만지 아나요?"

"모르지만 싸다고 알고 있소."

그 택시 기사가 별로 믿음이 가진 않았지만 한국인이 운영한다는 점은 확실히 매력적이었다. 거기에 가서 만약 주인이라도 만난다면 정보를 얻을 수 있을지도 모르고, 한국식당이라도 있으면 오랜만에 한국음식을 먹을 수도 있을 것이다. 적절한 가격에 택시비를 협상하고 일단 한번 가보기로 했다.

택시 기사는 우리를 태우고 달리더니 초입부터 분위기가 심상찮아 보이는 부자동네 안쪽으로 들어간다. 택시에서 내리기도 전에 코리아 가든의 담장을 보고 직감적으로 알 수 있었다. '여긴 아니다.' 코리아 가든은 우리가 생각하는 작은 숙소가 아니라 엄청나게 크고 호화로운 고급 숙소였다.

예상대로이다. 들어가니 대나무로 멋지게 조경이 되어 있고 정장을 빼입은 직원들이 돌아다닌다. 혹시나 해서 가격표를 살펴보니 도미토리가 일인당 7,000콰차가 넘었다. 우리가 가겠다고 알아본 숙소는 1,500콰차이니 더 이상 고민할 여지가 없었다. 우리는 도로 택시를 탔다. 나는 돌아가는 택시비가 걱정됐지만 준영 오빠는 택시 기사에게 아주 당당하게 말한다. "어차피 당신도 터미널로 돌아갈 거였잖아? 그러니까 편도 차비만 받아."

택시 기사는 당연히 안 된다고 버텼지만 결국은 투덜거리며 편도 차비만 받아갔다. 원래 예정되었던 숙소로 가 짐을 풀고 창밖을 내다보니 싸늘하고 캄캄하고 허름한 도시 풍경이 눈에 들어온다. 은카타 베이가 그립구나. 하지만 어떤 아름다운 곳에 갔을 때도 항상 그래왔듯 그곳은 떠나야 하기에 더 매력적이었으며 떠난 후에는 또 다른 아름다운 풍경을 만날 수 있었다. 씁쓸한 기분으로 커튼을 닫았다.

길 따라, 아니 사람 따라 가는 여행

"어… 얼마라구요?"
"1만 5천 콰차. 그것도 어제 떠났어요."
1만 5천 콰차라니! 세상에, 버스비가 100달러 가까이나 한다고?

날이 밝자마자 하라레행 버스를 찾아 도시의 온갖 곳을 다 뒤지고 다닌 우리는 오후가 되어서야 간신히 버스 회사를 찾아냈다. 하지만 그 가격은 도저히 용납할 수 없을 정도였다. 정확히 1만 5천 콰차였는지는 기억이 안 나지만 거의 8~90달러 정도였던 것 같다. 어쨌든 중요한 것은 가격을 듣자마자 절대 이 버스를 타지 않겠노라고 결심했다는 거다. 어차피 일주일에 한 대 있는 버스가 어제 떠났으니 다음 버스를 기다리다간 비자 기간이 끝나버려 타고 싶어도 탈 수가 없다. 하루 종일 도시를 헤집고 다닌 보람이 한 순간에 싹 날아갔다.

　별 수 없이 일정을 바꿔야 했다. 이 버스가 아니면 하라레까지 직통으로 갈 수 없다. 가는 길에 모잠비크가 끼어 있기 때문이다. 버스를 타면 모잠비크를 통과세만 내고 지나칠 수 있지만 개인적으로 가려면 비자비가 나갈 테니 다른 경로를 생각해야 했다. 결국 잠깐 들릴 예정이었던 잠비아를 통과해 짐바브웨를 거친 다음 남아공으로 들어가는 일정을 택했다.

　일정이 새로 조정되었으니 이제는 잠비아로 넘어가는 버스를 알아봐야 했다. 다행히도 잠비아행 버스는 숙소 근처에 있는 것을 아침에 확인한 참이었다. 먼 길을 터덜터덜 되돌아가는 발걸음은 결코 가볍지 않았다.

　하지만 거기에서도 비보를 접할 수밖에 없었다. 잠비아행 버스는 오늘 아침에 떠났고 다음 버스는 우리 비자가 끝난 다음에야 있다는 것. 정말이지, 왜 말라위로 들어온 후부터 자꾸 운 나쁜 일만 생기는 거냐고!

아침부터 우리가 하라레행 버스를 알아본다며 여기저기 물어보고 다녔던 걸 지켜 본 버스 회사 직원은 친절하게도 스프라이트를 한 병 사주며 옆에 앉았다. 어떻게 하면 좋겠냐는 물음에 친절하게도 잠비아 국경까지 끊어 끊어 가는 방법을 상세하게 알려준다. 그는 여기서 국경까지 가는 버스를 타고, 국경을 넘은 후 도시까지 가는 택시와 그 도시에서 잠비아의 수도 루사카까지 가는 법은 물론 공정한 가격까지 일러줬다. 그래, 말라위에 와서 운이 항상 나빴던 건 사실이지만 그 후에는 항상 좋은 사람들이 나타났었지.

모든 일들이 해결됐으니 이제는 맘 편히 쉬면 된다. 리롱웨 시내 구경은 하라레 가는 버스를 찾으면서 구석구석까지 다 해버렸기에 이번에는 어제의 코리아 가든에 다시 가보기로 했다. 한국식당이 있다는 말을 들었으니 오랜만에 위장도 호강시키고 이 사이에 고춧가루도 좀 끼워 줄 생각이었다.

모든 불운을 보상해준 뜻밖의 만남

기대감에 부풀어 가벼운 발걸음으로 코리아 가든을 찾았으나 결국 마음만 무거워진 채 등을 돌려야 했다. 한국음식을 팔긴 했지만 제대로 된 한국음식이 아니었으며 양은 적고 가격은 비쌌다. 향수병에 걸려 죽을 지경이라 해도 먹지 않을 것 같았다.

"안녕하세요."

코리아 가든을 나오는데 어디선가 익숙한 말이 들려왔다. 안녕하세요, 라. 준영 오빠와는 인사를 주고받을 일이 없으니 케냐에서 석이 오빠를 만난 후 한 달 넘게 들어보지 못한 말이었다. 우리에게 인사를 건넨 이는 40대 초반으로 보이는 중년의 아저씨였다. 우리는 당황해서 엉거주춤한 자세로 마주 인사했다. "안녕하세요."

우리에게 인사를 건넨 그 분은 말라위에서 선교활동을 하시는 양 선교사님이셨다. 선교사님은 자기 집이 바로 이 앞이니 잠깐 들르지 않겠냐고, 마침 오늘 김밥을 만들었다고 하신다. 김밥! 염치없어 보일까봐 바로 가겠다는 대답을 하지 못했지만 지나치게 밝아진 표정은 숨길 수 없었다. 그 분을 따라 들어가자 어린 두 딸과 막내아들이 우리를 반겨준다. 오랜만에 보는 한국인이 반가운지 작은 딸아이는 우리 옆에 꼭 붙어서 재잘거리기 시작했다.

선교사님은 김밥과 함께 김치까지 내어주셨다. "인도산 고춧가루로 만든 거라 맛있을지 모르겠어요." 선교사님, 무슨 말씀이세요! 전 이걸 쳐다만 보고 있어도 행복한 걸요!

한국음식이 귀한 곳에 와서 소중한 식량을 축내는 것 같아 내내 죄송했지만 본능은 이성을 이기지 못했다. 우리는 차려주신 김밥과 김치를 깨끗하게 먹어 치웠다. 먹는 내내 옆에서 말라위에 대한 이런저런 이야기를 해주시던 선교사님은 전통물건을 파는 기념품 시장에 구경 가지 않겠냐고 물으신다. 기념품 시장은 오전에 도시를 헤매면서 몇 번이나 지나쳐 왔지만 선교사님께서 설명을 덧붙여 가며 안내해 주시는 것은 분명 재미있을 것이었다. 바로 일어나서 선교사님을

따라갔다.

　우리는 말라위가 동아프리카의 많은 나라들이 그러는 것처럼 스
와힐리어를 쓰는 줄 알았는데 알고 보니 그들만의 언어인 치체와어가
있다고 한다. 그렇게 많이 들었으면서도 전혀 알아차리지 못했다. 예
전에 어떤 아프리카 사람이 한국어와 일본어의 문자는 구분할 수 있
지만 말만 들어서는 어느 나라 것인지 모르겠다고 했던 것과 같이, 우
리도 듣는 것만으로는 이게 스와힐리어와 다른지 같은지 알 수가 없
었다. 선교사님은 말라위에 온 지 한참이 지났는데도 아직 치체와어
가 어렵다고 하신다. 제대로 된 문법체계나 교재가 없어 외국인은 웬
만해서는 배우기 힘든 모양이었다.

　기념품 시장에 도착한 선교사님은 아는 사람을 만나셨는지 반갑
게 몇 마디 인사를 나누셨다. 대화를 끝낸 후 뿌듯한 표정을 짓더니

다시 우리를 돌아보며 말씀하신다.

"6개월 전에 비하면 내 치체와어가 아주 괜찮아졌다고 말하네요. 난 아직도 많이 어렵지만요."

기념품 시장에는 그다지 특이한 물건이 있지는 않았다. 어딜 가나 그렇듯 주로 액세서리류나 장식물들을 팔고 있다. 아프리카답게 전통 가면이나 동물 모양이 많다는 게 특징이라면 특징일까. 인상적인 것은 기념품들이 아니라 기념품을 늘어놓고 뒤쪽에서 나무를 깎는 사람들이었다. 좌판 위에 올려진 것은 모두 100% 수공업으로 직접 만든 물건인 모양이다. 별로 좋지 않은 나무에 칼 한 자루 들고 땀을 뻘뻘 흘리며 코끼리와 기린과 사자, 때로는 사람이나 나무 같은 것을 새겨 넣는다. 부조의 모습은 아주 아름답거나 정교하지는 않았지만, 그들이 작업하는 모습을 보니 조각품 하나하나에 투박하고 섬세한 손끝의 기운이 서린 듯 보였다.

시장을 둘러본 후 선교사님은 저녁 식사까지 하고 가라고 권해주셨다. 오늘 저녁은 선교사님 부인께서 닭볶음탕을 해주실 거라고.

"사양하지 말고 먹고 가요. 여긴 한국 사람이 거의 안 오는 곳이라, 가끔 가다 만나는 한국 사람들이랑 좀 더 같이 있고 싶은 게 우리 마음이거든."

오랜만에 먹는 매콤달콤한 닭볶음탕의 맛은 그야말로 환상적이다. 한국에서는 별로 좋아하지 않았었는데, 지금이라면 전 세계의 별식을 다 가져다준다 해도 모두 물리고 이 닭볶음탕을 선택할 거다. 우리는 연신 맛있다는 말을 해댔다. 빈약한 말뿐이었지만 그것 말고는 우리가 받은 후한 대접에 조금이라도 보답할 길이 없었다.

마 지 막 까 지 도   순 탄 치   않 다 !

비자가 끝나는 날을 아슬아슬하게 맞춘 우리는 국경을 넘기 위해 말라위의 출입국 관리소에 와 있었다. 출입국 관리소의 직원인 뚱뚱한 남자는 우리 여권을 유심히 보더니 유효날짜가 지났다고 말한다. 뜨끔했다.

"그렇지 않아요! 분명 7일이라고 써있잖아요. 잘 세어봐요."

"그래, 그런데 27일부터 오늘까지는 8일이란 말야."

말라위에 들어올 당시, 국경과 출입국 관리소 사이의 거리 덕분에 우리의 비자기간은 7일에서 8일로 늘어나 있었고 우리는 그 기간을 꽉꽉 채운 상태였다. 설마 날짜를 하루 더 받아온 걸 알아차린 건가? 하지만 여권의 비자에는 어디에도 그런 흔적이 남아 있지 않은데다 그 남자 자신도 날짜를 27일부터 세고 있었다. 우리가 셌을 때는 꼭 7일이 나오는데 그가 세면 희한하게도 8일이 나온다. 양손가락을 하나씩 접어가며 셌는데 그 남자는 꼭 세 번째 손가락까지 접히는 것이었다.

이상하다. 그럴 리가 없는데. 십수 번은 다시 세어보라고 한 모양이다. 아무리 세어도 세 번째 손가락까지 접혀져 8일이 된다. 몇 번이나 그의 손을 유심히 보던 나, 어이가 없어서 소리쳤다.

"아저씨! 왜 엄지손가락은 안 접어요?"

그렇다. 하루 차이의 정체는 엄지손가락이었다. 숫자를 셀 때 한쪽 손가락의 네 개만 접고 엄지는 남겨 놓았으니 다음 손가락에서는 세 개가 접히는 게 당연하지! 난 분명히 의도적인 거라고 생각했지만 아저씨는 껄껄 웃더니 미안하다며 지나가도 된다고 했다. 이 작은 해프닝을 끝으로 우리는 드디어 말라위를 벗어났다. 바다보다 더 바다 같은 말라위 호수, 우리를 친절하게 맞아주신 양 선교사님이 계시지만 어딜 가나 불운과 액땜의 연속이었던 말라위를.

천둥소리 나는 연기가 피어오르는 곳

잠비아, 리빙스톤 ^{Zambia, Livingstone}

잠비아 수도 루사카에는 비가 쏟아지고 있었다. 비 때문인지 혹은 다른 문제인지 모르겠지만 우리가 리빙스톤까지 타고 갈 버스는 도통 움직일 생각을 하지 않고 있다. 우리를 비롯한 수많은 승객들이 계속 항의를 해댔지만 꿈쩍도 하지 않았다. 벌써 2시간째다.

버스가 움직이지 않는 것에 열 받은 데는 다 이유가 있었다. 수많은 나라들을 지나쳐 오며 기차나 배가 늦게 출발하는 적은 다반사였어도 버스가 늦게 출발한 경우는 거의 없었다. 물론 에티오피아를 비롯한 수많은 나라에서 버스가 출발하길 기다린 적이 많았지만 그 버스들은 출발시간 자체가 정해져 있지 않았다. 출발시간이 확실하게 정해져 있는데도 아무 이유 없이 2시간이나 떠나지 않는 버스는 잠비아가 처음이었다.

결국 당초 출발시간인 2시를 한참이나 넘긴 4시 반쯤에야 버스가 서서히 움직였다. 그리고 버스 기사가 예고했던 6시간을 훨씬 넘겨 8시간이 지나고 난 후, 우리는 말라위를 떠난 지 이틀 만에 리빙스톤에 도착했다.

12시가 넘어 리빙스톤에 도착하자 예상대로 택시 기사들이 우르르 몰려 들었다. 처음 와보는 동네에 밤이 깊어 도착한 외국인 관광객은 이들의 좋은 타깃일 것이었다. 우리가 묵을 숙소는 리빙스톤에서 유명한 '졸리 보이즈' 라는 곳. 택시 기사들은 이 일대가 밤에는 상당히 위험하며 졸리 보이즈는 결코 가깝지 않으니 택시를 타라고 한다. 택시 기사들이 거리에 대해 하는 말은 믿지 않지만 얼마 전 말라위에서의 일이 떠오르니 그냥 택시를 타는 게 낫겠다는 생각이 들었다. 그때 아무 일도 안 일어났다고 해서 이번에도 그러리란 보장은 어디에도 없었다.

기사들이 제시하는 택시비를 흥정하자 깎는 대로 가격이 내려간다. 아, 밤이라서 우리가 마지막 손님이니 인심 쓰는 건가? 우리는 졸리 보이즈에 도착했을 때에야 그런 것이 아니라는 걸 깨달았다. 졸리 보이즈는 버스 터미널에서 700m 정도밖에 안 떨어져 있었던 것이다. 속상한 일이었지만 안전이 제일 중요한 거라고 스스로를 위로했다. 다음날 리빙스톤을 둘러 본 결과 전혀 위험한 구석이 없는 길이었다는 것도 알게 되었지만 말이다.

제일 가격이 싼 도미토리에 체크인을 하고 씻자마자 침대 위에 쓰러졌다. 어제는 물론 오늘도 아침 5시부터 계속 버스를 탄 지라 온몸이 쑤셔왔다. 장기간 이동하는 것은 이제 일상적인 일이었지만, 아직까지도 적응하기 힘든 건 어쩔 수 없었다.

수십조짜리 화폐를
단돈 1달러에 사고파는 사람들

원 없이 자고 아침에 일어나 보니 16인용 도미토리에 남아 있는 사람이라곤 우리 둘뿐이다. 12시가 다 되어 일어났으니 당연한 일이었다.

씻고 밖으로 나오니 언제나처럼 쨍쨍하게 햇빛이 내려쬐고 있다. 환하게 밝은 리빙스톤의 거리는 스산한 기운이 감돌던 어젯밤과는 확연히 다르다. 이미 대낮이라 많은 사람들이 거리를 활보하고 있었으며 태양의 기운을 받아서인지 생기 있어 보였다. 세계 3대 폭포 중 하나인 빅토리아 폭포를 보기 위해 찾아온 관광객들도 한가로이 여기저기를 어슬렁거려 평화롭고 여유로운 분위기에 한 몫을 더한다. 관광 도시인만큼, 일정한 구역을 서성거리다가 여행자가 보이면 다가와서 슬쩍 물건을 파는 행상인들이 이곳에서도 어김없이 보인다. 그런데 우리에게 다가온 그는 좀 특이한 물건을 팔고 있었다. 짐바브웨 돈이다.

그는 잠비아 돈을 짐바브웨 돈으로 환전해주는 것이 아니라 말 그대로 '팔고' 있었다. 짐바브웨의 살인적인 인플레이션은 세계적으로 유명하다. 처음에는 백 원 단위이던 환율이 급속히 뛰기 시작하며 천, 만, 십만, 심지어 몇 억, 몇십 억까지 오르게 되자 그것을 감당할 수 없었던 짐바브웨 정부는 급기야 자국의 화폐를 폐기하고 모든 상거래를 달러 혹은 남아공 화폐인 란드로 전환했다고 한다. 남은 짐바브웨 화폐들은 휴지조각만도 못한 것으로 전락했지만 아이러니하게도 세계 최고 고액권 지폐인 100조 짐바브웨 달러는 화폐 수집가들에게 비싸

게 팔리고 있었다. 물론 짐바브웨에 직접 오지 못하는 사람들에게 그 렇다는 이야기이다. 이곳에서는 100조와 50조 등 고액권 화폐 5종 세 트가 1달러가량에 판매되고 있었다. 이후 짐바브웨에 들어갔을 때는 땅바닥에 굴러다니는 50억짜리 지폐를 주웠을 정도이다.

짐바브웨 달러를 파는 사람들 몇몇을 지나쳐 느긋하게 리빙스톤 시내를 거닐었다. 작은 시내의 중심에는 버스 터미널(이라기 보단 버 스 회사들의 매표소)이 있고 그 옆으로 아프리카의 대형 체인점인 할 인 마트 쇼프라이트 Shoprite가 있다. 여기까지는 관광객들이 많이 다니 는 길. 조금 아래쪽으로 내려가면 현지인들이 많이 보이는 미니버스 터미널이 위치하고 있으며 그 주변으로 노점상들이 즐비하게 들어서 있다. 어느 쪽을 돌아보아도 평화롭고 따사로우며 여유로운 분위기 가 가득한 동네다. 빅토리아 폭포를 보기 위해서 들른 도시이지만,

느긋하고 평온한 분위기의 리빙스톤은 그 자체만으로도 내 맘에 쏙 들었다.

천둥소리를 내는 폭포, 모시 오아 툰야

빅토리아 폭포까지 가는 숙소의 무료 셔틀은 우리와 몇몇 관광객을 더 태우고 출발했다. 아침 10시가 조금 넘은 시간이다. 도시를 빠져나와 큰 길로 들어서자 넓게 펼쳐진 낮은 하늘에 예쁜 구름도 가득했다. 준영 오빠가 그 중 가장 낮은 구름을 가리키며 말했다.

"저거 폭포에서 나오는 물보라인가 보다."

"무슨 말도 안 되는 소리를 해요! 폭포까지 10km도 넘게 떨어져 있는데 여기서 물보라가 보일 리가 없잖아요. 그냥 구름이에요."

"그런가? 그런데 저건 구름이라기엔 좀 움직이는 것 같은데."

"내 눈엔 가만히 있는 것처럼 보이는 걸요."

준영 오빠의 과장된 뻥에 속은 적이 한두 번이 아니었기에 나는 코웃음 치며 그 말을 무시했다. 하지만 폭포에 가까워질수록 오빠의 말이 사실이라는 것을 알게 되었다. 구름만한 크기로 피어올라 구름 보다도 더 멀리까지 보이는 그것은 정말 폭포에서 피어오르는 물보라였다.

매표소에 가까워질수록 선명하게 들려오는 폭포의 굉음 역시 물보라만큼이나 거대했다. 전 세계에 폭포의 존재를 처음으로 알린 영국의 탐험가 리빙스톤은 여왕의 이름을 따 이곳을 빅토리아 폭포라고

불렀지만, 원주민들이 원래 부르던 이름은 '천둥소리가 나는 연기' 라는 뜻의 '모시 오아 툰야' 였다고 한다. 이 폭포에 그만큼 어울리는 이름이 있을까 싶었다.

드디어 입장권을 사 안으로 들어가며, 나는 엄청난 기대감에 기분이 한껏 고조되어 있었다. 빅토리아 폭포는 어떻게 보면 내가 아프리카를 종단하게 만든 직접적인 원인이기도 했다. 준영 오빠가 에티오피아에 있을 때부터 "아프리카에 왔으면 아프리카에서 제일 높다는 킬리만자로 산이랑 세계 3대 폭포인 빅토리아 폭포를 당연히 봐야지!" 라고 주입시켜 놨던 것이다. 세계 3대 폭포 중 아는 곳이라곤 나이아가라밖에 없는 무식함으로 준영 오빠를 놀라게 했던 것은 여담이다.

폭포가 1.5km나 된다니 얼마나 웅장할까. 그 거대한 폭포를 보면 압도되어서 눈물이라도 흘리지 않으려나? 아니, 짐바브웨 쪽에서 보는 게 훨씬 멋있다고 하니 너무 기대를 하면 안 될거야. 기대가 크면 실망도 큰 법이니까. 혼자 속으로 오만가지 생각을 다 했다.

결과부터 말하자면, 난 실망을 넘어서 좌절을 맛볼 수밖에 없었다.

"안 보이잖아!"

그 거대한 폭포 중 우리 눈에 보이는 부분은 50m뿐이었다. 물보라 때문이다. 10km 밖에서도 선명하게 보이던 그 물보라가 폭포를 휩싸고 있어 아무것도 보이지 않았던 것이다! 건기에 오면 물줄기가 빈약하다고 해서 우기에 온 것이 다행이라고 생각했는데, 이럴 거면 차라리 빈약한 물줄기나마 보이는 건기가 낫겠다는 생각이 들었다. 하늘과 땅의 경계에 지평선 대신 폭포가 보이는 장관을 상상했었는데…. 물론 땅에 내려앉은 구름 같은 물보라와 가슴 속까지 울릴 정도의 굉음으로만 폭포의 규모를 가늠하는 것은 우기가 정점인 이 시기에만 느낄 수 있는 것이며 이 폭포의 또 다른 웅대한 모습이다. 나는 실망할 수도 감탄할 수도 없는 상황에서 그저 억울함만 느껴야했다.

폭포는 보이지 않았지만 그 대신 우리는 수많은 무지개를 볼 수 있었다. 한국에서는 1년에 한 번 흐릿한 무지개조차 보기 힘든데, 여기서는 30초 단위로 색깔 선명한 무지개가 눈앞에 나타났다. 무지개를 감상하며 걷고 있자니 우비를 대여해주는 가판대가 보였다. 공원 안쪽에는 폭포에서 날려온 물방울들 때문에 보슬비가 내리는 듯 해서, 많은 사람들이 우비를 빌려 입고 있었다. 우리는 물론 우비에 눈길조차 주지 않았다. 뭐든 돈 드는 일은 하지 않고 몸으로 부딪히길 좋아하는 건 나와 준영 오빠의 공통점이었다.

건너편 절벽으로 가는 다리가 가까워질수록 물보라비(?)도 강해졌다. 우리는 그제서야 위기감을 느끼고 지갑과 카메라를 비닐봉투에 꽁꽁 싸서 가방 속에 넣었다. 다리 앞에 선 우리는 왜 우비를 대여해 주고 있는지 그제서야 알 수 있었다. 나무와 수풀들에 가려진 산책로와 달리 다리 위에는 말 그대로 비가 내리고 있었다. 우리나라의 장마 기간에도 볼 수 없었던 정말 '폭포' 같은 빗줄기였다.

잠깐을 머뭇거리다가 다리 위로 뛰어들었다. 속옷과 양말까지 젖는 데는 3초도 걸리지 않았다. 강력한 수압의 물마사지를 받는 듯 온몸이 시원해진다. 조금 전 망설였던 일이 무색하게, 나는 신나서 다리 위를 뛰어다녔다. 눈 바로 앞에는 완벽하게 동그란 원형 무지개가 간헐적으로 나타나기도 했다. 사진기를 꺼내고 싶은 충동적인 마음을 겨우 억눌렀다. 무지개의 기억은 담을 수 있겠지만 이 시원한 빗줄기의 기억까지 함께 담지 못한다면 그것은 반쪽짜리 사진에 불과하다. 다리 위에서 맞은 생애 가장 거셌던 빗줄기는 내 마음 속에만 담을 수 있는 것이었다.

그제서야 빅토리아 폭포의 규모가 실감이 났다. 이런 비를 흩뿌릴 수 있는 곳은 전 세계 어디에도 없을 것이다. 이렇게 촘촘하게, 이렇게 거세게 내리는 빗줄기를 구름 바로 아래에서가 아니라면 어디서 경험할 수 있을까. '천둥소리가 나는 연기'라는 것은 정말 정확한 표현이었다. 천둥이 있는 곳엔 언제나 비가 있으니까.

밀림의 핏줄에 발을 담그다

산책로를 따라 쭉 걷다 보니 절벽 아래로 넓게 형성된 밀림이 보였다. 폭포에서 날아오는 물과 충분한 일조량으로 인한 것인지 폭포 아래쪽에는 아마존 저리가라 할 정도로 빽빽한 밀림이 우거져 있었다.

"우리 저기 내려가 볼까?"

"사람 다니는 길이 있을 것 같지 않은데요."

밀림에는 미끄러운 진흙탕이나 잘 안 보이는 나무뿌리가 많을 것이었다. 아무것도 없는데서 제 발에 꼬여 넘어지는 게 특기인 나라면 분명 백 번도 더 넘어질 거다. 어디든 가보고 싶어하는 준영 오빠의 성격상 무조건 가보자고 할 것이었기에 나는 방어적으로 대답했다. 하지만 얼마 지나지 않아 오빠는 밀림을 뚫고 가는 사람들을 발견했다. 나는 오빠에게 끌려 꼼짝없이 아래로 내려가야 했다.

한국에서도 비 오는 날에는 계단을 밟지 않는 나에게 밀림으로 내려가는 돌계단은 지옥으로 향하는 지름길로 보일 뿐이었다. 평형대 위라도 걷는 듯 긴장하고 조심조심 내려오니 다리가 다 후들거린다. 하지만 마음을 가다듬고 걷기 시작한 지 몇 분 후, 나는 다리의 후들거림 따위는 싹 잊게 되었다.

사방으로 처음 보는 열대 식물들이 우거져 있고 사람 다니는 길조차 없는 그곳은 진짜 밀림이었다. 높이 솟아올라 잎사귀를 펼친 나무들 사이로 조각조각 보이는 하늘의 모양이 예뻤고, 그 모양 그대로 바위에 새겨진 그림 같은 햇빛 조각들은 아름다웠다. 곳곳에 흐르는 개울은 운동화를 신은 문명인들에겐 장애물이었지만 용기 있게 발을 딛으면 흔쾌히 길을 허락해줬다. 이 개울물은 이곳의 나무들에겐 혈관과도 같을 것이다. 나는 운동화를 젖게 하는 몹쓸 개울물과 맞닥뜨린 것이 아니라 영광스럽게도 밀림의 핏줄에 발을 담근 것이었다.

몇 줄기의 개울을 지나고 몇 개의 나무줄기를 넘고 수 개의 바위를 딛은 후 폭포 아래쪽 강가에 도착했다. 폭포는 절벽에 가려 잘 보이지 않고 대신 이쪽까지 넘어 온 물보라가 점점 약해져 마치 오로라처럼 보였다. 강 위쪽으로 보이는 다리는 잠비아와 짐바브웨의 국경 다리이다. 저 다리에서는 세계에서 3번째로 높은 111m 높이의 번지점프를 할 수 있다는데 그 가격이 100달러를 넘는다고 했다. 그리고 많은 사람들은 100달러를 준다 해도 못 뛸 것 같다고 말한다. 그건 나도 마찬가지였다. 다리를 구경하는 동안 수많은 사람들이 번지점프를 했는데, 지켜보는 것만으로도 기분이 오싹해졌다. 저렇게 높은 곳에서 소용돌이치고 굽이치고 집어삼킬 듯이 흐르는 강을 향해 뛰어 내리다니. 100달러가 아니라 1,000달러를 준다고 해도 소심한 나로선 불가능한 일 같았다.

리 빙 스 톤   파 스 타

숙소로 돌아가는 길에 쇼프라이트에 들른 우리는 리빙스톤에서의 마지막 만찬을 위해 모처럼 좋은 식재료들을 잔뜩 샀다. 졸리 보이즈의 부엌에서 다시 한 번 카이로 파스타를 재현할 생각이었다.

소고기, 양파, 양배추, 당근, 버섯을 적당한 크기로 썰고 베이비

콘과 콩껍질도 손질한다. 소고기를 익힌 후 양배추와 당근을 먼저 넣어 볶다가 나머지 재료들도 넣고 한 숨 죽었다 싶으면 간장을 뿌려준다. 이집트에서 사 온 양파맛 조미료와 채소맛 조미료를 물에 개어서 넣는다. 간이 잘 배었다 싶으면 미리 삶아 놓은 파스타 위에 뿌리고 끝!

호화로운 재료들이 들어간 만큼 카이로에서 만들어 먹은 것보다 훨씬 맛있었다. 무엇보다 카이로에서는 채소만으로 만들었고 여기에는 소고기가 들어갔다는 게 큰 차이다. 이건 카이로 파스타라고 할 수 없다. 이 파스타에는 '리빙스톤 파스타'라는 새로운 이름을 붙여줬다. 사실 채소와 고기를 두서없이 냄비에 넣고 간장으로 간한 고기볶음에 불과했지만 우리에겐 그 어떤 성찬보다 맛있게 느껴졌다.

밥을 먹은 후 커피를 한 잔씩 끓여 숙소 로비에 앉아 있으니 행복감이 밀려왔다. 내일이면 이곳을 떠나 짐바브웨로 향한다. 또 다시 힘들고 불편한 생활의 연속이 될 것이다. 또 다른 천국을 만나기 전까지는 말이다. 하지만 이제는 더 이상 천국이 기대되지 않았다. 천국에 있는 것만이 행복의 전부는 아니라는 것을 알기 때문이었다. 천국을 떠나야 만날 수 있는 기쁨도 분명 있다. 그것은 장소에서 오는 것이 아니라 만남에서 오는 것이었다.

천국은 많지 않지만 천사는 어디에나 있다. 그것을 알기에 천국을 떠나는 아쉬움을 덜 수 있었다. 수많은 천국을 떠나 본 후에야 깨달은 사실이었다.

바닥에 뒹구는 50억짜리 지폐

짐바브웨, 빅토리아 폴즈 ^{Zimbabwe, Victoria falls}

잠비아와 짐바브웨의 국경이 되는 다리를 넘자 폭포의 물보라가 바람에 날려 비처럼 내리고 있었다. 찌는 듯한 더위에 빗방울까지 떨어지자 참을 수 없이 더웠다. 국경 다리에서 짐바브웨의 첫 도시인 빅토리아 폴즈까지는 걸어서 30~40분 거리로 그렇게 멀지 않았지만 그 더위에 무거운 가방을 이고(나의 경우에는 끌고) 걷기란 쉬운 일이 아니었다.

결국 도시로 들어서자마자 처음 나타난 잔디밭 그늘에 우리는 털썩 앉아 버렸다. 여기가 에티오피아나 말라위도 아니고, 잘 정비된 관광도시 한가운데의 고급스러운 호텔 앞 잔디밭에 아무렇게나 주저앉은 동양인 남녀란 사람들에게 좋은 구경거리였을 거다. 하지만 여행하면서 얼굴가죽이 상당히 두꺼워진 나와 준영 오빠는 일단 시원한 데서 쉬는 게 급선무였기에 별로 신경 쓰지 않았다.

잠깐 헤매다가 숙소를 잡고 짐을 풀고는 다시 밖으로 나왔다. 환전도 해야 하고 불라와요로 가는 차편도 알아봐야 했다. 여기서 환전이라는 건 달러를 짐바브웨 돈으로 바꾸는 것이 아니다. 남아있던 잠비아 돈을 달러로 환전하는 것이었다. 무시무시한 인플레이션으로 인해 짐바브웨 돈은 몇 개월 전부터 가치를 잃었고, 모든 상거래는 미국 달러로 이루어지고 있었다. 짐바브웨에 가면 1억짜리 콜라를 마실 수 있다고 해서 잔뜩 기대했던 우리에게는 조금 아쉬운 일이었다.

몰락한 나라의 황량한 도시 속을 거닐며

잠비아로 넘어가는 여행자를 찾아 환전을 한 후, 차편을 알아보기 위해 기차역으로 갔지만 표가 이미 다 팔리고 없다는 소식을 접하게 되었다. 기차 외에 다른 교통수단을 전혀 생각하지 않고 있던 우리는 당황했다. 하지만 별 수 있나. 기차가 없으면 버스를 찾아봐야지.

지나가는 사람들에게 버스 터미널을 물어보는데, 말하는 투로 보아하니 꽤 멀리 있는 모양이었다. 마침 누군가가 그 근처까지 간다고 해서 그들을 따라 걷기 시작했다. 걷다 보니 어느새 우리는 시내를 벗어나 거주구역으로 들어서고 있었다. 허름한 가게, 식당, 노상에 채소들을 펼쳐놓고 파는 사람들. 항상 보아왔던 익숙한 아프리카의 풍경이다. 하지만 왠지 그 풍경이 낯설게 느껴졌다.

짐바브웨는 무시무시한 인플레이션이 찾아오기 전까지는 아프리카에서 꽤 잘 사는 나라였다고 한다. 이 빅토리아 폴즈라는 마을도 폭

포를 보러 오는 관광객들로 인해 짭짤한 관광 수익을 올렸을 것이다. 하지만 지금은 가게의 진열대에 아무것도 놓여 있지 않고 ATM 기기는 쓸 수 없게 되어버렸다. 관광객들을 위한 멋진 건물들은 모두 텅텅 비었고 손님 없는 호객꾼들만이 그 자리를 메우고 있다. 그리고 한 때의 영광을 말해주는 현대식 건물들 뒤쪽의 거주구역에는 원래 이 도시의 모습이었을 서민들이 숨어든 듯 자리 잡고 있는 것이다. 아프리카 특유의 넘치는 생명력은 완전히 탈색된 듯, 찾아볼 수 없었다.

익숙하면서도 이질적인 풍경들 사이를 한참 걸은 후에야 우리는 버스 터미널에 도착했다. 마을 입구에 떡하니 자리한 기차역과 달리 터미널은 거주지역 한가운데(시내를 기준으로 보자면 구석에 틀어박혀) 있었다. 게다가 불라와요 가는 버스는 아침 5시에 출발한단다. 여기까지 무거운 짐을 가지고 걸어오는 게 걱정이기도 했지만, 그보다 해

도 뜨지 않은 어두운 새벽시간에 숙소에서 여기까지 와야 한다는 사실이 너무나도 위험하게 느껴졌다. 택시는 우릴 데려다주고 아침에 다시 데려오는 데 비싼 가격을 불렀고, 버스 운전수들도 불라와요까지 가는 버스비를 비싸게 불렀다. 나는 패닉상태에 빠져 가만히 앉아 있었지만 역시 준영 오빠, 가격협상을 하며 동시에 하나하나 상황을 정리해 가기 시작한다. 결국 우리는 내일 밤 이곳으로 와 버스에서 잠을 자고 그대로 출발하기로 했다.

시내로 돌아오는 길, 우리는 계속 눈에 밟히던 터미널 옆 시장으로 들어섰다. 얼굴에 짙은 주름살이 새겨진 현지인들은 이미 숨이 죽고 시들은 채소들을 팔고 있었다. 시들시들한 채소만큼이나 시장은 활기가 없었다. 사람들은 우리가 신기한지 자꾸 쳐다보며 자기들끼리 웃는다. 그 중 한 사람은 우리가 한국인이라는 말에 엄청 반가워하며,

자기가 의정부에서 살다 왔다고 말했다! 세상에, 짐바브웨의 작은 마을에서 한국 살다 온 사람을 만나다니. 그는 한국어 몇 마디와 한국음식 이름들을 대며 좋아했다. 왜 한국에 살다왔는지는 알 수 없었지만 그와의 짧은 만남에 약간 쳐졌던 기분이 금세 고조되었다.

시장을 벗어나 본격적으로 길에 접어들었다. 우리가 새벽시간에 터미널로 오는 것을 겁낸 것은 바로 이 길 때문이기도 했다. 시내로 들어가는 길은 사람 하나 없이 한적했고 주변에는 민가밖에 없었던 것이다. 하지만 길은 의외로 평탄하고 평화로웠다. 저녁시간인지라 집에서는 음식냄새와 TV소리가 흘러나오고 있었다.

맥 주   소 동

민가들이 늘어선 길을 지나 숙소 근처에 도착한 우리는 작은 가게에 들러 맥주를 한 병씩 사 마셨다. 가게에서 파는 거라곤 맥주나 음료수, 과자, 담배 정도가 전부이다. 심각한 인플레이션과 그로 인한 물자부족이 원인일 것이다. 그나마 맥주도 다 마신 후 그 자리에서 병을 반납해야 했다. 다른 나라들처럼 병을 도로 가져다주면 보증금을 돌려주는 게 아니었다. 반납할 병이 없으면 아예 병음료를 살 수 없거나, 그 자리에서 모두 마시고 반납해야 한다.

"엣, 퉤!"

맥주를 마시던 준영 오빠가 당황한 표정으로 입에서 뭔가를 뱉어냈다. 맥주 속에 뭔가 들어있다는 것이었다. 그 정체를 확인한 우리는 경악할 수밖에 없었다. 깨진 맥주병 조각이었다.

작지만 날카로운 그것은 어떻게 봐도 맥주병이 깨진 유리조각이었다. 병을 잘 살펴보았지만 어디에도 깨진 흔적은 없다. 맥주를 만드는 과정에서 들어간 것이 분명했다. 잔뜩 화를 내며 항의했지만 그들역시 당황한 표정이었다. 일단 오늘은 들어가고, 내일 아침에 와서 자기들의 상사와 이야기하라고 한다. 방법이 없었다. 일단 그러겠노라고 하고 숙소로 돌아왔다.

다음날 아침, 비장한 각오로 어제의 슈퍼에 돌아갔다. 슈퍼의 주인은 나이 든 백인 아저씨다. 그는 우리 이야기를 듣더니 맥주 회사에전화해보고 잠시 기다리라고 한다. 잠시 후 한 남자가 우리를 데리러왔다. 맥주 회사에서 나온 사람인 모양이었다.

이야기를 찬찬히 들어본 그는 고개를 끄덕이더니 우리를 차에 태워 어디론가 데려간다. 맥주 공장이다. 거기서 또 이 사람에게 얘기하고, 저 사람에게 얘기하고…. 이 시점에서 우리는 당황하기 시작했다.뭐가 이렇게 복잡해? 마치 우리나라에서 민원 한 건 해결하기 위해구청의 여기저기를 다 돌아다녀야 하는 것 같은 상황이었다.

사실 내가 예상했던 상황은 이런 게 아니었다. 우리가 막 화내고따지고 하면 반응은 두 가지 중 하나일거라고 생각했다. 자기들 잘못이 아니라고 잡아떼거나, 대충 이야기 듣다가 귀찮아서 맥주 한두 병공짜로 안겨주거나. 이렇게 체계적인(?) 대접을 받으리라고는 상상도하지 못했던 것이다. 어쨌든 나의 기대와는 상관없이 상황은 자꾸만복잡하게 돌아갔다. 맥주 공장에 도착해서도 여기 전화하고 저기 전화하고 하더니 끝내 그들은 우리에게 전화번호를 적어줬다. 불라와요에 가면 맥주 회사의 사장이 있으니, 불라와요에 도착해서 그에게 전화하면 보상을 해주든가 할 것이라는 이야기였다. 마지막으로 동네의 병원으로 가 검사를 받고, 동네의 대형마트에서 맥주 6캔을 선물 받는 것으로 상황은 끝났다.

코 끼 리 는 보 지 못 했 지 만

폭풍 같은 오전시간을 보내고 나는 완전히 정신이 빠져버렸다. 이미 체크아웃한 숙소의 앞마당에서 미지근한 맥주를 한 캔씩 마시고 있자니 앞으로 남은 시간을 어떻게 보낼지 고민이 됐다. 짐바브웨 쪽에서 보는 폭포가 훨씬 크고 아름답다는 이야기를 들었지만 가봤자 그저께와 같은 물보라밖에 보지 못할 것 같아 마음이 내키지 않았다. 그렇게 생각하고 나니 밤이 오기 전까지는 딱히 할 일이 없다.

하지만 할 일이 없다고 생각한 건 나뿐이었던 모양이다. 준영 오빠는 빅토리아 폭포의 강 상류 쪽으로 가면 코끼리를 볼 수 있다며 나를 부추겼다. 나는 그렇게 쉽게 코끼리를 볼 수 있을 리 없다며 코웃음 쳤다. 무엇보다 이렇게 쨍쨍한 날씨에 몇 시간이고 걸어 다닐 엄두가 나지 않았다.

준영 오빠는 쉽게 포기하고 혼자 다녀오겠다며 숙소를 나섰다. 내가 밖에 나가기 싫다고 생떼 부릴 때는 나를 설득하는 것보다 혼자 나가는 게 훨씬 빠르다는 걸 오빠도 터득한 것이다. 여행 초반에는 이런 문제로 자주 싸웠지만 오랫동안 함께 하다 보니 서로의 타협점을 찾은 셈이다. 지나고 나서 생각해보면 참 미안한 일이 많다. 타협하고 이해하는 쪽은 나보다는 주로 준영 오빠였다.

숙소 앞마당에서 미지근한 맥주를 마시고 준영 오빠의 컴퓨터로 영화도 보며 시간을 때웠지만 슬슬 지루해졌다. 누구라도 같이 있으면 자꾸 수다 떨어서 심심할 일도 없는데. 그냥 따라갈 걸 그랬나? 만약 오빠가 코끼리를 진짜 보고 왔다고 하면 약 올라서 어떡하지? 근데 오빠는 왜 이렇게 늦는 거야?

슬슬 해가 질 시간인데도 오빠가 돌아오지 않자 왠지 주인 잃은 강아지 같은 기분이 되어버렸다. 축 늘어진 기분으로 멍하니 숙소 입구만 쳐다본 게 얼마나 되었을까. 드디어 준영 오빠가 돌아왔다.

"윤하야, 많이 늦었지!"

"코끼리는 봤어요?"

"코끼리는 못 봤는데 코끼리 똥은 봤다. 코끼리 떼가 있다가 갔는지 엄청 많더라!"

"에이, 그게 코끼리 똥인지 오빠가 어떻게 알아."

"그럼 그렇게 큰 똥이 코끼리 똥이 아니면 누구 똥이니! 아, 코끼리는 못 봤는데 품바는 봤다. 라이온 킹에 나오는 멧돼지 있잖냐. 가족끼리 막 돌아다니더라."

잔뜩 즐거운 표정으로 돌아온 오빠는 또 이것저것 이야기를 해준다. 항상 혼자 나가게 될 때는 삐져서 쌩하게 가버리지만 돌아오면 그동안 심심했을 나를 위해 잔뜩 수다를 떨어주는 준영 오빠. 참 미안하면서도 고마웠다.

캔맥주와 교환되는 고액지폐라니

해가 지기를 조금 더 기다렸다가 짐을 들고 터미널로 향했다. 가는 길에 이제 화폐 가치가 없어진 짐바브웨 달러를 파는 녀석들이 자꾸만 달라붙는다. 고액권 지폐 다섯 종류를 한 세트로 파는 걸 보더니 준영 오빠는 즉각 협상에 들어간다. 오늘 협상의 일등공신은 아침에 받았던 캔맥주. 맥주 한 캔 줄테니 좀 더 깎아달라는 식의 기상천외한 협상스킬을 보여준 준영 오빠는 만족스러운 가격으로 고액권 지폐를 얻어냈다.

터미널에 도착해서 버스에 짐을 올려두고 옆의 가게로 들어갔다. 진열대에는 역시 별 게 없다. 하지만 이 가게의 놀라운 비밀, 바로 가게 뒤편에 식당이 있다는 것이었다. 별로 맛없는 시마와 별로 맛없는 스튜였지만 계속 관광객 대상의 시내에만 있던 우리에게 이런 로컬음식은 정말 반가웠다. 시내에서 하도 먹을 게 없어 큰 맘 먹고 햄버거를 먹긴 했지만 비싼 주제에 양은 적어서 많이 슬픈 참이었다.

밥을 먹은 후 문제는 화장실이었다. 버스 직원에게 화장실이 어디 있냐고 물어보자 시끌벅적한 건물 안으로 데리고 들어간다. 클럽이다. 우리 집 거실만한 작은 가게 안에 엄청 큰 음악 소리가 쿵쾅쿵쾅 울렸고 거길 꽉 메운 사람들이 손에 맥주 한 병씩 든 채 정신없이 춤추고 있었다. 살짝 정신 나가 보이는 사람도 한둘 씩 보인다. 술에 취했거나, 약에 취한 사람들이겠지. 결국 준영 오빠와 버스 직원이 몸으로 바리케이트를 쳐줘서 겨우 화장실에 들어갔다 나올 수 있었다. 아프리카의 클럽 문화가 궁금하긴 했지만 아무리 궁금하다고 해도 호기심만으로 이들과 어울리기엔 분위기가 지나치게 위험해 보였다.

저녁식사와 볼일까지 마치고 우리는 일찌감치 버스에 자리 잡았다. 어차피 더 깨어 있어봤자 할 일도 없고, 5시에 버스가 출발하기 시작하면 제대로 잠도 못 잘 테니 일찍 자버리는 것이 상책이다. 잠들기에 편한 자리는 아니었지만 그런 건 이미 오래 전부터 문제 삼지 않는 우리들이었다.

불라와요 가는 길

불라와요로 가는 버스는 새벽 5시에 출발해 달리기 시작했다. 그때쯤 어렴풋이 깼다가 다시 잠든 것 같다. 별로 흔들림 없는 편안한 길을 달린 덕에 늦게까지 잘 자던 나는 어느새 깨어나 창밖을 보고 있었다. 허허벌판 위의 도로를 버스는 잘도 달린다. 별로 빠른 속도는 아니었지만 아프리카에서 이 정도면 괜찮은 속도라고 생각했다. 어쨌든 멈추지는 않으니까.

아니나 다를까, 버스는 길 중간에서 갑자기 멈춰 섰다. 그럼. 아프리카 버스인데 중간에 한 번도 안 멈추면 이상하지!

느긋하게 버스에 앉아 밖을 감상하는 우리와 달리 사람들은 갑자기 분주하다. 지나가는 버스를 세워 타고 가기 위해 차만 나타나면 열심히 손을 흔든다. 무슨 일일까. 버스가 고장 난 건가? 사람들이 부산을 떠는 동안 가만히 앉아만 있던 우리는 그제서야 버스가 멈춘 이유를 물었다. 버스 기사는 기름이 떨어졌다고 대답했다. 버스 직원이 지나가는 다른 차를 타고 인근 마을로 기름을 가지러 갔단다. 그 상황이 어이없어 웃긴 했지만 우리는 여전히 느긋했다. 고장 난 것이 아니라

면 언젠가는 떠날 테니 맘 편히 앉아 기다리면 될 일이었다.

맘 편하게 생각을 정리한 우리는 버스 주변을 배회하며 사진을 찍고 놀기 시작했다. 사람들은 여전히 지나가는 버스를 잡고, 몇 명 태우지 않으려는 버스에 서로 먼저 타려고 분투 중이다. 우리도 에티오피아에서는 저런 모습이었지. 콘소에서 모얄레 가는 버스가 야벨로에서 멈춰 섰을 때. 하긴 그때와 상황이 많이 다르긴 하다. 그때는 그날 안에 반드시 모얄레로 가야 했고, 버스가 고장 나서 더 이상 못 가는데 버스 주인과 한 시간을 넘게 실랑이해서 반값을 환불받고 지나가는 트럭을 히치하기 위해 엄청 고생했었지.

하지만 지금은 전혀 그럴 필요가 없다. 버스는 기름만 오면 출발할 거고, 우리는 불라와요에 급한 볼일이 있는 것도 아니다. 해 지기 전에 도착해 아무 지붕 아래나 들어갈 수 있으면 그만인 것이다.

도로에는 차도 없고 호객꾼도 없고 심지어 모래바람도 없었다. 쭉 뻗은 도로와 살랑거리는 갈대풀과 푸른 하늘이 있을 뿐. 갑자기 찾아온 한가롭고 따스한 시간이 나는 오히려 고마웠다.

급하게 움직이는 현지인들 사이에서 전혀 조급한 마음을 가지지 않고 언젠가는 움직이겠지, 태평하게 생각하며 그렇게 우리는 아프리카인보다 더 아프리카인처럼 그 시간과 공간들을 만끽했다.

텅 빈 수도

짐바브웨, 하라레 ^{Zimbabwe, Harare}

빅토리아 폴즈 들어가는 길목에서 덥다고 길거리에 주저앉았던 때가
그립다. 불라와요에서 하라레 가는 길, 버스 안은 정말 얼어 죽기 딱
좋을 만큼 추웠다. 적도에서 멀어졌으니 날씨도 변하는 건 당연한 일
이었지만 이 버스의 문제는 그게 아니었다. 비다. 밖에는 비가 철철
내리고 있었고 버스 안에도 주룩주룩 비가 새고 있었다.

　세상에, 비 새는 버스라니! 별별 버스를 다 타봤지만 빗물 새는
버스는 처음 봤다. 덕분에 우리 배낭은 물론 나까지도 비에 젖어 물에
빠졌다가 겨우 살아나온 강아지마냥 덜덜 떨고 있었다. 앉아 있던 자
리는 비에 푹 젖어버려 준영 오빠 쪽의 의자로 옮겨왔지만 여기도 좀
덜할 뿐 축축한 건 여전하다. 에티오피아를 건기에 여행했던 게 다행
이라는 생각이 들었다. 이 버스보다 10년은 더 되어 보이는 에티오피
아 버스라면 당연히 비가 샜을 것이다. 버스라면 그나마 낫지, 천장도

없는 트럭 짐칸에 타서 비를 쫄딱 맞으며 달렸다면 며칠은 앓아누웠을지 모른다.

몇 시간 전, 불라와요에 도착한 우리는 맥주 회사 사장에게 전화하는 대신 바로 수도 하라레행 버스를 탔다. 전화해봤자 또 여기로 가라 저기로 가라며 복잡하게 굴 것 같았기 때문이다. 맥주 6캔을 공짜로 받았으니 그거면 됐다고 생각했다. 덕분에, 결과적으로 우리는 한밤중에 비 새는 버스를 타고 달리게 되었다. 밤이라 추웠고, 비가 새니 더 추웠다. 찌는 듯한 에티오피아에서는 상상도 못했던 추위였다.

부룬디의 물가와 말라위의 불운이 겹쳐오다

"아까 내리라고 해줬어야지! 이제 와서 어떡하라고?"
"당신들도 여기까지 오는 줄 알았지. 알아서 해."
우리가 버스 직원들과 실랑이를 벌이고 있는 곳은 하라레 외곽 어딘가의 작은 마을. 저 멀리 하라레의 불빛이 보일 뿐, 주변에는 어두컴컴한 아파트와 작은 술집이 전부였다. 버스 직원들은 우리를 여기까지 끌고 왔으면서도 미안하다는 말 한 마디 없다. 뭐가 그렇게 재밌는지 낄낄 웃으면서 자기들이랑 같이 버스 안에서 자는 게 어떠냐고 농담이나 던질 뿐이었다.

버스는 하라레 도심의 길거리에서 한 번 멈춰 섰다. 그곳에서 대부분의 승객들이 내려 택시를 타고 갔지만 우리는 버스 터미널에서 내릴 생각에 계속 버스에 남아 있었고, 그 결과가 이것이었다. 몇 명

남은 승객인 줄 알았던 사람들은 모두 버스 회사 직원이었고 버스는 어딘지 모를 어둑한 곳을 계속 달리더니 이런 외진 곳에 서버렸다. 그 때 내리라고 해줬어야지, 현지인도 아닌 여행객이 여기까지 오는 게 이상해 보이지도 않았냐고!

아무리 항의해봤자 소득이 없으리란 건 오랜 경험으로 인해 알고 있었다. 결국 조용히 포기한 준영 오빠는 위험하니 여기서 기다리라고 한 후 혼자 술집으로 들어갔다. 사람들에게 뭐라도 정보를 얻으려는 모양이었다.

위험해 보이기만 했던 술집에서 오빠는 의외로 유용한 정보를 얻어왔다. 이 근처에 경찰서가 있다는 것이었다. 일단 경찰서까지만 가면 안전한 택시를 불러달라고 부탁할 수도 있을 것이었다.

경찰서에서도 이 시간에 이 먼 곳까지 올 택시가 있을지 모르겠다며 걱정했지만 여기저기 전화를 해보더니 곧 누군가가 온다며 우리를 안심시켰다. 잠시 후 택시 기사가 도착했다. 우리가 가려고 하는 숙소는 어디 있는지 모르겠지만 싼 숙소를 찾아주겠다고 한다. 이미 12시가 넘었으니 그 사람이 데려다 주는 대로 가는 수밖에 없었다.

웬만하면 그가 데려다 준 곳에서 자려 했지만 가격을 듣자 입이 떡 벌어졌다. 35달러, 게다가 따뜻한 물도 안 나온단다. 아, 부룬디의 악몽이 떠오른다! 우리가 당초 가려고 했던 숙소의 가격이 15달러인 것을 생각하면 어마어마하게 비싼 가격이었다. 우리가 다른 숙소를 찾아보겠다며 밖으로 나가는데 숙소 주인이 걱정스러운 표정을 지었다.

"밤의 하라레는 아주 위험해요. 우리 숙소에 묵지 않는 건 상관없지만 이 시간에 돌아다니다간 칼에 찔리는 수가 있으니 제발 부탁인데 택시를 타요."

이건 또 말라위에서 들었던 이야기다. 한 마디로 하라레라는 도시는 부룬디의 물가와 말라위의 위험도를 복합적으로 갖춘 도시다 이거지? 한숨밖에 나오지 않는다. 택시비를 생각하면 눈물이 나왔지만 그의 충고를 무시할 수도 없었다. 우리는 또 다시 택시를 타고 부룬디에서 그랬던 것처럼 여러 숙소를 전전했다. 40달러, 30달러, 가격은 대부분 그 정도였다. 택시 기사는 15달러짜리 숙소를 찾는다는 말에 그런 건 있을 수 없다며 믿질 않는다. 결국 마지막으로 찾은 20달러짜리 숙소에서 묵기로 했다. 침대는 다리가 부러져서 덜컹거리고 역시 따뜻한 물은 나오지 않지만, 이 이상 돌아다니면 택시비가 더 많이 나올 것 같았다. 여기서 딱 하루만 묵고 내일은 원래 가려고 했던 숙소를 찾아 나서기로 했다.

아 무 것 도   없 는   도 시

아침의 하라레에는 또 다시 비가 내리고 있다. 일단 체크아웃을 한 후 짐은 숙소 사무실에 맡겨두고 밖으로 나왔다. 시내에서 약간 떨어진 곳이라 그런지 길거리가 한산하다. 북적거리는 곳은 교회뿐이었다. 안에서 성가대의 노랫소리가 들려온다. 오늘 일요일이었구나. 어째 케냐를 떠난 이후로 큰 도시에는 항상 주말에 도착하는 것 같다. 별로 좋은 일은 아니다. 일요일은 많은 가게가 문을 닫거니와 환전상은 대

부분 열지 않기에 난감한 경우가 자주 있었다. 짐바브웨의 경우 환전할 필요 없이 바로 달러를 쓰면 되니 그나마 다행이었다.

일단 계획했던 숙소를 찾기 위해 숙소가 있다는 '홀리데이 인' 근처로 향했다. 숙소 주소까지 확실하게 써왔으니 웬만하면 찾을 수 있을 거라고 생각했지만, 그 누구에게 숙소 주소를 보여줘도 그런 곳은 없다는 대답만 돌아왔다. Selcus Ave. 그런 이름의 거리는 없다고.

홀리데이 인 사방 1km 내의 모든 거리를 뒤졌지만 그 어디에도 숙소 비슷한 곳은커녕 그런 이름의 거리조차 없었다. 난감한 일이다. 어차피 내일이면 하라레를 떠날 것이기에 하루 더 지금의 숙소에서 묵어도 상관없었지만 이렇게 되니 오기가 발동했다. 일단 시내로 나가 구경도 좀 하고 밥도 먹고 사기 재충전한 다음 다시 와서 숙소를 찾아보기로 했다.

시내로 나올 즈음엔 해가 나와 시야가 밝아졌다. 첫 번째 목적지는 기념품 시장이 선다는 시내의 공원. 하지만 공원에는 좁은 꽃시장만 있을 뿐 기념품 시장은 그 어디에도 없었다. 꽃시장에도 상인들 외엔 사람이 없어 모여든 벌들만 윙윙 날아다닌다. 공원 옆의 거대한 쇼핑몰도 사람이 없긴 마찬가지다. 일요일이라서 그런 게 아닌 듯 했다. 예쁘게 꾸며진 거대 쇼핑몰 안에는 입점해 있는 가게가 거의 없었다. 작은 가게에 들어갔을 땐 사람은 물론 물건도 거의 없는 기괴한 광경을 목격할 수 있었다.

사람들은 종종 여행 다녀온 도시에 대해 '아무것도 없었다' 라는 표현을 쓰곤 한다. 그건 정말 볼거리가 없다는 이야기이기도 하지만, 별다른 볼거리가 없기에 더욱 친절하고 순수한 사람들과 어울려 행복한 시간을 보낼 수 있다는 말의 반어적 표현일 때도 많았다. 그러나 하라레에는 정말 아무것도 없었다. 온갖 화려한 건물들, 잘 조성된 공원, 깨끗한 거리가 즐비한 그 도시에는 사람도 없었고 물건도 없었다. 잘 나가던 시절의 하라레에는 물론 수많은 사람들이 밝은 표정으로 거리를 메우고 온갖 호화로운 물건들이 진열장을 장식하고 있었을 것이다. 지금의 하라레는 겉모습만 화려한 빈 껍데기였다. 그것은 마치 예전에는 잘 나가는 예쁜 아가씨였지만 지금은 할머니가 되어버린 여자의 옛 앨범을 보는 것처럼 허무한 일이었다.

몇 개의 건물을 더 들어가 봤지만 매번 똑같은 기분을 느끼고 나와야 했다. 배가 고파왔고, 마음도 고파왔다. 어디든 사람이 있는 곳으로 가서 그 속에 섞여들고 싶었다. 별 다른 일을 하지 않아도, 서로 말을 걸지 않아도 어떤 때는 군중 속에 섞여 있다는 것 자체가 마음의 위안이 되기도 한다. 그런 작은 위안이나마 얻고 싶었다.

버스 터미널 근처로 가자 그나마 북적거리기 시작한다. 허름한 음식점도 찾을 수 있어 들어가 보니 돼지고기 스튜를 팔고 있다. 아프리카에서는 처음 보는 돼지고기이다. 문득 짐바브웨에서 돼지 콜레라가 창궐해 수천 명이 죽었다는 기사가 떠올랐다. 이제는 돼지 콜레라가 잠잠해졌고 현지 사람들도 태평하게 돼지고기를 먹으니 괜찮을 거라는 생각은 들었지만 여전히 찝찝하다. 돼지 콜레라 때문은 아니었지만 한 입 맛 본 후 더 이상 손 댈 수 없었다. 돼지고기에서는 누린내를 넘어서 참을 수 없을 정도로 비린내가 났다.

요 하 네 스 버 그 가   코 앞 으 로   다 가 오 다

남아공의 요하네스버그로 향하는 버스 티켓을 산 후 다시 홀리데이 인 근처로 돌아왔다. 한참을 탐색했지만 여전히 우리 정보에 있는 숙소는 찾을 수가 없다. 그래, 하루만 더 자면 되니까 그냥 그 숙소로 돌아가자. 풀이 죽어 터덜터덜 걸어가는데 갑자기 준영 오빠가 발걸음을 멈췄다. 오빠는 거리의 표지판을 뚫어지게 쳐다보더니 나를 불렀다.

"윤하야, 여기인 것 같다."

표지판을 들여다보니 어디서 많이 본 글자가 보인다. Selous Ave.

주소가 적힌 쪽지를 들여다 본 우리는 그제서야 문제점을 찾을 수 있었다. O를 C로 바꿔서 적어 왔으니 당연히 사람들이 모를 수밖에 없었던 것이다. 주소에 적힌 번지로 찾아가자 정말 마법처럼 그 자리에 숙소가 있었다. 안으로 들어가 보니 시설도 좋고 가격은 당연히 15달러이다. 드디어 찾았다!

당장에 짐을 옮기려 했지만 때 마침 빗줄기가 거세진다. 비가 잦아들기를 기다렸다가 바로 원래 묵던 숙소에서 짐을 찾아 이곳으로 돌아왔다. 짐을 풀고 나서는 바로 욕실로 향했다. 이 전날의 숙소에서는 찬물조차 시원찮게 나와 제대로 씻지 못했지만, 이곳의 샤워기에서는 따뜻한 물이 콸콸 쏟아져 나왔다. 내일은 남아공으로 향할 테니 이제 찬물샤워를 할 일도 없겠구나. 여행이 끝나간다는 사실은 슬펐지만 숙소를 찾을 때마다 따뜻한 물 나오냐고 물어보지 않아도 된다는 것이 그나마 위로가 되었다.

요하네스버그행 버스는 밤늦게 출발하기에 낮 시간이 많이 남는다. 남는 시간동안 우리는 여행의 필수코스가 되어버린 고급 호텔 구경을 하기로 했다. 하라레의 고급 호텔은 쉐라톤. 이제는 레인보우 호텔로 이름이 바뀌었다고 하지만 시설은 쉐라톤 급일 것이었다.

쉐라톤 호텔 가는 길에 쭉 늘어선 깃대에는 짐바브웨 국기와 함께 북한의 국기가 걸려 있었다. 호텔에 도착한 후에는 로비를 돌아다니는 북한 사람들도 볼 수 있었다. 짐바브웨는 사회주의 국가이니 그렇게 이상할 것도 없었지만 우리에게 그러한 풍경은 참 생소하고 신기하게 다가왔다.

돌아오는 길에 다시 번화가를 들르니 어제보다는 사람이 많고 조금 활기가 있었다. 역시 어제는 일요일이라 더 심했던 모양이다. 기념품 상점에 들어가 보니 의외로 외국인들도 많았다. 한참을 둘러보던 나는 작은 귀걸이를 하나 사서 상점을 나왔다. 이제 슬슬 버스 터미널

로 가야 할 시간이다.

　숙소에서 짐을 찾아 터미널에 도착하고 조금 후 버스에 올라탔다. 이제 몇 분 후면 이 버스는 남아공을 향해 달릴 것이다. 짐바브웨를 떠난다는 아쉬움보다 마지막 목적지인 남아공으로 간다는 두근거림이 훨씬 컸다. 아무것도 없는 도시 하라레. 그 특유의 을씨년스러운 분위기 외엔 아무것도 느낄 수 없었던 곳에서 내가 얻은 것이라곤 자그마한 귀걸이 하나뿐이었다. 예쁜 것을 얻었다는 기분보다는 이 도시에서 뭐라도 하나 가져간다는 만족감이 이 귀걸이에 담겨 있었다.

　버스가 시동을 걸며 작게 진동했다. 하라레를 떠나는 것에 대한 심드렁함, 딱 그만큼의 진동이었다.

Part 5

5월의 가을
그리고 이별

남아프리카공화국 Rep. of South Africa

위험과의 거리 약 50km

남아공, 프레토리아 ^{Rep. of South Africa, Pretoria}

이른 새벽, 남아공의 출입국 관리소에서 비자 도장을 받았다. 내 여행 최초로 비자비가 없는 나라이다. 국경의 화장실에 들어간 나는 씁쓸한 웃음을 지었다. 변기 위에 적혀 있는 주의문구 때문이었다.

'Toilet paper only. —no cardboard, no cloth, no newspaper, no Zimbabwe dollars(화장실 휴지만 쓰세요. — 골판지, 옷, 신문, 짐바브웨 달러 사용 금지).'

휴지조각으로도 못 쓰게 가치가 떨어져 버린 짐바브웨 화폐의 현실을 적나라하게 보여주는 문구였다.

국경을 넘은 후에도 버스는 한참을 달린다. 남아공으로 진입한 이후부터는 창밖의 풍경이 지금까지와 확실히 다르다. 너르게 펼쳐진 초원과 산은 모든 곳에서 봐왔던 것과 같았지만 우리나라의 고속도로와 같은 수준으로 잘 정비된 고속도로와 이따금씩 나타나는 깔끔한

TOILET PAPER O N L Y
TO BE USED IN THIS TOILET
NO CARDBOARD
NO CLOTH
NO ZIM DOLLARS
NO NEWSPAPER

건물들은 참 생소했다. 아프리카 최고의 부국인 남아공으로 들어왔다는 것이 실감났다.

원래 우리의 목적지는 요하네스버그였지만 우리는 그 전의 도시인 프레토리아에서 내리기로 했다. 요하네스버그의 악명은 여행자들 사이에서 유명하다. 지금까지 거쳐왔던 위험한 도시, 대표적으로 나이로비만 하더라도 대낮에 걸어 다니는 데는 아무런 문제가 없었지만 요하네스버그에서는 낮밤 가리지 않고 혼자 밖으로 나가는 건 자살행위라고 했다. 버스 터미널에서 배낭을 이고 맨 몸으로 나가려는 여행자에게 터미널의 직원들이 칼 맞아 죽기 싫으면 택시를 타라고 말했다는 일화도 있다.

물론 과장된 소문일 수도 있다. 실제로 나이로비에 가기 전에는 엄청나게 긴장한 상태였지만 막상 가보니 여느 도시와 같이 사람 사는 동네일 뿐이었으니까. 하지만 소문에 불과하다고 무시하기엔 들은 이야기가 너무 많았다. 결국 우리가 선택한 것은 프레토리아였다. 요하네스버그로 향했던 보통의 여행자들은 무사히 지나쳐오고 아주 소수의 여행자만이 사고를 당한다는 것은 알고 있었지만, 여행 막바지라 마음이 약해진 건지 약간의 위험이라도 피하고 싶었다.

요하네스버그도 프레토리아만 같다면

숙소 앞에서 짧은 실랑이가 벌어졌다. 숙소에 전화해 위치를 물어보자 택시를 보내줄 테니 타고 오라고 했는데, 숙소에 도착하자 이 택시 기사가 돈을 달라고 했던 것이다. 숙소에서 보내 준 택시이니 당연히 공짜인 줄 알았던 우리는 당황했다. 공짜 아니냐는 물음에 택시 기사는 활짝 웃으며 대답한다.

"There is no free in South africa(남아공에 공짜는 없어요)!"

참 자랑이네요. 결국 거금 50란드를 택시 기사에게 쥐어주었다. 숙소 역시 가격이 비쌌지만 남아공에 온 이상 비싼 물가는 각오하고 있었기에 굳이 더 싼 숙소를 찾아 나서지 않았다. 비싸다고 해도 12~13달러 정도의 가격이었으니.

지금까지 우리가 거쳐 온 나라들에 비하면 엄청나게 비싼 것이었지만 안으로 들어간 순간 전혀 그런 게 아니라는 걸 깨달을 수 있었다. 깔끔하게 정리된 숙소는 시트도 깨끗했고 곧 다가올 겨울에 대비해 전기장판까지 깔려 있었다. 욕실은 우리 집 욕실보다 더 깨

끗했고 다양한 식기가 구비된 식당까지 갖춰져 있다. 짐바브웨에서 15달러에 묵었던 곳, 잔지바르에서 10달러를 내고 머물렀던 곳에 비하면 시설 대비 가격대가 지나치게 싸다고 해도 과언이 아니다. 아무리 싼 게 좋다고 해도 나 역시 깔끔 떨기를 좋아하는 여자이다. 이런 숙소에서 묵을 수 있다는 사실 하나만으로도 프레토리아가 마음에 들었다.

저녁 식사거리를 사기 위해 향한 대형마트에서는 더욱 기분 좋은 일이 기다리고 있었다. 한국의 대형마트와 비교해도 손색없을 정도로 각종 식재료와 음식들을 많이 팔고 있었던 것이다. 역시나 동아프리카에 비하면 비싼 가격이었지만 한국의 물가를 생각하면 고기 종류가 엄청나게 싸다. 무엇보다 마음에 든 것은 와인이었다. 각종 와인들이 저렴한 가격들을 어필하며 쭉 늘어서 있다. 3달러가량 하는 이 와인들은 필시 우리나라의 3만 원짜리 와인보다 더 맛이 좋을 것이었다.

　이날은 모처럼만의 사치를 즐기기로 하고 통닭과 와인을 사서 숙소로 돌아왔다. 돌아오는 길이 어두워 바짝 긴장해 있던 중, 한 남자가 우리 옆을 지나쳤다. 꽤 늦은 밤인데도 편한 차림으로 MP3를 들으며 조깅하는 그의 모습이 더 이상 무방비할 수 없다. 수많은 소문이 무성하던 요하네스버그 바로 옆의 도시인데도 사람들은 위험요소가 전혀 없는 것처럼 행동하고 있었다. 위험과의 거리는 약 50km가량. 세상에서 가장 먼 50km였다.

아 프 리 카 속 의 작 은 유 럽

프레토리아의 거리에는 가을이 만연해 있다. 경도상으로 봤을 때 우리나라와 정반대쪽에 위치한 남아공은 당연히 계절도 반대였다. 발에 밟힌 낙엽들은 이미 마를 대로 말라 파사삭하는 소리를 내며 바스라졌다. 눈을 들어 보는 곳마다 청명한 하늘과 노란 나뭇잎들이 가득하다. 5월의 가을이었다.

　불과 며칠 전 빅토리아 폭포 근처에 있을 때와 확연하게 달라진 쌀쌀한 공기를 느끼며 프레토리아를 천천히 걸었다. 오늘의 최종 목표는 버스 터미널로 가서 케이프타운행 버스 티켓을 사는 것이었지만 시간이 많았기에 슬슬 걸어가며 주변 구경도 하기로 한 참이었다. 프레토리아의 모든 풍경은 마치 유럽과 같았다. 주택가에 있는 우리 숙소 근처에는 높아봐야 3층짜리 주택들이 죽 늘어서 있었고 잘 닦인 도로에는 좋은 승용차가 돌아다녔다. 조금 더 걷다 보니 산책로가 잘 조성된 넓은 공원도 나온다. 남아프리카 공화국. 그 어느 곳보다 아프리카스러운 이름의 나라였지만 어디에도 아프리카적인 면모는 보이지 않는다.

시내로 들어서니 고전적인 디자인의 유럽풍 건물들이 거리를 메우고 있다. 예쁘게 단장된 광장과 광장을 메운 비둘기, 광장 옆의 테이크아웃 커피숍과 햄버거 가게들이 늘어선 곳에서 여기가 아프리카의 끝자락임을 알게 해주는 것은 노상에서 파는 몇 가지 기념품들뿐이었다. 하지만 아프리카스럽지 않다는 이유로 실망하거나 이 공간을 부정하지는 않았다. 많은 사람들이 흔히 생각하는 '아프리카'스러운 것이 훨씬 신나긴 했지만 그것은 아프리카의 아주 작은 일부일 뿐, 이런 면모 역시 이 거대한 대륙의 한 부분이라는 것을 이제는 알기 때문이었다.

한참 동안 여기저기를 구경하며 걸어 터미널에 도착하고 버스 티켓을 산 뒤 또 한참을 걸어 숙소에 도착했다. 대여섯 시간은 걸은 모양이다. 여행 초반에는 돈을 아끼기 위해 걸었지만 지금은 걸어 다니는 것이 더 재밌다는 것을 알기에 걷는다. 정해진 길 위를 벗어날 수도 있고, 호기심 가는 것이 생겼을 때 멈출 수 있고, 때때로 뒤를 돌아볼 수 있으며 사람들과 마주 인사하며 웃을 수도 있는 것은 걷기만이 가지는 매력이었다.

숙소 주인은 택시를 불러 주겠다고 했지만 우리는 괜찮으니 대중

교통으로 가는 방법을 알려달라고 했다. '가기 힘들 텐데' 라는 표정을 짓던 그는 큰 길로 나가 미니버스가 보이면 무조건 세워서 터미널에 가냐고 물어보라고 했다. 고맙다는 말과 함께 짧은 작별인사를 나누고 밖으로 나왔다. 숙소에서 키우는 커다랗고 게으른 개도 그 묵직한 몸을 일으켜 내 손쪽으로 얼굴을 들이밀었다. 3일 동안 이 숙소에서 가장 정이 든 것은 방 바로 앞에 항상 자리 잡고 있던 이 개였다.

걷는 것이 아무리 좋다한들 20kg씩 되는 배낭을 메고 어제처럼 돌아다니는 것은 당연히 무리였다. 또 다시 50란드를 내고 택시를 탈순 없으니 언제 지나갈지 모르는 미니버스를 기다려야만 한다. 운 좋게도 미니버스는 금방 우리 앞에 나타났고 터미널까지는 안 가지만 그 근처에 내려주겠다고 했다.

터미널 근처에서 내려 걸어가니 우리가 케이프타운까지 타고 갈 2층 버스가 기다리고 있었다. 남아공의 동쪽 끝에서 서쪽 끝까지, 20시간 동안 타야 하는 버스였다. 이제 20시간 정도에는 별 감흥도 느껴지지 않는다. 트럭 짐칸, 비 새는 버스, 기차, 온갖 교통수단을 타고 1박 2일씩 달리는 건 일도 아니었다. 다만 특별한 점이 있다면, 이 버스가 내가 아프리카에서 마지막으로 이용하게 될 장거리 교통수단이라는 거였다.

지금까지 탔던 버스 중 가장 시설이 좋고 깨끗한 남아공의 버스는 예정된 출발 시간에 딱 맞춰 시동을 걸었다. 내 여행의 마지막 도시, 케이프타운을 향해.

아프리카의 남쪽 끝에는 펭귄이 산다

남아공, 케이프타운 (1) Rep. of South Africa, Cape Town (1)

도착한 케이프타운에는 부슬부슬 비가 내리고 있었다. 날이 흐려서 그런지 프레토리아와는 풍경이 사뭇 다르다. 프레토리아에는 눈 돌리는 곳마다 아름다운 유럽풍의 건물들이 즐비했지만 케이프타운은 여느 대도시처럼 회색의 고층빌딩들이 늘어서 있다. 조금 걸어 여행자들의 거리라는 '롱 스트리트'에 들어서자 또 다시 아기자기한 색색깔의 유럽풍 건물들이 모습을 드러낸다. 하지만 여행자들의 거리인 만큼 배낭 멘 사람들이 걸어 다니고 여행자들을 위한 가게들이 들어서 있어서인지, 프레토리아에서와 같은 고즈넉함보다는 생생한 활기가 느껴졌다. 같은 나라인데도, 관광도시라서 그런 것일까. 분위기가 많이 다르다. 그리고 나는 케이프타운의 그런 분위기가 마음에 꼭 들었다.

인연이 있다면,
언젠가는 꼭 다시 만나게 될 거야

우리가 찾는 숙소는 롱 스트리트의 가장 끝에 위치한 'Cat&Moose'였다. 초인종을 누르고 잠깐 기다리니 숙소의 직원이 나타난다. 그를 따라 좁은 사무실 안으로 들어갔다.

"어느 나라에서 왔지요?"

"한국인이에요."

"한국인? 그럼 혹시 준영과 윤하?"

아니, 어떻게 우리 이름을 아는 거지? 그렇다고 대답하자 숙소의 직원이 작은 쪽지를 건네줬다. 일본어라 읽을 수는 없었지만 누구의 것인지는 알 수 있었다. 마키 상의 쪽지였다.

마키 상은 바로 어제까지 이 숙소에 묵다가 방콕행 비행기를 탔다고 한다. 못 보고 떠나서 아쉽다, 방콕에서 기다릴 테니 빨리 오라는 글들이 적혀있다고 준영 오빠가 번역해줬다. 나에게 전하는 말도 있다. "윤하 짱, 수고했어요." 여러 가지 의미가 담긴 그 말에 피식 웃었다. 탄자니아에서 헤어질 때 제대로 인사조차 하지 못했었는데…. 내내 같은 땅 위에 있었지만 항상 간발의 차로 엇갈려 만날 수 없었던 마키 상. 언젠가, 세상의 어딘가에서 다시 만날 수 있겠지요?

마키 상은 떠났지만 숙소에서 여러 반가운 얼굴들을 만날 수 있었다. 마키 상과 함께 왔다가 혼자 남은 소 상, 케냐의 숙소에서 친하게 지냈던 리카 상과 토시 상 커플도 있다. 이 숙소에서 처음 만난 히사키 상은 예전 여자친구가 한국인이었다며 서툴지만 웃긴 한국어를

구사한다. 이 네 사람이 내 여행의 마지막 목적지인 케이프타운에서
의 추억을 더욱 아름답게 만들어주는 장본인들이었다.

나와 준영 오빠가 도착한 기념으로 오늘 저녁은 다 함께 오므라
이스를 만들어 먹기로 했다. 살림꾼 리카 상이 요리의 선두지휘를 맡
는다. 재료준비를 돕긴 했지만 간을 맞추는 등 요리의 가장 중요한 부
분은 모두 그녀가 담당했다. 결과적으로 만들어진 오므라이스는 대성
공. 누군가가 소중한 케첩까지 무료제공해준 덕에 그 맛은 정말이지
환상적이었다.

저녁식사 내내 우리를 즐겁게 해준 것은 히사키 상이었다. 히사
키 상은 도대체 어디서 그런 말을 배운 건지 이해가 안 되는 웃긴 한
국어들을 내게 건네며 일본인들에게 그 말을 번역해주기도 했다. 몇
마디의 한국어를 늘어놓던 히사키 상은 비장한 표정을 짓더니 마지막
무기를 꺼내들었다.

"나 한국남자가 제일 잘 하는 말 알아요."

"뭔데요?"

"오빠 믿어. 손만 잡고 잘게."

물 마시다가 뿜을 뻔했다. 히사키 상이 그 말을 다른 일본인들에
게 알려주자 나보다 그들이 더 재밌어한다. 소 상과 토시 상까지 서
툰 발음으로 그 말을 돌림노래처럼 몇 번이고 따라했다. 이날 저녁
동안 그 말은 완전히 유행어가 되어서 십수 번은 반복해 들을 수 있
었다.

아 프 리 카 의 펭 귄 떼 들

6명이 함께 차를 렌트하여 펭귄 해변과 희망봉을 보러 가기로 한 것
은 케이프타운에 도착한 다음다음날의 일이었다. 렌터카 회사로 향한
우리는 두 대의 차에 나누어 타 펭귄 해변에서 만나기로 했다. 국제
면허가 있는 소 상, 국제면허는 없지만 운전을 할 줄 아는 준영 오빠
가 앞에 타고 나는 뒷좌석에 앉았다. 남아공의 운전대는 일본처럼 우
측에 있기에 설령 내게 운전면허가 있다 해도 큰 도움은 되지 않았을
것이다. 혼자 넓은 뒷좌석을 차지하고 앉아 꾸벅꾸벅 졸다가 깨보니
어느새 펭귄 해변에 도착해 있었다.

　　케이프타운의 날씨도 결코 따뜻하지 않았지만 펭귄 해변은 바닷
가라 그런지 엄청나게 추웠다. 파카를 입고 머플러까지 둘둘 두르니

그제서야 살 만하다. 다른 일행들도 내리기를 기다리며 주차장을 어슬렁거리는데 저 너머쪽 해변에서 뭔가 꼬물거리는 게 보였다. 검은 점 같은 것이 여러 개 바위 위에 있어 꼭 점박이 바위처럼 보였는데, 그 점이라는 게 자세히 보니 펭귄이었다.

　"펭귄이다!"

　펭귄 해변에 왔으니 펭귄을 볼 수 있는 건 당연했지만 바닷가의 바위 위에서 한가롭게 일광욕을 즐기는 야생 펭귄 떼의 모습은 그저 신기하기만 했다. 내가 가장 먼저 달려갔고 뒤따라 일행들이 달려왔다. 조용히 쉬고 있는 펭귄들도 있고 더러는 가까이 다가와 위협적으로 부리를 들이미는 녀석들도 있었다. 그저 순하고 조그만 생명체일 줄 알았던 펭귄들은 생각보다 사나워서 손을 내밀 수는 없었다. '뭐든 눈에 보이는 건 다 쪼아 주겠어!' 라는 기세로 부리를 딱딱거리는

Rep. of South Africa

펭귄의 모습은 조금 무서웠지만 한편으로는 귀여웠다.

본격적으로 펭귄을 보기 위해 해변 옆의 산책로로 들어가자 수많은 펭귄들이 보인다. 수풀 속을 뒤뚱뒤뚱 걷거나 굴을 파고 안으로 들어가 있는 펭귄들을 구경하며 잘 조성된 산책로를 한참 동안 걸었다. 아직 솜털이 뽀송뽀송한 회색의 아기 펭귄들과 아기 펭귄을 보호하려는 건지 사람만 보면 공격태세를 취하는 엄마 펭귄들도 있다. 세상에, 내가 야생펭귄을 이렇게 많이 보다니. 그것도 남극이 아닌 아프리카에서! 펭귄이라고 하면 눈 덮인 남극에서만 사는 줄 알았던 편견이 깨지는 순간이었다.

펭귄들과 기념사진을 잔뜩 찍고 난 후에야 우리는 그곳을 벗어났다. 다시 차를 나눠 타고 이번에는 희망봉으로 향한다. 아프리카의 가장 남쪽이라는 희망봉. 그곳에서는 또 어떤 풍경을 만나게 될지 벌써부터 기대가 됐다.

아프리카의 최남단,
상상했던 그 이상의 풍경

희망봉 국립공원의 입장료는 어마어마했다. 사람당 얼마, 차 한 대당 얼마해서 갑자기 엄청난 지출이 발생해 버렸다. 하지만 여기까지 왔는데 비싸다고 돌아갈 수는 없는 법. 그만큼 아름다운 풍경이 많으리라고 생각하며 안으로 들어갔다.

주차장에 차를 대놓고 나오자 투어차량으로 보이는 버스 여러 대와 전 세계 각지에서 모여든 관광객들이 한 가득이었다. 희망봉으로 가기 전, 케이프 포인트로 올라가는 길도 북적거린다. 우리도 그 길을 따라 올라갔다. 주변에는 인공적으로 조경해 놓은 듯한 갖가지 꽃과 나무들이 예쁜 자태를 뽐내고 있다. 가는 길에 원숭이에 대한 경고문이 보인다. 'Baboons are dangerous and attracted by food(개코원숭이들은 위험하고 음식에 홀려 있습니다).' 그리고 보니 희망봉 국립공원 안에는 꽤 많은 개코원숭이들이 분포해 있다고 한다. 그래도 사람 다니는 길로는 잘 안 올 테니 실제로 볼 수는 없겠지?

케이프 포인트의 꼭대기에는 등대가 있고 세계 각지로의 거리 표지판이 서 있었다. 런던, 베이징, 뉴델리 등등 각 나라들의 주요도시와 아프리카 최남단인 이곳과의 거리가 쓰여 있다. 서울은 없었지만 가장 가까운 베이징으로나마 거리를 가늠할 수 있었다. 나 정말 한국에서 멀리 떠나와 있구나. 며칠 후면 그 먼 거리를 다시 돌아가기 위해 몇십 시간 동안 비행기를 타게 되겠지.

케이프 포인트에서 내려다보는 희망봉 국립공원의 전경은 참 알록달록하고 예뻤다. 초록색의 나무들과 빨갛고 노란 꽃들과 푸른 바다까지. 그 화려한 색감은 아프리카에서 만난 수많은 풍경들에서 볼 수 없었던 것이다. 천혜의 자연은 아프리카 어디에나 있지만 이처럼 예쁘게 꾸며놓을 만한 자금력은 역시 남아공에만 있는 모양이었다.

케이프 포인트를 내려와 드디어 희망봉으로 향하는 길, 절대 못 보리라 생각했던 개코원숭이가 떡하니 우리 앞에 나타났다. 그 경고문에 써 있던 대로 험악하게 생긴 개코원숭이는 위협스럽게 몸을 일

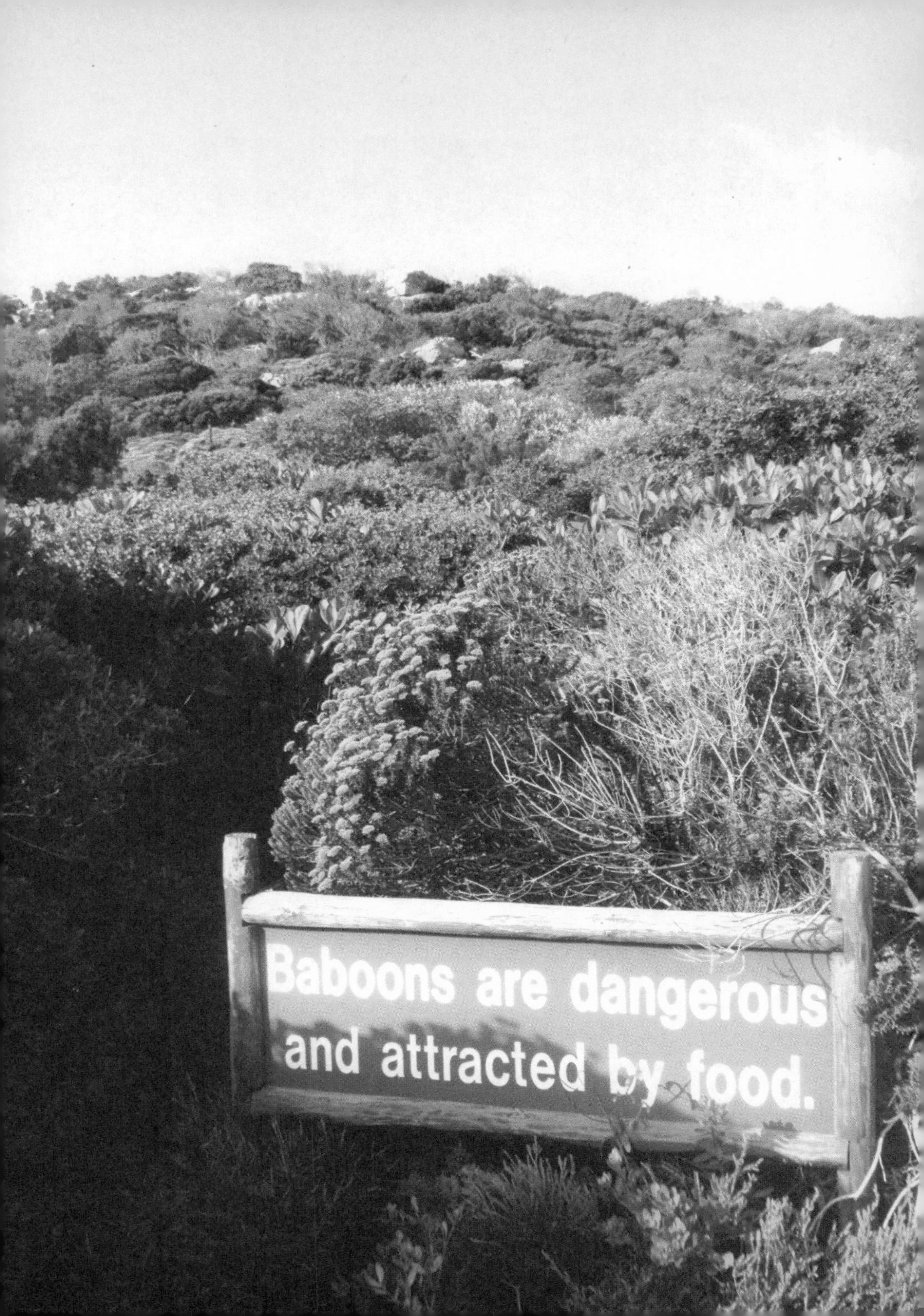
Baboons are dangerous
and attracted by food.

으킨 채 우리를 쳐다보고 있었다. 야생동물을 봤다고 좋아하며 우리끼리 소란을 떨었지만 개코원숭이는 전초전에 불과하다는 것을 곧 알 수 있었다.

"타조다!"

희망봉으로 가는 길의 해변 쪽에는 수많은 야생타조들이 돌아다니고 있었다. 누구에게 물어볼 것도 없이 당장 차를 세우고 해변 쪽으로 달려갔다. 타조도 물론 동물이니 야생타조가 있기야 하겠지만, 초원에서 살 줄 알았지 이렇게 해변가에 떼를 지어 돌아다닐 줄은 상상도 못했다. 비가 오려는 건지 구름이 꽉 끼어 흐려진 하늘과 몰아치는 파도와 검은 타조 떼가 있는 풍경은 위화감이 느껴지면서도 묘하게 어울리는 듯 했다.

타조를 한참 구경하다가 다시 희망봉으로 향하니 역시 비가 내리기 시작한다. 아주 약한 보슬비라 아무래도 상관없는 정도였지만, 비보다 문제가 되는 건 희망봉 그 자체였다. 바위산이다. 가파르고 위험해 보이는. 세상에서 제일 싫어하는 게 등산이라 이집트에서는 시나이 산에도 가지 않았고 키갈리에서는 매일 우는 소리를 했던 나로선 도저히 불가능해 보이는 코스가 눈앞에 펼쳐져 있었다. 여기까지 왔는데 그냥 갈 순 없다는 마음과 난 불가능해, 라는 마음이 마음속에서 10초가량 격렬하게 싸움을 벌였다. 결국 나는 혼자 차 안에 남아 있기로 했다. 산은 별로 높지 않았지만, 비도 오는데 저런 곳에 올라가다간 분명 발을 헛디뎌서 굴러 떨어질 것만 같았다.

꼭대기까지 올라갔다 내려온 일행들은 "엄청 멋있었어!" 라던가 "정말 대단해"라는 말은 하지 않았다. 다행이었다. 그런 말을 들었다

면 분명 배알이 꼬일 대로 꼬여 밤새도록 잠도 못자고 침대 위를 데굴데굴 굴렀으리라.

변덕스러운 날씨가 신의 선물이 되어준 날

침대에서 일어나지 않고도 비가 온다는 것을 알아차릴 수 있었다. 타다다닥 하고 지붕을 때리는 빗소리도 있었지만 창문 틈으로 피어오르는 진한 흙내음은 비가 올 때만 느낄 수 있는 것이었다. 날씨가 맑으면 테이블 마운틴에 가기로 했지만 비가 내리니 괜찮겠지, 생각하며 다시 잠을 청했다.

　　날씨가 흐려 좀 더 늦잠을 잘 수 있는 것은 나에겐 행운이었지만 소 상에겐 참 안 된 일이었다. 소 상은 내일 남미로 떠나는 비행기를 타기 때문에 오늘이 아니면 테이블 마운틴을 볼 기회가 없다. 하지만 오늘 같은 날엔 가봤자 희망봉의 몇 배는 험한 등산길에서 생고생을 하고 정상에서는 안개밖에 못 볼 것이었다. 소 상은 그저 다음을 기약했다. 그것은 내가 킬리만자로의 다음을 기약한 것처럼 부질없는 일이었다.

테이블 마운틴을 못 갔기 때문은 아니지만 아쉬운 대로 소 상의 송별회를 겸해 케이프타운의 스시집에 가기로 했다. 된장국도, 우롱차도 돈을 받고 팔며 리필조차 해주지 않는 이 완벽한 일본식 식당에 앉아 있자니 반찬 무한 리필에 차는 무료제공되는 한국식당이 사무치게 그리워 왔다. 그런 그리움과 상관없이 초밥은 맛있었지만.

"윤하 짱, 윤하 짱! 웨이끄 어쁘!"

도미토리 한쪽 구석에 처박혀 자고 있던 나를 일본인 특유의 투박한 영어 발음으로 깨운 것은 토시 상이었다. 우리 일행들 중 가장 부지런쟁이인 토시 상은 늦장을 부리거나 게으름 피우는 일이 거의 없다. 딱히 일정이 없는 날에도 항상 일찍 일어나 여유롭게 부엌에서 차 한 잔을 마시고는 한다. 오늘도 그는 제일 일찍 일어난 건지 여기저기 돌아다니며 사람들을 깨우고 있었다. 잠이 덜 깬 멍한 표정으로 겨우 일어나 앉는데 토시 상이 잔뜩 흥분해서 말했다.

"케이프타운에서 오늘만큼 날씨 좋은 날이 없대요. 빨리 움직이면 소 상이 비행기를 타기 전에 테이블 마운틴에 다녀올 수 있어요!"

눈이 번쩍 뜨인다. 토시 상의 한 마디에 본능적으로 수건을 들고 욕실로 향했다. 비몽사몽인 상태에서 뜨거운 물을 뒤집어쓰고 겨우 정신을 차린 후 밖으로 나오니, 테이블 마운틴의 선명한 모습이 시야에 들어왔다. 테이블 마운틴이 보인다니! 테이블 마운틴은 숙소와 얼마 떨어지지 않은 곳에 있었지만, 그 전체적인 모습을 이토록 뚜렷하게 본 것은 오늘이 처음이었다. 날씨는 정말 맑았다. 마치 테이블 마운틴에 올라가라며 하늘이 특별히 준비해주신 날인 것처럼!

마마 아프리카!
아프리카는 살아있다

남아공, 케이프타운 (2) Rep. of South Africa, Cape Town (2)

테이블 마운틴은 그 이름 그대로 산 정상이 넓고 평평하게 형성되어 식탁처럼 보인다고 해서 붙여진 이름이었다. 내가 케이프타운으로 오기 전 테이블 마운틴이 뭐냐고 물어봤을 때, 준영 오빠가 '테이블처럼 생겼다'고 해서 상상했던 모습과는 사실 좀 달랐다. 나는 정말 테이블인 것처럼 산 정상은 평평하고 그 아래는 얇은 기둥이 세워져 있는, 말하자면 버섯에 가까운 형태인 줄 알았던 것이다.

'그런 데를 어떻게 올라간다는 거야?' 내가 말도 안 되는 상상을 하고 있다는 것을 안 것은 숙소에 도착한 후였다. 아랫부분만 살짝 보이는 테이블 마운틴은 꽤 넓었다. 아, 그러니까 저 위에 평지가 있다 이거지. 하지만 전체 모습을 본 적이 없기에 나는 저런 상태의 산이 쭉 계속되다가 꼭대기에 좁은 공터가 있는 경사 높은 사다리꼴 모양일 거라고 생각하고 있었다. 그렇기에 오늘에서야 처음으로 보게 된

테이블 마운틴의 정상은 약간의 충격을 안겨주었다. 그것은 마치 뚝 잘라놓기라도 한 듯 반듯하고 넓게 펼쳐져 있었다. 삼각형에 가까운 사다리꼴이 아니라 윗변과 밑변이 엄청나게 넓은, 직사각형에 가까운 사다리꼴 모양이었다.

내가 생각했던 것처럼 아예 올라갈 수 없는 구조로 되어 있는 것은 아니지만 어쨌든 테이블 마운틴의 등산로는 상당히 가팔랐다. 지난번의 그 얕은 희망봉조차 올라가지 않은 나의 선택은 케이블카였다. 10달러가 넘는 거금을 줘야 왕복할 수 있지만 그 동안 온갖 고생을 하고 온 나를 위해 그 정도 사치는 괜찮다고 생각했다. 사실은 마음 한 구석의 찝찝함을 피하기 위해 생각해 낸 변명이었지만. 그렇게까지 하면서도 결국 등산로 대신 케이블카 앞에 줄을 설 만큼 나는 등산이 싫었다.

케이블카의 줄은 생각보다 길어 정상까지 올라가는 데 꽤 오래 걸렸지만 그렇다 해도 역시 걸어 올라오는 일행들보다는 빨리 도착했다. 일행들이 올라오는 곳에서 기다릴 생각에 등산로 입구를 찾아나섰지만…. 테이블 마운틴의 정상은 넓었다. 길치에 방향치까지 세트로 겸비하고 있는 내가 제대로 길을 잃을 만큼.

그 날 의 정 경 과 함 께 ,
서 로 의   가 슴 에 남 아   있 을   모 습

길을 잃은 김에 주변 풍경이나 구경하려 했지만 야속하게도 내가 올

라온 순간부터 구름이 끼기 시작하더니 이제는 10m 앞이 겨우 보일 정도이다. 아침에는 그렇게 맑았는데, 테이블 마운틴은 그리 쉽게 자신을 보여줄 수 없다는 듯 새침을 떨고 있었다.

구름이 꽉 낀 테이블 마운틴 위를 슬슬 걷다가 겨우 제자리로 돌아왔다. 시간도 꽤 지난데다 그렇게 사방을 쑤시고 다녔는데도 일행들은 어디 있는지 보이지 않는다. 덜컥 겁이 났다. 혹시 벌써 내려갔나? 나를 못 찾아서 내가 먼저 내려갔다고 생각한 거 아냐? 불길한 생각에 다시 산책로 안쪽으로 걸음을 옮겼다. 나 혼자서라면 또 길을 잃을 게 분명했지만 가만히 있을 수만은 없었다.

그때, 저쪽에서 어디선가 많이 본 듯한 동양인이 보였다. 짧은 머리에 작은 키, 더워선지 검은 파카는 벗어서 손에 들고 있다. 토시 상이었다.

"토시 상!"

토시 상을 찾고 나자 자연히 다른 일행들과도 합류하게 되었다. 준영 오빠는 내가 하도 안 보여서 먼저 내려간 줄 알았단다. 서로를 찾지 못했다면 정말 엇갈려서 큰일 날 뻔했다. 사람들은 모두 내가 케이블카를 타길 잘 했다고, 길이 너무 험했다고 한 마디씩 한다. 특히 나의 저질체력과 초등학생 수준의 엄살 피우기를 잘 아는 준영 오빠는 내가 케이블카를 타서 천만다행이라고 했다. 만약 자기들과 함께 걸어 올라왔다면 소 상의 비행기 시간이 다 되어 갈 쯤에나 올라올 수 있었을 거라고. 나 혼자 편하겠다고 투정 부린 것 같아 내심 미안했었는데, 다들 그렇게 말해주니 알게 모르게 안심이 되었다.

놀랍게도 일행들을 만나고 나자 테이블 마운틴의 구름이 서서히

걷히기 시작했다. 구름이 비켜난 자리를 케이프타운의 아름다운 전경이 대신 메운다. 회색빛의 도심에 높이 치솟은 빌딩들은 마치 아이들 장난감 같아 보였고 해변 가의 조그마한 집들은 크레파스로 그린 그림마냥 그 색이 뚜렷했다. 게다가 그 선명한 해안선이란! 저토록이나 넓게 펼쳐진 해안선을 보는 것은 헬기에서나 가능할 것 같았다. 이게 모두 케이프타운의 가장 높은 곳에 있으며 시야를 가리는 나무나 수풀이 전혀 없는 바위산 테이블 마운틴이기에 볼 수 있는 풍경이었다. 구름 속에 남아 있던 습기 때문인지 옅은 무지개까지 나타나 눈을 즐겁게 해줬다.

　넓은 테이블 마운틴을 일행들과 다시 산책하는 것은 나 혼자 길을 잃고 안개 속을 헤맬 때와는 완전히 다른 느낌이었다. 멋진 풍경을 발견하면 다른 이들에게 알려주며 함께 감탄할 수 있었고 좋은 목이 나오면 서로 사진을 찍어줬다. 사진을 찍어주는 사람이 있다는 것은 여행에서 의외로 큰 의미를 가진다. 나 혼자 타이머를 맞춰두고 셀카를 찍어야 하는 여행은 자유로울 수는 있으나 어쩔 수 없이 외롭다. 아름다운 풍경이 나타날 때마다 머뭇거리며 주위 사람에게 사진을 찍어달라고 부탁하는 것도 언젠가는 지치기 마련이다. 사진을 찍어주는 사람이 있다는 것, 그것도 여러 명이 있다는 것은 속박이 있기는 하지만 그만큼 외롭지 않으며, 또 다채롭다는 뜻이기도 하다. 이 사람이 찍어 준 사진과 저 사람이 찍어 준 사진의 초점이 다른 것처럼, 여행자들은 그 한 명 한 명이 작은 세계를 이루었고 그 세계는 모두 놀라울 정도로 달랐다. 속박받기 싫다는 이유만으로 동행을 거절하는 것은 여행의 반쪽밖에 경험하지 못하는 것이나 다름없었다.

일행들은 다시 나를 두고 먼저 등산로로 내려갔다. 나도 잠시 후 내려가는 케이블카를 탔고, 평지에서 다시 만난 우리는 곧장 숙소로 가는 택시를 잡아탔다. 이제는 소 상을 보낼 시간이다. 함께 한 시간이 며칠 되지도 않는데 이 나라 저 나라에서 자주 만나서 그런 건지, 그를 보내는 것이 못내 섭섭하게 다가왔다.

다 함께 숙소 문 앞에 앉아 소 상을 싣고 갈 택시를 기다렸다. 예정시간보다 조금 지나 택시가 도착했고, 우리와 한바탕 작별을 하느라 또 출발시간이 지체되었다. 내가 아는 일본어 작별인사는 "키요츠케데(조심하세요)"가 전부였기에 그 말만 대여섯 번은 했던 것 같다.

소 상을 보낸 후 다 같이 장을 보러 다녀왔다. 오늘 저녁은 돼지고기 볶음. 역시 리카 상이 실력 발휘를 해주신다. 식탁 위의 수저는 평소보다 한 벌이 적었다. 문득 소 상이 "존나 배고파"라는 한국어를 히사키 상에게서 배워 웃긴 억양으로 말하고 다니던 것이 떠올랐다. 소 상, 소 상은 아직도 그 한국어를 기억하고 계시나요?

롱 스트리트의 라이브 바에서 사바나를 만나다

케이프타운에는 또 다시 비가 내리고 있다. 역시 어제의 그 청명한 하늘은 억세게 운이 좋아야 만날 수 있는 모양이었다. 운 좋은 날은 지나갔지만 기분은 여전히 좋았다. 점심으로 먹기 위해 만든 소시지 덮밥에서 그리운 부대찌개의 맛이 났던 것. 소시지와 토마토와 고춧가루 비슷한 매운 가루를 넣었더니 토마토의 신맛과 고춧가루의 매운 맛이 만나 김치의 팔촌쯤 될지도 모르는 풍미가 느껴졌다. 평소라면 절대 김치라고 느끼지 않았을 맛이지만 지금은 이 정도 맛이라도 반가웠다.

　다 같이 어딘가 놀러갈 일정을 따로 잡지 않았기에 오늘은 자연스레 따로따로들 행동하게 되었다. 나와 준영 오빠는 비가 그친 후 롱 스트리트를 적당히 거닐다가 저녁식사를 하기 위해 숙소 근처의 식당으로 들어갔다. '마마 아프리카' 라는 이 일대에서 유명한 식당인데, 가격은 비싸지만 악어구이 꼬치나 타조 스테이크 등 특이한 음식을 먹을 수 있다고 한다. 케냐에서 기린 스테이크를 먹을 수 있다는 말을 들었지만 먹지 못한 것이 한이었던 나, 이번에야말로 꼭 악어고기를 먹어주겠다고 비장한 각오를 다진 터였다. 가격은 싸지 않지만 남아공이 아니면 그 어디에서 악어고기 꼬치를 먹어볼 수 있으랴! 눈 딱

감고 과감하게 주문했다.

주문을 기다리는 동안 식당 구석에 있는 스테이지가 소란스럽다. 그냥 식당이라고 생각했는데 아무래도 라이브 바를 겸하는 모양이었다. 그리고 보니 꽤 많은 손님들이 스테이지 앞으로 몰려 와 사진 찍을 준비를 하고 있었다. 잠시 후 몇 명의 남자들이 나왔다. 한 남자가 마이크를 잡고 다른 남자들이 악기 앞에 앉자 그들의 라이브가 시작되었다. 남자의 목소리는 때로는 속 시원할 정도로 힘이 넘치다가 그릇이 깨지지 않을까 싶을 정도로 고음이기도 했고 오페라 테너와 같이 무거운 중저음을 내기도 했다. 한 사람의 목에서 도대체 몇 가지 목소리가 나오는 건지! 경쾌하게 춤까지 추는데도 목소리가 전혀 흐트러지지 않는다. 그의 목소리에 악기 소리가 묻혀 들리지 않을 정도였다. 그것은 녹음실에서 잘 편집되고 음량이 조절된 샌님 같은 노래들과 확실히 달랐다. 날 것 그대로의 야성과 생명력이 넘치는 목소리. 아프리카와 꼭 닮은 목소리였다.

악어꼬치는 맛있었다. 소고기와 같이 육즙이 흘러나오면서도 생선살처럼 부드럽고 닭고기처럼 쫄깃했다. 그 가수의 목소리를 배경음악으로 들으며 악어꼬치를 먹고 있자니 마치 사바나의 한가운데 와 있는 듯한 착각이 일었다. 그토록 가기를 열망했던 사바나로 나를 데려다 준 것은 비싼 돈을 주고 신청한 여행사의 투어가 아니라 이름 모를 가수의 목소리였던 것이다.

마지막 이야기

남아공, 케이프타운 (3) ^{Rep. of Africa, Cape Town (3)}

이메일을 확인하니 카타르 항공에서 항공권발행 확인서가 도착해 있다. 5월 25일 18시 55분 케이프타운 출발. 카타르 도하 공항에서 17시간을 기다린 후 오사카로, 오사카에서 한국으로 들어가는 비행기의 인천 도착 일자는 5월 27일 밤이었다. 시차를 제외하고 생각해도 40시간이 넘는 여정이다. 한국과의 이 까마득한 거리보다는, 내가 아프리카를 떠나 한국으로 돌아간다는 사실이 더 비현실적으로 느껴졌다. 실감이 나지 않았고, 실감하고 싶지도 않았다. 이대로 준영 오빠나 소상처럼 남미로 넘어간다면 얼마나 좋을까. 남미가 안 된다면, 중동이든 아시아든 어디라도 좋으니 한국이 아닌 다른 곳으로 날아가는 비행기표가 손에 주어진다면 좋을텐데. 이집트에서 에티오피아행 비행기를 탔던 것처럼….

길 었 던 여 행 , 그 마 지 막 여 정

우리 다섯 명은 오랜만에 다시 뭉쳤다. 이번에도 차를 렌트해서 어딘
가 멀리로 다녀 올 생각이었다. 이번 목적지는 펄 마운틴과 와인랜드.
와인 산지인 남아공에 왔으니 너른 포도밭도 구경하고 와이너리들도
방문하며 와인 테이스팅을 해줘야지. 소 상이 빠졌기 때문에 이번에
는 한 대로 충분했다. 어차피 국제면허증을 가진 사람이 리카 상밖에
없어 이제는 한 대밖에 빌릴 수 없기도 했다.

　　바쁜 아침시간에 간단히 먹기 위해 전날 저녁 호박죽을 만들어
놨던 나, 냉장고에 차갑게 식혀뒀던 것을 꺼내서 다른 사람들에게도
조금씩 나눠줬다. 히사키 상은 호박죽을 맛보더니 맛있다며 식빵에
발라먹는다. 히사키 상, 호박잼이 아니라 호박죽이라고요! 하긴 어젯

밤 호박죽을 만들고 있을 때 준영 오빠가 설탕을 많이 넣어야 맛있다며 완전 들이부어 버렸었지. 죽이라기엔 좀 많이 달긴 했다.

우리는 오전 중에 펄 마운틴을 다녀와 오후에는 와이너리가 있다는 스텔렌보쉬로 들어갈 생각이었다. 반짝이는 바위로 이루어져 있다해서 펄 마운틴이라는 바위산. 산 자체는 크게 아름답지 않았지만 테이블 마운틴에서 보았던 것과는 또 다른 마을 전경을 구경할 수 있었다. 높은 빌딩이나 잘 정비된 도시가 아닌, 탁 트인 광야와 산들이 눈앞에 펼쳐졌다. 저 멀리 테이블 마운틴도 보인다. 우리는 그 별 볼일없는 산 위에서 뭐 그렇게 재밌는지 신나서 이것저것 사진도 찍고 장난도 치며 시간을 보냈다. 그리고 내려와서는 길을 잃고 헤매게 되었다. 가뜩이나 펄 마운틴에서 시간을 많이 지체했는데 스텔렌보쉬로 들어가는 도로를 찾을 수 없으니 마음이 조급했다. 이렇게 늦었다간 와이너리들이 모두 문을 닫을 텐데.

예상대로였다. 한참을 헤매다가 늦은 시간에서야 스텔렌보쉬에 도착하자 대부분의 와이너리들이 닫혀 있었다. 얼마나 넓은지 짐작조차 되지 않는 넓은 포도밭들을 구경하는 것도 좋았지만, 우리는 싼 가격에 고급 와인 여러 병을 맛볼 수 있다는 와인 테이스팅이 너무나도 하고 싶었다. 결국 딱 한 군데, 늦게까지 문 연 곳을 찾을 수 있었다. 와인 테이스팅으로 살짝 취기가 오를 때까지 마셔주려던 계획은 어긋났지만 다행히도 값비싼 와인을 맛볼 수 있게 된 것이었다.

와인에 대해서는 잘 모르지만 이 와이너리에서 테이스팅에 제공해주는 와인들은 문외한인 내가 느낄 수 있을 정도로 맛이 훌륭했다.

일찍 왔으면 이걸 많이 맛볼 수 있었다는 건데. 아쉬움이 밀려왔지만, 시쳇말처럼 버스는 이미 떠나버렸다. 이번에도 다음을 기약해야 하는 가. 나는 얼마나 많은 장담할 수 없는 다음을 기약하고 있는 걸까.

와이너리를 떠나 케이프타운으로 돌아와서는 야경이 아름답기로 소문난 시그널 힐을 찾아 올라갔다. 바다 쪽으로 불타오르는 듯한 석양이 스러져 가고 도시에는 화려한 야경이 번쩍거리기 시작하는 게 한 눈에 들어왔다. 감동으로 다가오는 한편으로, 나를 슬퍼지게 하는 풍경이었다. 여행하면서 얼마나 수없이 아름다운 석양과 야경을 봐왔던가. 금방 잊혀질 만큼 상서롭고 흔한 것이 대부분이었지만, 특히 생생할 정도로 기억나는 아름다운 풍경들도 있었지. 그 모든 것을 뒤로 하고 이제는 돌아가야 한다. 왜 나는 이렇게 아름다운 세계를 뒤로 하고 떠나려는 걸까. 돌아가서 도대체 무엇을 하겠다고….

순간 이집트에서 그랬던 것처럼 귀국항공권을 있는 대로 구겨버린 다음 저 멀리 던져버리고 싶은 충동을 느꼈다. 나도 남미에, 방콕에 가고 싶었고, 또 다른 수많은 곳으로 떠나고 싶었다. 한국만 아니라면 어디든 상관없이 말이다.

이젠 추억이 담긴
여행가방만이 동행으로 남아

한국으로 돌아가기 전 날, 가방을 모조리 뒤엎은 후 처음부터 싹 다시 정리하기 시작했다. 이제는 내게 필요 없어진, 하지만 여행을 계속할

준영 오빠에게 필요할 만한 물건들을 모두 건네줬다. 쓰다 남은 치약
과 일회용 샴푸들, 상비약, 필기구, 오빠가 호시탐탐 노리던 반바지까
지. 오빠 역시 이제 필요 없어진 물건들을 나에게 건네준다. 한국으로
돌아가면 자기 집으로 택배를 부쳐달라고. 물물교환을 하는 동안 서
로 몇 마디 말도 나누지 않았다. 3달 반, 길다면 길고 짧다면 짧은 시
간이었다. 하지만 중요한 건 우리가 3달 반을 함께 지냈다는 것이 아
니라 아프리카를 함께 했다는 것이었다.

준영 오빠는 중국에서부터 육로로 아프리카까지 왔지만, 아프리
카는 그 모든 공간들 중에서도 특별하다고 했다. 나에게 아프리카란
첫 배낭여행지였다. 나는 여행에 관한 한 수많은 첫 경험을 아프리카
에서 했고, 대체로 그것을 도와 준 것은 준영 오빠였다. 우리는 이별
을 눈앞에 두고 서로에게 무슨 말을 해야 할 지 알 수 없었다. 의미 없
는 단어들만이 입 밖으로 튀어나와 대화는 계속 겉돌 뿐이었다.

내일은 나뿐만이 아니라 리카 상과 토시 상도 남아공을 떠난다.
히사키 상 역시 내일 아침이면 요하네스버그로 떠난다고 했다. 그는
우리 일행 중 유일하게 아프리카 여행을 시작하는 사람이었다. 우리
가 지나 온 길을 그대로 거꾸로 거슬러 올라갈 것이다. 리카 상과 토
시 상은 그리스를 들렀다가 남미로 간다고 했고, 준영 오빠는 남미로
간다고 말만 할 뿐 별다른 계획이 없었다. 물론 가기야 가겠지만 언제
갈지 모르겠다며 비행기표도 알아보지 않은 상태여서, 한동안 케이프
타운에 남아 있을 듯 했다. 어찌됐든 내일이면 모두가 뿔뿔이 흩어지
게 되는 것이다.

이별을 기념하기 위해 이날 저녁은 나와 준영 오빠가 닭백숙을 만

들었다. 만드는 과정에서 요리법 때문에 싸웠고, 닭백숙과 함께 마신 와인에 취해 또 한 번 쓸데없는 감정싸움을 벌였다. 나의 잘못이었다. 이제 여행을 끝내고 돌아가야 한다는, 인정하기 싫은 현실에 쌓여만 가던 스트레스를 애꿎은 준영 오빠에게 푼 것이었다. 여행은 나중에 또 기회를 만들어서 나오면 될 것이고, 이게 내 마지막 여행이 아니기에 이토록이나 극렬하게 아쉬워할 필요가 없다는 걸 알고는 있었지만 받아들이기 힘들었다. 생애 처음으로 떠난 배낭여행이 100일을 넘는 장기여행이라 그랬던 걸까. 혹은 여행했던 장소가 아프리카라 그랬던 걸까. 어느 쪽이든 간에 처음 겪어보는, 모든 순간순간에 매료될 수밖에 없었던 경험을 뒤로 한다는 사실은 나를 너무나도 힘들게 했다.

다음날 아침, 숙취 때문에 쿵쿵 울리는 머리를 부여잡고 일어났다. 어젯밤 그렇게 싸웠으면서도 준영 오빠는 나를 보자마자 밝게 웃으며 아침인사를 한다. 나도 마찬가지로 웃어주며 인사했다. 싸우고 나서도 안 싸운 척 하는 건 이제 우리의 일상이 되어버렸지만 이날만은 그런 일상마저도 특별했다. 오늘 하게 될 모든 일상적인 일들은, 이제 더 이상 일상이 될 수 없으며 추억 속에만 남을 일들이 될 것이었다.

아름다운 풍경에
헛헛한 웃음이 나오는 건…

렌터카 안에는 이제 네 사람뿐이다. 나, 준영 오빠, 리카 상, 토시 상. 히사키 상은 오전 중에 요하네스버그로 향하는 버스를 탄다고 했기에 미리 작별인사를 하고 숙소를 나온 참이었다. 나와 리카 상과 토시 상이 공항으로 떠나고 나면 준영 오빠는 혼자 차를 반납하고 혼자 저녁을 먹으며 부쩍 쓸쓸해진 숙소 로비에 앉아 있게 될 것이었다. 어쩌면 준영 오빠의 처지보다는 내가 나은 것인지도 모르겠다는 생각이 들었다. 준영 오빠는 또 어디선가 새로운, 마음이 맞는 일행을 만나게 되기 전까지는 계속 혼자일 테지만 나는 이틀만 기다리면 꿈에 그리던 가족들 품으로 돌아가게 될 것이다. 하지만 다르게 생각해 보면 준영 오빠는 이미 혼자 여행하는 것에 익숙한 사람이기도 했다. …지금 시점에서 누가 더 나은 상황이라고 말할 수는 없는 일이다. 중요한 것은 우리가 이제 헤어질 것이며, 섭섭하기는 피차 마찬가지라는 것이었다.

케이프타운에서의 마지막 방문지로 선택한 곳은 웨스트 코스트 국립공원이었다. 기묘한 모양들을 그리며 형성된 해안선이 예뻤고, 그곳을 거니는 이들이 우리밖에 없다는 것은 신나는 일이었지만 날이 날이니만큼 무얼 봐도 해맑게 좋아할 수 없었다. 아름답다, 멋있다, 그런 생각들에 앞서 '이제 더 이상 이런 것을 볼 수 없겠지'라는 생각부터 들었다. 눈앞에는 감탄할 만한 풍경들이 펼쳐져 있었지만 왜인지 자꾸만 눈물이 나오려 했다. 마지막이니 지금 이 순간을 즐기려 노력해도, 마음 깊은 곳에서부터 퍼져 나와 치명적인 독처럼 감정을 마비시키는 우울감을 떨쳐낼 수가 없었다.

도시락으로 싸 온 삼각김밥과 삶은 달걀을 다 먹고 나자 토시 상이 어디선가 거북이를 한 마리 주워왔다. 어른 손바닥 두 개를 합한 것만큼 작은 거북이다. 토시 상이 거북이를 엎어 놓았고 우리는 멍하

니 앉아 그 거북이가 몸을 뒤집기 위해 아등바등하는 것을 구경했다. 그 모습이 귀엽기도 하고 재밌기도 해서 키득키득 웃었다. 끝맛이 허무한 웃음이었다.

이젠 이별, 드디어 내가 떠날 차례

"리카 상, 토시 상, 먼저 들어가세요. 나중에 갈게요."
카타르까지 같은 비행기를 타고 갈 리카 상과 토시 상을 먼저 공항 안으로 들여보냈다. 준영 오빠와 짧고 건조한 작별을 나눈 두 사람이 멀어져 간 후 나는 준영 오빠를 다시 쳐다보았다. 출국 심사대가 바로 앞이지만 아직도 한국에 가는 것이 실감이 나지 않는다. 비행기를 탄 후에도, 카타르에 도착한 후에도 실감이 나지 않을 것 같았다. 한국에 도착해서 우리 집으로 들어가 김치찌개를 먹고 나서야 겨우 실감하지 않을까. 정말 돌아왔음을.

준영 오빠를 바라보고 있자니 수많은 기억들이 주마등처럼 머릿속을 스치고 지나갔다. 그것은 주로 내가 땡깡 부리고, 고집 피우고, 괜히 짜증내고, 제멋대로 굴었던 기억들이었다. 힘들다며 밖에 나가지 않았던 기억들과 기분이 안 좋다며 주변을 제대로 돌아보지 않은 기억들이었다. 준영 오빠에 대한 수많은 미안함과 부끄러움들, 아프리카에 대한 셀 수 없을 아쉬움들이 한꺼번에 떠올랐다. 결국 눈물을 보이고 말았다. 내가 왜 그 시간들에 충실하지 않았을까. 지금이라면 더 좋은 여행을 할 수 있을 텐데. 그런 후회들이 물밀듯이 닥쳐왔다. 나는 그토록 매 순간마다 철없이 굴었건만, 준영 오빠는 항상 나를 챙겨줬고 아프리카는 어떤 대가도 바라지 않은 채 나를 감동시켜줬다. 준영 오빠와 아프리카, 하나씩 이별해도 감당하기 어려울 판에 둘 모두를 한꺼번에 두고 떠나려니 차마 발걸음이 떨어지지 않았다.

"윤하야, 왜 울어. 내 메일 주소 알잖아. 한국에 가서도 연락하고 지내면 되지. 자주 메일 보낼게."

"……"

"울지 말고. 한국에 조심해서 들어가. 나도 올해 안에는 아마 한국 갈 거야. 한국 가면 또 보자. 내가 남미 사진도 보여주고 얘기도 들려줄게."

그래. 준영 오빠도, 아프리카도 어디로 사라지는 것이 아니다. 준영 오빠와는 얼마든지 메일을 주고받다가 기회가 되면 다시 볼 수 있을 것이고, 아프리카에는 나중에 다시 오거나 아프리카보다 더 멋진 기억들을 만들러 다른 곳으로 떠날 수도 있을 것이다. 애써 마음을 가라앉히고 게이트 안으로 들어갔다. 끝끝내 아쉬워 몇 번이나 뒤를 돌아보며 손을 흔들었다. 게이트를 지나쳐 면세점 쪽으로 들어서는 데만 해도 그렇게 한참이 걸렸다.

면세점을 지나쳐 카타르행 비행기에 올라탔다. 에티오피아 이후 2개월하고도 3주 만의 비행기이다. 모든 것이 꿈만 같이 느껴졌다. 내가 정말 이집트에서 남아공까지 아프리카를 종단한 건가? 물도 전기도 제대로 안 들어오는 에티오피아를 여행하고 꿈만 같았던 잔지바르를 지나쳐 왔으며 며칠 전에 펭귄을 봤다고? 조금 전과는 모든 것이 반대가 되어 있었다. 비행기는 아직 이륙하지도 않았는데 아프리카에서의 모든 일들이 꿈결 속에서 일어난 비현실인 것처럼 느껴졌고 이제 조금 있으면 집에서 빠른 인터넷을 즐기고 웃긴 쇼 프로그램을 보며 라면을 먹게 될 것이라는 사실이 전혀 이상하지 않게 여겨졌다.

갑자기 그 모든 기억을 잊고 싶었다. 아프리카에서의 행복했던 나날들. 준영 오빠, 마키 상, 그리고 남아공에서의 모두와 보냈던 다시는 돌아오지 않을 것만 같은 그 빛나는 시간들. 그 시간들에 대한 기억을 떠올린다면 일상적인 생활을 할 수 없을 것 같았다. 지금도 이런데. 지금도 1시간, 아니 30분 전만 떠올리면 당장 비행기에서 뛰어내려 짐을 찾아 숙소로 돌아가고 싶은데. 모든 것은 멀어지면 멀어질수록 더 그리운 법이다. 한국으로 돌아가서도 내가 아프리카를 계속 떠올린다면, 나는 과연 떠나지 않고 버틸 수 있을까? 떠날 수 없다는 사실에 한없이 슬퍼하며 우울증에 걸리지 않고 배길 수 있을까?

떠나고 싶지 않은 현실이었던 아프리카가 문득 잊고 싶은 기억이 되어버린 순간이었다. 한없는 행복감 속으로 몰아넣다가도 현실과의 괴리감을 떠올리게 되면 극도의 좌절을 맛보게 하는, 떠올릴 때마다 감정의 극과 극을 오가게 할 그 기억을 잊지 않고 간직했다간 정신이상에 걸려버릴 것 같다는 생각이 들었다. 손으로 얼굴을 감싸고 온 몸을 웅크렸다. 손바닥에 닿은 눈두덩이 뜨거웠다. 쉴 새 없이 눈물이 흘러나온다. 눈물과 함께 아프리카의 기억도 흘러나오길 바랐지만, 눈물은 흐르면 흐를수록 마음속에 고여 오히려 모든 기억들을 더 생생하게 만들기만 했다.

　　5월 25일 오후 6시 55분. 아프리카에서 마지막으로 타게 된 교통수단은 단 1분의 지체도 없이 정확하게 출발했다. 견디기 힘들 정도로 아프리카답지 않은 일이었다.

한국으로 돌아왔을 때 많은 사람들이 내게 '대단하다' 고 했다.

하지만 난 단 한순간도 우쭐한 기분을 느낄 수 없었고 오히려 부끄러웠다.

한국에 돌아가기 싫었던 나에게 준영 오빠가 손을 내밀어주었고 난 그 손을 잡았을 뿐, 아프리카에 대한 어떤 열정이나 목표의식이 있었던 것이 결코 아니었다.

나는 아프리카에 대해 아무것도 모른 채 그 땅에 발을 들여놓았다.

그곳의 사람들이 어떤 나날을 지나왔고 어떤 오늘을 살아가는지에 대해 무지한 상태로 길을 떠난 것은 분명 실수였을지도 모른다.

어쩌면 무지한 눈으로 본 아프리카는 진정한 아프리카가 아니었을 수도 있다.

준비된 여행자라면 누구나 느꼈을 것을 간과한 채 왔을지도 모르며 보여지는 것만 본 까닭에 많은 것을 잘못 판단했을지도 모른다.

그럼에도 불구하고 나는 21년 동안 느꼈던 모든 것들보다도 소중한 수많은 것들을 아프리카를 통해 느꼈고 그 느낌은 많은 면에서 나를 변화시켰다.

잃었던 많은 것들을 되찾게 해주었고 힘들었던 많은 일에서 풀려나게 해주었으며 삶에 대한 용기를 불어넣어 주었다.

대단한 것은 내가 아니었다. 준비되지 않은 여행자도 느낄 수 있도록 본능적이고 꾸밈없는 감동을 쉴 새 없이 선사해 준 아프리카였다.

2010년 5월 19일.
작년 이맘때쯤 해맑은 표정으로 케이프타운을 누볐을 내가
그 아프리카가
새삼 그립다.

스물둘, 처음 만난 남자와 떠난
105일의 아프리카

초판 1쇄 인쇄일 2010년 6월 11일
초판 1쇄 발행일 2010년 6월 18일

지은이 황윤하   사진 황윤하 · 최 준
펴낸곳 (주)도서출판 예문   펴낸이 이주현
주간 이영기   편집 김유진 · 윤서진   디자인 박금순   마케팅 채영진   관리 윤영조 · 문혜경
등록번호 제307-2009-48호   등록일 1995년 3월 2일   전화 02.765.2306   팩스 02.765.9306
주소 서울시 성북구 성북동 115-24 보문빌딩 2층   홈페이지 http://www.yemun.co.kr

ⓒ 2010 황윤하
ISBN 978-89-5659-150-6   03810